KB020054

南宮魔帝 남궁마제

남궁마제 6

2022년 4월 7일 초판 1쇄 인쇄
2022년 4월 12일 초판 1쇄 발행

지은이 문운도
발행인 김정수 강준규

기획 이기헌 왕소현 박경무 강민구
책임편집 백승미
마케팅지원 이원선

발행처 (주)로크미디어
출판등록 2003년 3월 24일
주소 서울시 마포구 성암로 330 DMC첨단산업센터 318호
Tel (02)3273-5135 **편집** 070-7863-8595 **Fax** (02)3273-5134
홈페이지 rokmedia.com **E-mail** rokmedia@empas.com

ⓒ 문운도, 2021

값 8,000원

ISBN 979-11-354-7206-0 (6권)
ISBN 979-11-354-7200-8 04810 (세트)

차례

벼락 진震 꽃 화花 : 쌍두사의 결말

　"위험하지 않겠습니까?"

　남궁진휘의 물음에 정의맹주와 제갈가주가 고개를 저었다.

　"천살성에 대해서 제갈세가에 있던 기록을 없앤 흔적을 발견했네. 놈들도 이미 어느 정도 범위는 좁혀 놓고 있었을 거야. 빠르든, 늦든 결국 제갈무진도 알아냈을 거네. 천살지체를 꽁꽁 숨겨 둘 수도 없고."

　마지막 말을 덧붙이며 제갈가주가 정의맹주를 힐끗 보았다.

　사실 제갈가주는 현오를 소림 구석 어딘가에 꽁꽁 숨겨 두자는 쪽이었다. 현오의 안위보다는 제갈무진에게 결코 내주지 않겠다는 의도였다.

하지만 그것에 대해 정의맹주가 반대했다.

"허허, 가만히 숨어 있으라고 하면 또 소림 산문을 넘을 놈일세. 주작단원들과 함께라도 돌아다니는 편이 나을 걸세."

정의맹주 운현대사가 껄껄 웃으며 말했다.

현오만 생각하면 웃음이 나왔고, 그래서 더 웃음 뒤끝이 씁쓸했다.

운현대사라고 왜 현오를 숨겨 두고 싶지 않았겠는가.

하지만 불마대법을 주기적으로 하고도 들끓는 피가 식지를 않으니, 소림 산문을 넘어 먹을 것이라도 탐하게 두고 싶었다.

제갈가주는 그런 정의맹주의 마음을 모르는 척 따라 준 것이었다.

"이왕 이렇게 된 바, 차라리 제갈무진이 넓디넓은 천하 어디론가 숨기 전에 잡는 것이 나아. 손에 잡히는 거리 안에 천살지체를 두고 쉽게 떠나진 못하겠지. 뭘 노리고 있는지 아니, 어렵더라도 우리가 원하는 대로 움직이도록 만들어야지."

제갈가주는 이번에야말로 제갈무진을 제 손으로 잡아넣을 것이라 눈을 빛냈다.

"주작단원들을 더 배치하시는 건 어떻습니까?"

"허허허, 벌써 주작단원 열 명을 보냈다네."

남궁진휘의 말에 정의맹주가 웃으며 고개를 저었다.

혹시 숲에 남아 있는 제갈무진의 진법이나 흔적을 찾아 추적하고 있는 주작단원을 현오와 남궁진화에게 스물, 숙청관 경계에 열 명을 차출했으니. 정의맹주는 그것도 과하다고 생각 중이었다.

하지만 남궁진휘의 생각은 다른 듯했다.

"그것으로는 좀 부족하지 않습니까?"

"부족하다고? 남궁의 소공자는 겨우 다섯 명이 호위하고 있지 않나?"

"그거야 우리는 창궁무애단 스물을 더 붙이니까요."

"······허!"

정의맹주가 놀란 눈을 끔벅거리는 사이, 듣고 있던 제갈가주가 기가 찬 듯 콧김을 뿜었다.

남궁진화, 한 사람에게 호위 스물다섯이라니.

어디 고관대작도 그렇게는 안 하겠다며 제갈가주가 남궁세가의 팔불출 행태를 비웃고, 정의맹주도 유쾌하게 웃고 말았다.

하지만 곧 정의맹주와 제갈가주는 현오에게도 그렇게 하지 않은 것을 후회해야만 했다.

"저자에서 습격이 있었습니다!"

유쾌한 분위기가 순식간에 얼어붙었다.

백주(白晝), 그것도 정의맹이 있는 양청현 저자 한복판에서 일어난 습격에 정의맹은 물론이고 온 저자가 술렁였다.

습격으로 인해, 청성파에서 손에 꼽히던 검수인 완수검 강현필부터 점창파 제자 한충료를 비롯해서 정의맹에 위치한 중소 문파 출신까지 주작단원 넷이 죽었다.

제갈무진을 찾기 위해 비밀스럽게 전략을 짜고 임수를 수행하던 정의맹 수뇌부로서도 무척 곤혹스러운 일이었다.

하지만 무엇보다, 정의맹이 있는 양청현에서 정의맹 육 대 무단의 고수들이 죽임을 당한 일은 정의맹 전체의 사기를 흔들 만한 사건이었다.

곧바로 정의맹 총연맹회의가 소집되었다.

"흐음……."

정의맹주 운현대사가 눈을 감으며 깊은 한숨을 쉬었다.

다른 연맹회의 참석자들 또한 하나같이 당황스럽고 비통한 표정이었다.

"현재 주작단원들이 놈들이 사라진 방향을 쫓고 있고, 죽은 주작단원들의 시신은 의선문으로 옮겨졌습니다. 다만 살아남은 이들의 증언에 따르면, 괴인 중 하나가 광룡귀면대 부대주 악수아의 아랑쌍정을 사용하고 있었다고 합니다. 일괄적으로 교성흑오대와는 다른 느낌이었다고 하니, 아마도 다른 괴인들도 광룡귀면대가 아닐까 추측됩니다."

제갈가주는 최대한 감정의 동요 없이 덤덤하게 보고를 이어 갔다.

하지만 강현필과 가까운 사이였던 청성파 장로 부절검 이나용은 분을 참지 못했다.

탕—!

"어떻게 놈들이 정의맹 코앞까지 나타났는데 모를 수가 있단 말입니까!"

"……"

청성파 장로 이나용의 말에 제갈가주는 냉담한 얼굴로 입을 다물었다.

그 모습이 이나용의 부아를 돋우었다.

"군사, 답 좀 해 보시란 말입니다!"

제갈가주의 눈썹이 꿈틀거렸다.

제갈가주가 말없이 이나용을 보았다.

심상치 않은 분위기에 이나용의 옆에 있던 점창파 장로 강자린이 그를 만류했다.

하지만 흥분한 이나용이 되레 화를 내었다.

"왜요! 제가 뭐 없는 소리를 물었습니까! 뻑 하면 기밀이네, 임무네 하면서, 남의 제자들만 죽을 자리로 보내지 않습니까!"

무겁게 가라앉았던 분위기가 크게 동요했다.

조금 큰 소리를 내는 것이야, 모두들 문파의 손꼽히는 인재를 잃은 비통함 때문이라 이해하며 넘어가려 했다.

하지만 설마 그동안 제갈가주의 일 처리에 대해 심심치 않게 해 대던 뒷말을 제갈가주의 면전에 던질 줄이야.

청성파 장로 이나용의 흥분이 과했다 생각했다.

아니나 다를까, 제갈가주가 매서운 눈빛으로 청성파 장로 이나용을 노려보았다.

"미리 알았다면 벌써 놈들을 잡아 죽였겠지요! 왜, 세상일을 미리 다 알지 못하느냐고 묻지 그러십니까? 그럼 제 부족함에 무릎이라도 꿇었을 텐데요!"

탕−!

"뭐요!"

"허어! 왜들 이러십니까!"

"흥분 가라앉히십시오."

제갈가주가 받아치자, 청성파 장로 이나용이 자리에서 벌떡 일어서며 소리를 질렀다.

흥분하는 이나용을 사람들이 나서서 말리고, 결국 정의맹주까지 나섰다.

"미안하네. 아이들의 호위로 주작단을 추천하고 그만한 인원이면 충분하리라 생각한 건 내 판단일세. 내가 안일했음이네."

정의맹주 운현대사가 먼저 나서서 사과를 하자, 청성파 장

로도 더 이상 화를 낼 수 없었다. 하지만 아직 분이 풀리지
않는지, 제갈가주를 노려보았다.

그때, 남궁진휘가 끼어들었다.

"동료나 동문이 죽는 것은 누구에게나 안타깝고 슬픈 일입
니다. 하나 그에 대한 원망을 군사께 쏟는 것은 매우 불합리
한 일입니다."

"뭐야?"

남궁진휘의 말이 정의맹주의 사과로 간신히 화를 누르고
있던 청성파 장로 이나용을 다시 흥분시켰다.

겨우 가라앉은 불씨에 바람을 불어 넣은 격이라, 모두들
이나용이 다시 벌떡 일어서는 것을 예상했다는 태도였다.

하지만 그게 그의 모든 언행을 이해한다는 뜻은 아니었다.

"매 임무에서 죽은 사람이 나오면, 군사께 원망을 쏟을 것
이냐는 말입니다!"

남궁진휘가 이나용을 매섭게 노려보았다.

"그럼 좀 위험하다 싶은 임무마다 힘없는 문파 제자들만
밀어 넣는 이유는 뭔데! 이번 일만 해도, 남궁진화의 호위에
는 화산파와 무당파 제자들이 있었잖나!"

"실로 막무가내 말씀이로군요. 남궁진화의 호위에는 주작
단원은 겨우 다섯 명이었고, 다섯 중 하나가 화산파, 하나가
무당파 출신이었을 뿐이죠. 다른 주작단원들은 얼마 전 큰
전투가 있었던 숲을 수색 중이었습니다. 주작단의 임무 편성

은 주작단 내부의 결정이었습니다. 아니면 그조차도 주작단주가 조 편성에서 힘없는 제자들을 몰아넣었고, 위험한 임무만 골라 맡겼다고 하실 셈입니까!"

남궁진휘가 이나용 못지않게 언성을 높였다.

"지난번 남궁세가의 제자들이 정의맹을 돕다 죽은 것은 어찌 말씀하실 요량이십니까! 그도 군사의 음모입니까? 제갈세가 제자들이 죽은 것은요! 아, 뒤에서 이렇게 말씀하셨다지요? 제갈무진이라는 배신자가 제갈세가에서 나왔으니, 그를 무마하기 위해 나섰다고?"

타―앙!

남궁진휘가 탁자를 내리치며 벌떡 일어섰다.

그리고 먼저 일어나 있던 이나용의 면전에다 소리쳤다.

"입이 있다고, 아무 말이나 막 내뱉어도 되는 건 아닙니다!"

"허! 허! 이, 이자가······!"

당황한 청성파 장로 이나용이 기가 막힌다는 콧소리를 내며 주변을 둘러보았다.

하지만 누구 하나 나서서 남궁진휘를 말리려 하지 않았다. 오히려 모두 남궁진휘의 말에 동의한다는 듯 침묵을 지켰다.

"전략은 군사부에서 수립하지만, 기밀을 요하는 것은 맹주님과 각 무단주들이 합의 이후에 진행됩니다. 희생이 나올 때마다 원망할 사람을 찾는다면, 각자 싸울 것이지 정의맹이 존재할 필요가 없을 것입니다. 그런 것을 바라신다면 어쩔 수 없지만요!"

남궁진휘가 여전히 서서 제 편을 찾는 이나용을 한심하다는 듯 쏘아보고서야 자리에 앉았다.

이나용은 점창파 장로 강자린이 억지로 팔을 끌어내리고서야, 겨우 자리에 앉았다.

"흐음……."

정의맹주의 깊은 한숨과 함께 무거운 분위기가 흘렀다.

그 분위기를 끊어 내듯 덤덤한 목소리로 제갈가주가 보고를 이었다.

"주작단이 나서서 도망 경로 추적하고 있지만, 숲으로 사라진 후부터 흔적이 끊겼습니다. 그들이 어디에 숨었는지 알아내지 못한다면 언제고 다시 이런 일이 발생할 수 있는 바, 정의무학관과 협조하여 경계를 강화하고 당분간 외부 수련을 삼갈 예정입니다. 다만, 정의무학관주가 워낙 강경하여, 수련 일정을 조정하는 것은 어렵습니다. 외부 수련을 삼가는 것도, 이번 일로 겨우 '당분간'이라는 조건을 건 것이니까요."

제갈가주의 말에 곳곳에서 탄식이 흘렀다.

정의무학관 관주 나무열을 비롯한 무사부들의 강경함에 대해서는 다들 잘 알고 있었기 때문이다.

애초에 이 일이 있기 전에 협조를 요청했을 때도, 수업 일정을 조정하는 것에 대해서만큼은 "귀천성이 무서워서 해야 할 것을 하지 못하는 건, 싸우다 죽는 것보다 더 한심한 일이다."라며 단칼에 거절당했었다.

실제로 몇몇 문파와 장로들을 제외하고는 대부분 정의무학관주의 의견에 동의했다.

"놈들이 정의맹 코앞에 숨어서, 백주에 우릴 도발하고 있습니다. 주작단만이 아니라 각 문파의 무단에서도 협조해, 하루라도 빨리 놈들을 찾아내는 것이 급선무일 것입니다."

뇌선검 남궁조의 말에 대부분의 사람들이 고개를 끄덕이는 동시에 무겁던 분위기가 환기되었다.

"맞는 말일세. 두 아이의 호위는 정의무학관과 관도회에서 적극적으로 나선다 하니, 외부 호위는 각자의 문파에서 하기로 하고, 주작단은 놈들의 추적에 집중하는 것이 좋겠네. 제갈연환대가 이미 돕고 있으니, 소림에서도 지원 인력을 보내겠네."

정의맹주의 말에 사람들의 시선이 제갈가주를 향했다.

이미 지난 조사단과 추격조 인력에 제갈세가 사람들이 나서면서 희생자가 나왔는데, 또 숲으로 지원대를 보낸 줄은 몰랐던 것이다.

제갈가주를 비난했던 청성파 장로 이나용이 헛기침을 하며 제갈가주의 눈을 피했다.

"숲이 넓으니, 인력이 많으면 좋겠지요. 당문암혼단도 지원하겠습니다."

"화산매화단 역시 숲에서 임무를 수행한 경험이 있으니, 도움이 될 것입니다."

당문가주과 화산파 장로 구선용의 말에 정의맹주가 고맙다는 듯 고개를 끄덕였다.

"제갈무진과 그 일파가 숨은 곳을 찾지 못하는 한, 우리 모두가 위험하다 할 수 있네. 작금의 문제를 해결하고 제갈무진과 그 일파를 잡기 위해서는 모두 힘을 합해야 할 것이네. 지원에 나서 준 문파에도 감사하네. 하나! 누군가의 말처럼 형평성에 맞지 않으니, 각 문파에서 다섯씩, 지원을 하도록 하지."

정의맹주의 말에 모두가 놀란 눈으로 그를 보았다.

다른 누구도 아닌, 소승(笑僧) 운현대사가 한 말이었기에 더 놀라웠다.

"그, 그게 무슨……!"

청성파 장로 이나용이 크게 당황했다.

그의 주변에 있던 점창파와 곤륜파, 공동파, 종남파 장로들의 안색도 나빠졌다.

한창 격한 전쟁을 치르고 있는 종남파는 지원을 받아야 할 판국이었고, 점창파와 청성파 역시 세가 약하다는 핑계로 지원 임무에 소극적이었다. 게다가 지난 전쟁에서 멸문에 가까운 타격을 받았던 곤륜파와 공동파는 아직 제자들이 어리고, 문파를 재건하는 중이라는 이유로 이런 지원에 관련해서는 배려를 받아 왔다.

그런데 방금 정의맹주의 말은 그런 배려를 모두 거두겠다는 말로 들린 것이다.

"맹주님!"

"형평성과 효율성 중에서 무얼 택하는가 하는 것은 늘 고민스러운 일이지. 문파의 세를 떠나, 사람의 목숨 앞에서 효율을 따져선 안 된다는 것을 잠시 망각하였네. 이제라도 불만이 없도록, 형평성을 갖춰야 하지 않겠나?"

"그, 그건 그렇습니다만……."

"주작단원들도 다 소중한 각 문파의 제자이자 동문이 아니겠나. 어렵다면 지원이 와 줘야지. 각 문파나 세가별로 다섯 명이라면 그리 어려운 숫자는 아닐 것이네. 모자라면 중소 문파에도 부탁해 보지."

"크흠! 흠!"

"그것이…… 참! 흠!"

여기저기서 앓는 소리처럼 헛기침 소리가 나왔다.

점창파와 공동파 장로는 양옆에서 이 사달을 만든 청성파 장로를 힐끗 째려보았다.

남궁진휘와 정의맹주는 서로 눈이 마주치자 슬쩍 입꼬리를 올렸다.

이어 정의맹주가 위엄 있게 말을 이었다.

"귀천성이 노리는 것이 명백한 시점이네. 부디 적호단과 남궁, 소림은 의선문과 두 아이의 호위에 소홀해지는 일은 없어야 할 것이네."

"명심하겠습니다."

"희생된 이들의 문파와 가족에게 위로가 될지는 모르나, 정의맹에서는 영웅들의 죽음에 마땅한 성의를 보내 주시게."

"곧바로 보내겠습니다."

"무엇보다, 적이 숨은 곳을 찾는 것이 시급한 문제이네. 각 문파는 오늘까지, 인원을 뽑아서 주작단주에게 보내시게."

"그리하겠습니다."

"이것으로 오늘 회의를 파하겠네."

제갈무진과 습격해 온 이들을 찾아내지 않는 한 뚜렷한 대책이나 결론이 있을 리 없었다.

오히려 정의맹주의 기지로 일의 진척이 빨라지는 것을 기대해 볼 법했다.

회의 후.

군사부로 돌아가던 제갈가주가 슬쩍 남궁진휘를 보았다.

"그리 도와주지 않아도 되었는데. 남궁세가에서 제갈 때문에 적을 만들어서 어찌하나?"

제갈가주의 말에 남궁진휘도 슬쩍 제갈가주를 보았다가, 다시 시선을 돌렸다.

"마음 쓰실 필요 없습니다. 언젠가 제가 그 자리에 앉았을 때를 위한 대비니까요."

남궁진휘의 말에 제갈가주의 눈썹이 꿈틀거렸다.

"……이 자리를 노린다고?"

"언젠간 그렇지 않겠습니까."

"허, 꿈이 크군."

제갈가주가 남궁진휘의 말에 코웃음을 날렸다.

하지만 어떤 의도든 정의맹주와 남궁진휘가 제갈가주를 위해 나서 준 것은 사실이리라.

서로 친근한 시선을 주고받는 일은 없었지만, 돌아가는 제갈가주와 남궁진휘의 입꼬리가 슬쩍 올라가 있었다.

한편, 정의맹 밖으로 나가는 사람들 사이에서 남궁조의 입꼬리는 한쪽만 말려 있었다.

남궁조는 청성파 장로 이나용의 어깨를 두드리며 친근하게 말을 걸고 있었다.

"야, 이 시방새야, 아무리 나이가 어리지만, 부군사이자 우리 남궁세가 소가주가 네놈 친구야?"

"이게 무슨 짓인가! 내가 뭘 어쨌다고!"

이나용이 어깨의 손을 치우려는데, 남궁조가 완력으로 내리눌렀다.

그리고 이나용의 귓가에 대고 조금 더 강한 어조로 말했다.

"이 대가리가 궁둥짝 같은 놈이 어디 공식 석상에서 우리 소가주한테 반말을 찍찍 해 대고 있어! 내 성질 알지? 어제 네가 놀던 기루 연단에서 칼춤 한번 쳐 줘?"

"아, 아깐 감정이 격해져서 실수 좀 한 것이네."

"그으래? 아무리 그래도 다음엔 예의 좀 지키자고. 내가 막 너한테 친애하는 감정이 격해지기 전에. 응?"

"아, 알았으니 팔 좀 치우게!"

귓가에서 으르렁거리는 남궁조의 목소리에 이나용의 얼굴이 창백해졌다.

'이 날건달 같은 놈!'

평소라면 같이 남궁조를 비난해 줬을 점창파나 공동파 장로도 오늘은 이나용에게 혀를 차며 먼저 가 버렸고, 이나용은 혼자 속으로만 욕을 하며 서둘러 정의맹을 나서야 했다.

진화가 의선문을 찾았다.

"대체 왜 여기로 온 거야?"

"흐흐흐, 내 연약한 심장이 놀랐으니 쉬어 줘야지."

현오가 의선문 침상에 누워 뒹굴거리며 말했다.

이불을 끼고 실실 웃는 현오를 보며, 진화는 그가 지난번 의선문에서 먹었던 음식을 잊지 못해서라고 확신했다.

"각오 무사부님이 저녁에 복귀하지 않으면, 대마불동에 끌고 갈 거라 전하라시더군."

"아, 왜!"

현오가 크게 반발했다.

하지만 자신의 사부라면 능히 저를 끌고 갈 사람이라, 투덜거리면서도 자리를 털고 일어났다.

"주작단원들의 장례는 정의맹에서 치른다더군."

"아, 그래?"

진화의 말에 현오의 표정이 침울해졌다.

잠시 말이 없던 현오가 진화를 보았다.

"원래는 이렇게 침울한 것이 정상인데…… 내가 천살지체라서 그런가?"

주작단원들의 죽음에 대해 하는 말이었다.

현오는 주변의 걱정과 달리, 크게 충격을 받거나 하지 않았다.

나한들과 살을 부대끼며 많이 나아졌다고 생각했지만, 역시나 감정에 무딘 편이었다.

진화는 그게 제물 양육실에서 먹였던 탕약 때문인 듯했지만, 체질 때문이라 해도 크게 문제 될 것은 없다고 생각했다.

"적어도 넌 그들의 죽음에 분노했잖아. 그럼 된 거 아니야?"

"그런가."

진화의 말에 현오가 천천히 고개를 끄덕였다.

그리고 주작단원들을 위해 짧게 불경을 외웠다.

"극락왕생하소서, 나무아미타불 관세음보살. ……스님이 되어서 다행이다 싶다. 명복을 빌어 줄 수는 있잖아."

현오가 씨익 웃어 보였다.

그리고 진화를 향해 말했다.

"그래. 너도 있는데."

"……무슨 뜻이지?"

"흐흐흐흐, 본인이 받아들이는 대로지."

현오의 말에 진화가 입을 삐쭉였다.

진화는 이전 삶의 기억과 이번에는 가족들의 마음을 온전히 받아들임으로써 감정의 동화에 문제를 느낀 적은 없었다.

아니, 문제가 사라졌다고 해야 할까.

이제는 제가 지켜야 할, 가장 중요한 것을 확실하게 알았으니 말이다.

"칠왕자가 널 확인하고 갔으니까, 곧 올 거야. 오는 대로 치워 버리면 돼."

"사형들의 복수를 할 수 있겠군. 한 번만 봐주세요, 부처님. 아미타불. 관세음보살님도요."

진화의 말에 현오가 염주를 잡고 비는 척 들뜬 기색을 숨기지 않았다.

"앞으로 정의맹에서 제갈무진을 유인하려고 할 거야. 단,

절대 우리를 미끼로 내놓진 않겠지."

"하긴 남궁세가라면…… 그럼 어쩌려고?"

"정의맹이 다른 곳으로 유인한다는 걸 놈들이 알게 하면
되지."

"칠왕자가 가져가는 정보가, 가짜라는 걸 알게 한다고?"

현오가 고개를 갸웃거렸다.

"한 번 배신한 놈이 두 번 배신하지 못할까. 칠왕자를 통
해서 정의맹의 유인이라고 알려 주면 돼."

"오! 그래서 어쩌려고?"

현오가 눈을 반짝이며 묻는 말에, 진화가 미소를 지었다.

"머리가 둘인 뱀은 가끔 먹이를 두고 싸우지. 먹잇감이 두
개가 되면 어떻게 될까?"

진화의 질문에 현오가 두 눈을 크게 떴다.

"뱀 머리끼리 싸울 거라고?"

"어차피 몸통은 하나야. 이전처럼 하면 돼. 네가 잡고, 내
가 내리찍는다."

"하하! 그거…… 기대되는군."

진화의 눈빛에 살기가 번뜩이니, 현오도 이를 드러내며 웃
어 보였다.

둘은 서로가 비슷한 얼굴로 웃고 있다는 걸 전혀 알지 못
한 듯했다.

정의무학관에 들어가기 전, 현오가 정문에서 앓는 소리를 했다.

"으으, 사부가 나 늦게 왔다고 대마불동에 넣진 않겠지?"

"⋯⋯."

진화는 당분간 그게 거짓말이라는 걸 숨기기로 했다.

탁! 탁탁!

봉끼리 마주치는 소리가 연무장을 울렸다.

무사부 각우의 앞에서, 홍의생들이 봉으로 대련을 하고 있었다.

이제까지 각우의 수업은 밖에서 전술을 이용한 집단 전투를 경험해 보는 것이 대부분이었는데, 근래에 있었던 사고와 귀천성의 공격으로 외부 수업이 잠시 중단되었다.

그 덕에 관도생은 소림의 무기술들을 배우고 있었다.

현재 소림에서 가장 유명한 무공은 대승반야선공, 대력금 강장과 같은 권이나 장을 쓰는 것이었지만, 정도 무림에서 소림만큼 다양한 무공, 다양한 무기 사용법이 존재하는 곳도 없었으니.

각우는 나한각의 총사부 출신으로, 소림 안에서도 가장 많은 무공을 알고 있는 사람 중 하나였다.

피억-!

"윽!"

각우의 단봉이 매섭게 팽수의 등을 때렸다.

"어설프게 봉을 쥐고 무공을 펼치려고 하지 마라! 며칠간은 봉이 움직이는 원리를 익히란 말이다!"

모든 무기는 각각의 목적에 따라 생김이 다르고, 생김에 따라 사용법도 다르다.

각우는 소림의 무공이 아니라, 무기 자체를 다루는 법을 알려 주고 있었다.

"정도 무림과 달리 사파나 마도, 그리고 네놈들이 싸우게 될 귀천성의 무인들은 우리보다 다양하고 독창적인 무기를 사용하는 자들이 즐비하다! 세상의 모든 무기를 다 알 수는 없지만, 검과 도, 창, 장봉과 단봉, 채찍 그리고 암기가 움직이는 원리를 안다면, 어지간한 무기들이 움직이는 원리는 파악할 수 있다."

퍽!

이번에는 각우의 단봉이 제갈성을 때렸다.

"누가 봉을 익히라고 했나! 싸우는 법을 익혀라! 내가 봉을 들고 싸워 봄으로써 봉이 움직이는 원리를 파악하고, 상대방과 싸우면서 봉을 든 적의 움직임을 파악하라고! 멍청하게 봉을 들고 잘 싸우려고 하지 말란 말이다!"

각우의 말이 쩌렁쩌렁하게 연무장에 퍼졌다.

-단봉으로 때리는 건, 얻어맞으면 얼마나 아픈지 알라는 건가?

-한번 물어보지그래? 얼마나 아픈지.

-닥치라더군.

-……그걸 진짜 물어봤나, 미친놈아.

탁! 탁탁!

남궁교명이 한심하다는 표정으로 남궁구의 봉을 때렸다.

-역시…… 수상하지?

-부쩍 현오와 어울리시는군.

-뭔가 이상해. 현오가 습격당한 이유가, 현오가 그 천살지체라서 그렇다는 말이 있어.

-작은공자님이 아니라?

-우리 도련님은 광마전 제물이었지! 현오야말로 제갈무진이 노리는 천살지체인가 뭔가고!

-저 만두쟁이가?

-나도 우리 뚱뚱땡중이 그럴 리 없다고 생각하지만, 근래 둘이 속살거리는 일이 는 게 수상해.

-작은공자님께 언행을 주의해라. 하지만…… 네 생각에 동의한다. 수상하군.

-소가주님이 숙소 안에서도 절대 떨어지지 말라고 명하신 것도 있지만, 어쨌든. 요새 우리 도련님한테 섭섭해. 재미난 일에 날 빼놓다니! 뭔가 진짜 재미난 냄새가 난다고!

남궁교명과 남궁구가 현오와 짝을 이룬 진화를 힐끗거리며 전음을 나누었다.

따악!

"아얏!"

"집중해라!"

각우가 게슴츠레한 눈으로 진화를 보고 있는 남궁구의 등짝에 단봉 맛을 보였다.

ㅡ이제 얼마나 아픈지 알겠군.

남궁교명이 남궁구를 비웃고, 둘의 목봉 대결이 격렬하게 변했다.

진화와 현오는 자신들에게서 시선이 떨어지는 것을 느끼며 한숨을 쉬었다.

ㅡ저 시주들은 갑자기 왜 저러는고?

ㅡ형님께 뭔가 지시를 받았겠지.

진화는 안 봐도 뻔한 사실이라는 듯 당연하게 받아들였다.

저자에 나올 때마다 창궁무애단원을 스물이나 붙이는 남궁진휘가 정의무학관 안에 아무것도 해 놓지 않을 리 없었다.

다행한 것은 정의무학관에서 숙청관의 방비를 금, 은, 동 의생들이 도맡아 하게 했다는 걸까.

정의맹 본부가 있는 양청현에서 전투가 일어나면서, 본래는 귀천성과의 전선으로 갔어야 하는 많은 금, 은, 동의생들이 양청현에 남게 되었다. 덕분에 정의무학관 안에서는 사람들의 시선이 집중되는 걸 피할 수 있게 되었다.

남궁세가 혹은 양주 출신 관도생들이 노골적으로 진화를 주시하는 것만 빼면, 정의무학관까지 창궁무애단이 들어오는 것보다는 나았다.

–정의맹은 움직이고 있는가?

–글쎄. 나도 형님께서 가르쳐 주시는 것만 알 수 있으니까.

현오의 전음에 진화가 덤덤하게 대답했다.

그러자 현오가 눈을 크게 뜨며 진화의 봉을 때렸다.

–뭐? 그러면 곧 정의맹이 제갈무진을 유인한다는 건 어떻게 확신하는 건가?

–그거야…… 애당초 놈들에게 네가 천살지체라는 걸 흘린 이유가 뭐라고 생각해? 제갈무진이 숨기 전에 찾아내기 위해서잖아.

비단 천살지체를 흘려서 그런 것만이 아니다.

그게 제갈세가의 방식이기 때문이다.

이전 생에서 진화가 숱하게 겪어 본 방식이었다.

좋은 군사나 전략가는 이미 이길 수 있는 판을 만들고 전쟁을 한다 했던가.

지금의 제갈가주나 이후 소가주로서 제갈세가를 이끌었던 제갈지현도, 확실하게 승리하기 위해 함정을 파고 귀천성을 끌어들이는 전략을 잘 사용하는 편이었다.

이때 중요한 것이 얼마나 진짜처럼, 얼마나 먹음직스러운 먹이가 되어 귀천성을 유인하는가였는데, 뇌왕이라는 명성과 광마가 열렬하게 노린다는 점에서 진화와 남궁세가가 그 미끼로 자주 쓰였다.

그 덕에 진화와 남궁세가의 무인들은 매번 귀천성과 위험한 전투를 치러야 했고, 그 과정에 많은 이들이 죽임을 당했었다.

'남궁도와 소가주 일파를 구하는 데에, 남궁결사대를 미끼로 사용한 게 아닌가 하는 의심도 그래서 하는 거고.'

승리를 얻기 위한 전략이었지만, 그들의 전략에 희생을 강요당하는 이들은 늘 정해져 있었다.

그들 중 하나가 진화였고, 남궁세가였다.

진화에겐 그들이 귀천성과 얼마나 잘 싸웠는지, 최종적으로 귀천성에 승리했는지는 중요하지 않았다.

이미 그 과정에서 많은 문파들은 희생을 당했고, 남궁세가 또한 멸문당했으니 말이다.

'네놈들이 얼마나 선하고 정의로웠는지는 상관없다. 남궁세가를 배신한 것이라면 용서하지 않는다. 이번에 살아남는 것은 남궁세가다!'

이번에도 제갈가주와 정의맹은 진화의 예상대로 움직였다.

−숲을 수색하는 데에 많은 인력을 투입하고 있지만 결과가 없으니까. 곧 변화를 찾겠지.

  −그러니까 그때가 언제인지 알아야 칠왕자에게 흘리든지, 네 생각대로 할 것 아니야!

  −그건 걱정하지 않아도 돼. 칠왕자의 움직임을 파악하는 데에 장인이 하나 있거든.

  진화의 눈이 남궁구에게 향했다.

  −구, 말인가? 구가 그렇게 위험한 일에 나서려고 할까?

  현오가 고개를 갸웃거렸다.

  하지만 진화는 확신했다.

  −재밌는 일이라면 자다가도 뛰쳐나갈 거다.

  진화가 칠왕자를 납치하라고 했을 때도 화들짝 뛰긴 했지만, 결국 왕자를 납치해 왔던 남궁구였다. 그저 감시만 하라고 한다면 좋다고 나설 것이 분명했다.

  정의맹 군사부.

  제갈가주가 심각한 얼굴로 전서를 읽다가, 남궁진휘를 찾았다.

  제갈가주와 눈이 마주친 남궁진휘 역시 심각한 표정으로 고개를 저었다.

"공산에서도 아무 소식이 없나?"

"백매단주님이, 정보원들이 아닌 민가의 어부까지 보냈지만, 근처에만 가도 모조리 죽인다고 합니다. 육지를 통해 보낸 백매단원들은 시체도 발견하지 못했다고 합니다. 비밀을 유지하는 데에, 사람을 가리는 놈들이 아닙니다."

"제갈무진의 수하가 들은 곳은 보안이 철저한데, 하필 근래에 조력자로 등장한 인물이 광룡귀면대 악수아라……."

"그곳에 광마전 놈들이 숨어 있다고 보는 것이 합리적이죠."

"위치가 너무 위험하군. 정의맹과 가까운 것도 문제지만, 뇌평이 무슨 수로 사흘 거리를 좁혔는지 알아내지도 못했으니……."

제갈가주나 남궁진휘 모두 벽에 봉착했음을 인정했다.

공산 포구에 백매단을 보낸 것 외에도 개방을 비롯한 인근 문파들과 정보를 주고받았지만, 누군가 근처에서 죽었다는 소식 외에는 얻는 것이 없었다.

"주작단도 아무 소식이 없는 겁니까?"

"숲 곳곳에 제갈무진이 함정을 펼쳐 놓았네. 혹여 놈의 진법 근처에 뭔가 있을까 해서 진법을 뚫고 깊게 들어가면, 오히려 함정에 당하는 일이 비일비재하다는군. 각각 문파의 지원을 늘려 인원을 투입해 봤자, 속도도 낼 수 없고 부상자만 늘어날 뿐이야."

오늘 제갈가주가 받은 전서에는, 잠깐 숲에서 물러나서 나서 다시 대책을 세울 필요가 있다는 요청서였다.

주작단과 단원들은 잘 견디고 있었지만, 역시 각 문파에서 차출된 인원들의 원성이 자자했기 때문이다.

"어느 정도 예상했던 일이 아닙니까. 주작단에도 휴식이 필요했습니다. 저들이 요청했으니, 잠시 물러난다고 해도 다른 말은 못 할 것입니다."

"그건 그렇긴 한데…… 답답한 노릇이군. 정의맹 코앞에 놈들이 칼을 들이밀고 있는데, 우린 그게 어디 있는지도 모르니……."

제갈가주는 남궁진휘의 의견에 고개를 끄덕이면서도, 좀처럼 걱정을 놓지 못했다.

남궁진휘가 안타까운 눈으로 제갈가주를 보았다.

'제갈세가 또한 귀천성의 공격을 당하고 본가를 옮겼었지. 귀천성에 밀려나 본 경험 때문인가? 귀천성에 대한 공포심이 남은 듯하군.'

남궁진휘는 제갈가주가 조급증처럼 보일 만큼 일의 진척에 신경을 쓰는 것을 보며, 그가 귀천성에 모든 것을 잃어 보았기 때문이라 생각했다.

아무래도 남궁세가와 양주는 제왕검과 이전 세대 무인들 덕분에 온전하게 살아남았으니, 상대적으로 귀천성에 대한 두려움도 덜하고 전투에 자신감을 보이는 것이리라.

그때, 한 중년인이 급히 들어왔다.

"총군사님!"

중년인은 군사부 소속 당은방이라는 자로, 정의맹의 전서구를 관리하고 전서를 모아 군사부에 전하는 일을 하고 있었다.

당은방이 곧바로 제갈가주를 찾았다는 건, 곧장 총군사에게 전하는 급전이 왔다는 의미였다.

"은방, 어디인가?"

"주작단입니다."

당은방이 전서를 전하고, 남궁진휘와 눈인사를 나눈 뒤 방을 나갔다.

당은방이 나간 후 급히 전서를 펼친 제갈가주의 얼굴이 무섭게 굳었다.

"무슨 일입니까?"

"숲을 뒤지던 이들 중 사망자가 나왔다는군."

"이런……."

남궁진휘가 탄식을 흘렸다.

사망자가 나온 것도 안타까운 일이었지만, 이 이상 숲에 대한 수색을 계속 진행할 수 있을지도 문제였다.

"연맹회의를 소집하지. 언제 제갈무진과 귀천성 놈들이 공격해 올지도 모르는 상황에서, 더 이상 무의미한 희생자를 늘릴 순 없으니."

제갈가주가 단호한 어조로 말했다.

남궁진휘의 얼굴도 심각하게 굳었다.

잠시 제갈가주를 보던 남궁진휘가 단호한 표정으로 입을 뗐다.

"외람되지만, 미리 말해 놓겠습니다. 부군사로서는 총군사님의 의견에 동의합니다. 하지만 남궁세가 소가주로서, 남궁진화를 위험하게 하는 그 어떤 일에도 동의하지 않을 겁니다."

"……미리 말하는 이유는?"

제갈가주의 눈초리가 가늘게 남궁진휘를 향했지만, 남궁진휘는 아무렇지 않다는 듯 덤덤했다.

"나중에 섭섭해하면 곤란하지 않습니까."

"허! ……방도를 찾아보자고."

남궁진휘의 덤덤한 듯 너스레 섞인 말에 제갈가주가 기가 찬다는 듯 그를 보았다.

하지만 군사부를 나서며 제갈가주와 남궁진휘가 하나의 합의점을 찾았다.

이튿날.

집무실에서 문서를 처리하던 제갈가주, 제갈지현을 향해 조용히 고개를 끄덕여 보였다.

그리고 잠시 자리를 떴다.

그사이, 제갈지현이 슬쩍 자리에서 일어나 제갈가주의 책상으로 갔다.

"……."

은근슬쩍 제갈가주의 책상 위 문서를 읽은 제갈지현의 눈이 커졌다.

잠시 후 제갈가주가 자리로 돌아오고, 제갈지현은 아무 일 없었다는 듯 제자리에서 업무를 보았다.

모든 일이 물 흐르는 듯 자연스러웠다.

그날, 제갈지현이 칠왕자를 찾았다.

이미 제갈세가에서는 제갈지현이 정혼자 후보 둘 중에서 칠왕자 한문혜에게 마음이 기울었다는 소문이 파다한 터라, 선남선녀가 가볍게 차를 나누는 일을 아무도 이상하게 생각하지 않았다.

그리고 그날.

남궁구가 환하게 웃으며 진화를 찾았다.

"도련님—! 도련님, 내가 물어 왔다고!"

남궁구의 촐싹거림을 본 진화가 현오와 눈을 맞추며 고개를 끄덕였다.

─허! 진짜로 왕자를 감시할 줄이야. 구는 간덩이를 배 밖에 숨겨 두었나?

─이다음엔 구가 왕자를 납치해 올 거야.

"뭐-!"

진화의 전음에 현오가 경악하며 소리치고 말았다.

남궁교명이 놀라서 그를 보았지만, 현오는 진화와 남궁구를 번갈아 보며 도무지 표정 관리를 하지 못했다.

남궁교명이 창백하게 질린 얼굴로 문을 열고 들어왔다.

그 뒤를 이어 떨떠름한 얼굴을 한 칠왕자 한문혜가 들어오고, 또 그 뒤로 남궁구가 땅이 꺼져라 한숨을 쉬고 있었다.

그들의 맞은편에서, 진화가 환하게 웃으며 인사했다.

"오랜만이야."

한문혜가 도끼눈을 뜨고 진화를 노려보았다.

"감히…… 제국의 왕자를 두 번이나 납치해?"

한문혜의 말에 진화는 그저 웃어 보일 뿐이었다.

오히려 한문혜의 말에 펄쩍 뛴 건 남궁교명이었다.

"잠깐, 두 번? 그럼 이게 처음이 아니란 말이야?"

남궁교명이 놀라서 고개를 돌리자, 남궁구가 한쪽에서 딴청을 부리고 있었다.

"어쩐지 협박하는 꼬라지가 익숙해 보이더라니……."

남궁교명의 말에 남궁구가 입술을 꿍얼거렸지만, 정확한 소리는 들리지 않았다.

그러자 남궁교명이 이번에는 한문혜를 보았다.

입 밖으로 말은 하지 않았지만, 아래위로 보는 시선이 마치 '두 번이나 납치를 당하는 너는 뭐냐?'라는 듯했다.

하지만 그 와중에 절대 진화의 무모함은 탓하지 않았다.

한문혜와 진화가 탁자에 마주 앉았다.

"이번엔 무슨 일이지?"

한문혜가 불안한 표정으로 물었다.

한문혜의 눈길이 한쪽 구석에 있는 허름한 나무 의자를 향했다.

"정보 교환."

"허!"

진화의 대답에 한문혜가 코웃음을 쳤다.

정보 교환이라면서, 처음 저를 납치했을 때 묶어 두었던 그 의자를 왜 홍의장실에 놔두었을까.

언제라도 수틀리면 저 의자에 앉혀 놓겠다는 의도가 아니겠는가.

그러면서 저런 뻔뻔한 대답이라니!

"난 당신이랑 교환할 것이 없는데, 어쩌지?"

한문혜가 비뚜름한 웃음을 달고 비아냥거리는 듯 말했다.

그에 진화의 미소가 한결 짙어졌다.

"오해가 있는 것 같은데. 여기서 교환이라는 의미는 내가 너한테 줄 것도 있고, 받을 것도 있다는 의미야. 일방적이고 때에 따라 강압적일 수도 있는 교환이지. 저 의자도 그런 의미에서 홍의장실에 가져다 뒀는데, 몰랐나? 의자를 보기에, 그 정도는 알 줄 알았는데…… 이번에도 너한텐 선택권이 없다는걸."

뻔뻔한 것이 아니라 당연한 것이라는 말투.

한문혜는 그제야 눈앞의 상대가 '적'이라는 걸 실감했다.

"숲으로 간다고?"

"정의무학관 관주가 더 이상은 정상 운영을 미루지 않겠다고 했다더군."

한문혜의 말에 진화가 고개를 끄덕였다.

정의무학관 관주인 금룡일권 나무열은 한때는 전투에 미친 괴짜라는 소리를 들었던 무인이었다.

전투에 있어서 물러서는 법이 없고, 귀천성과의 전쟁에서도 귀천성도들과는 어떤 타협도 없다는 강경파 중 한 사람이었다.

그런 그가 귀천성을 경계하기 위해 자신이 맡고 있는 정의무학관이 해야 할 일을 축소하거나 일정을 변경하는 것에 동의할 리가 없었다.

'꽤 괜찮은 핑계네.'

누구라도, 그게 설사 제갈무진이라도 납득할 만한 핑계였다.

진화는 정의맹의 조치를 이해했다.

그 사이에도 한문혜의 눈동자가 빠르게 움직이고 있었다.

그는 진화의 눈짓이나 손짓 하나 놓치지 않겠다는 듯 집요하게 관찰했다.

'당사자가 숲으로 갈 일정을 모른다고? 연기인가? 아니야. ⋯⋯정말 몰랐군.'

한문혜는 진화의 질문에 순순히 답을 해 주면서, 본인도 얻어 갈 것을 찾았다.

"확실한 건가? 제갈세가에서 얻은 정보 맞아?"

"경로를 밝힐 생각은 없다. 왜, 다시 고문이라도 하겠나?"

한문혜가 강경하게 나갔다.

제갈지현이 제 손을 잡은 일은 최후의 보루이자 자신의 힘 그 자체라.

한문혜는 다시 저 혐오스러운 의자에 저를 앉히더라도 그것만은 알려 주지 않을 것이다.

단호하게 나오는 한문혜의 모습에, 진화가 의외라는 그를 보면서도 납득하는 모습을 보여 주었다.

"뭐, 좋아. 앞으로도 그 정보처를 이용할 수 있으니까. 원래도 정의무학관은 일정에 대해 관도생들에게 미리 공지하지 않으니까, 다음 수업에서 통보를 하면 그때 진위 여부는 금방 밝혀지겠지."

어차피 지금까지도 각우가 친절하게 수업 일정을 안내해 준 적은 없었기에, 진화도 고개를 갸웃하면서도 수긍하는 눈치였다.

하지만 그러면서도 매서운 눈빛으로 한문혜를 압박했다.

"제갈세가의 미끼 전략일 거라는 의심은 하지 않는 건가?"

"뭐?"

"제갈세가는 예전부터 미끼를 던지고 함정을 파는 전략을 잘 사용했다. 일부러 말을 흘렸을 가능성은 없냐는 거지."

"없다, 가주전에서 나온 정보니까."

진화의 물음에 한문혜가 단호하게 대답했다.

동시에 한문혜의 마음속에는 '설마?' 하는 의문이 떠올랐다.

사람을 믿지 않는 성격이라 사소한 물음 하나에도 흔들렸던 것이다.

하지만 이내 고개를 저었다.

'제갈지현을 다 믿을 수는 없지만, 나와 한배를 탄 여자야. 내가 왕이 되어야 제갈세가를 차지할 수 있을 테니, 지금 날 배신할 이유도 없어.'

한문혜는 제갈지현이 아니라, 제갈지현이 가진 욕심을 믿었다.

오히려 이쯤 되자 궁금해지기 시작했다.

"내게 줄 것도 있다고 하지 않았나?"

진화는 처음 제가 줄 것이 있고, 받을 것도 있다고 했었다.

한문혜가 그 말을 기억하고 물은 것이다.

"뭐, 정확히는 네게 줄 것이 아니라 확인할 것이 있었지. 천살지체가…… 소림의 현오인가?"

"……뭐?"

한문혜가 뒤늦게 물었다.

그에 진화가 알겠다는 듯 씨익 웃어 보였다.

"그럴 줄 알았어. 현오의 주변으로 주작단원들이 집중된 데다가 습격까지 당했으니까, 반쯤은 확신하고 확인한 거야."

진화가 의기양양하게 말했다.

그 모습을 보던 한문혜가 눈빛을 달리했다.

"그러지 말고 정당하게 거래를 하는 게 어때?"

"뭐?"

"어차피 나를 정의맹에 발고하지 않는 것을 보면 너도 별수가 없는 거잖아. 앞으로도 알고 싶은 것이 많을 듯한데, 그렇다면 서로 정당하게 거래를 하는 게 어떤가?"

"허!"

한문혜의 당당한 요구에 진화가 기가 막힌다는 듯 코웃음을 치면서도, 한번 말이나 해 보라는 듯 눈짓했다.

"숲으로 가는 일정이 통보되는 대로 내게 알려 줘."

"뭐?"

진화가 눈살을 찌푸렸다.

그러자 한문혜가 다급하게 말했다.

"숲으로 가는 일정을 내게 알려 주면, 나도 정의맹이 어떻게 나올지 알게 되는 정보를 네게 주지."

"……흐음."

한문혜의 말에 진화가 구미가 돋는다는 듯 신음을 내었다.

그리고 조금 고심하는 듯하더니, 천천히 고개를 끄덕였다.

한문혜의 눈빛에 희열이 떠올랐다.

'좋아! 멍청한 놈. 무시무시한 상대가 절 노리는 줄도 모르고. 이것을 광룡귀면대 부대주에게 알려 주고 다른 상을 달라고 하는 것도 좋겠어! 가령 가는 길에 이왕자에게 사고가 난다든가 하는…… 후후후후.'

한문혜는 눈앞의 진화를 팔아서 이득을 챙길 생각 따위를 하며 웃음을 참았다.

그러면서 겉으로는 의아하다는 듯 물었다.

"그런데, 이런 식으로 정의맹의 정보는 캐는 이유가 뭐야?"

"하!"

한문혜의 물음에 코웃음을 친 진화가 한문혜의 눈을 정확하게 바라보았다.

"당연하잖아, 귀천성도를 내 손으로 죽이기 위해서지."

"아. ……하하, 용기가 대단하군."

흔들림 없는 진화의 눈을 보며, 한문혜가 대수롭지 않게 대답했다.

눈빛 안에는 진화를 향한 비웃음이 가득했다.

하지만 돌아가는 한문혜를 보는 진화의 눈에도, 그를 향한 비웃음이 가득했으니.

"결국 진실 하나를 뱉어 내고, 진실 하나를 얻고 가는군. 참 공평한 교환이야."

한문혜가 돌아가고, 집무실 병풍 뒤에서 기척을 숨기고 있던 현오가 나왔다.

"허허, 두 번째라고? ……아미타불, 부처님, 제발 저 중생을 굽어살피소서."

현오의 시선이 남궁구가 있는 곳으로 향했다.

자비로운 염불 속에 '간덩이를 내놓고 사냐'는 남궁구를 향한 비꼼이 담겨 있었다.

남궁구가 불만스레 말했다.

"난 그냥 도련님이 시키는 대로 한 거라고."

"자네 도련님까지 부처님께 부탁하긴 너무 죄송하지 않나. 불제자의 몸으로 염치가 있지."

현오가 당연하다는 듯 말했다.

그리고 진화의 황당하다는 듯한 눈빛도 가뿐하게 넘기며

물었다.

"그건 그렇고, 정보를 흘린다고 하지 않았나?"

"흘렸어."

한숨을 쉰 진화가 덤덤하게 대꾸했다.

"흘렸다고? 언제?"

현오는 물론이고, 남궁구와 남궁교명마저도 눈을 동그랗게 떴다.

그에 진화가 한쪽 입꼬리를 슬쩍 올렸다.

"저런 놈은 남이 한 말은 믿지 않아. 제 눈으로 본 것만 믿는다고. 그래서 보여 줬지. '정의무학관 일정 변경에 대해 당사자들은 전혀 모르는 눈치다.' 그리고 '어쩌면 제갈세가의 기만책일 가능성이 있다.'라고. 둘 다 반쯤은 믿었겠지. 그러니 내게 일정 변경에 대해 거래를 하자고 한 것일 테고."

"우와. 교활한 중생일세!"

진화의 말에 현오가 입을 벌리고 감탄했다.

그런데 어째서 감탄사와 함께 진화를 본 것일까.

진화의 눈초리가 가늘어지자, 현오가 급히 헛기침을 하며 시선을 피했다.

"그나저나 의외로군. 자네가 아직도 천살지체를 확실하게 모르고 있다는 걸, 한문혜가 믿는다니."

"그놈도 안 믿었어. 그러니 내게 속은 척, 뒤늦게 반응한 거지."

"허!"

진화의 말에 현오가 기가 막힌 듯 헛웃음을 날렸다.

'넌 알았냐?'

'아니.'

같은 자리에 있었던 남궁구와 남궁교명도 서로 눈을 마주치며 고개를 젓고 있었다.

"이게 무슨 속고 속이는 연극인 건지. 둘의 대화에 과연 진실이 있긴 했나?"

현오가 사람에 상처받은 비뚤어진 소년처럼 물었다.

그 모습에 진화가 슬쩍 웃으며 말했다.

"그래서 말했잖아. 서로 하나씩 주고받았다고. 정의무학관이 숲에서 하는 수업을 그대로 진행하겠다고 한 건 진짜겠지."

"그럼 네가 말한 진실은?"

"귀천성도를 내 손으로 죽이겠다고 한 것."

확인 가능한 정보만 던지고 간 한문혜도 한문혜지만, 진화는 결국 어떤 것도 주지 않았다는 말이었다.

굳이 주었다면 살기 가득한 마음이랄까.

현오가 조금 질린 눈빛으로 진화를 보았다.

그에 진화가 대수롭지 않게 말했다.

"중요한 건, 제갈무진이 그놈의 말을 듣고 정의맹의 문건을 의심하는 일이야. 씨앗을 심었으니, 의심을 키우겠지."

문득 웃음이 났다.

기본적으로 사람을 믿지 않는 칠왕자와 그보다 더한 제갈무진이라니.

결국 제갈무진은 칠왕자가 가져온 정의맹 문건을 믿지 않을 것이다.

"믿을 수 없다라……."

진화의 예상대로, 칠왕자는 진화의 말 어떤 것도 믿지 않았다.

그러면서 제갈무진에게 보내는 전서에, 진화의 말이나 행동에 대해 고스란히 써서 보냈다.

그리고.

"믿을 수 있는 정보라는 건, 정의무학관주가 수업을 정상으로 돌리려 한다. 그래서, 정의맹 제갈가주는 그 핑계로 우리를 유인할 계획을 세우고 있다는 것인가?"

진화에게 반쪽짜리 정보를 던져 준 것과 달리, 제갈무진에게는 알아낸 모든 것을 보냈다.

"제갈가주의 유인이라……."

톡. 톡. 톡. 톡.

제갈무진의 고심이 깊어졌다.

'나무열이라면 능히 그럴 만한 인물이지. 귀천성이라면 존

재조차 부정하는 놈이니.'

그것을 제갈가주와 정의맹이 곤란해한다고 했다.

'가능해. 제갈가주는 제 계획이 있기 전에 누가 결론을 내리고 움직이는 걸 싫어하지.'

하지만 여기서부터 문제였다.

'남궁진화는 전혀 모르는 눈치였다. 눈빛에 읽히는 감정은 진실…….'

천살지체도 그렇지만 광마전 제물 또한 누구보다 요주의 대상이었다.

제갈무진이 이전에 만났던 남궁진화를 떠올렸다.

말간 얼굴에 어울리지 않는 얼토당토않게 높은 무위.

그리고 저를 향한 증오심.

속에 있는 복수심을 감추지 못하는 애송이였다.

게다가…….

'제갈가주가 제가 싫어하는 걸 하도록 두고 볼 가능성도 없지.

제갈무진이 아는 제갈가주는 정의맹 총군사 일에 세가의 일보다 더 큰 자부심과 자존심을 걸고 있었다.

아버지 천수현인의 뒤를 잇는다는 것이, 단지 가주직을 잇는 것뿐 아니라 정의맹 총군사의 역할까지 이어야 한다는 강박이 있는 것이 분명했다.

그런 제갈가주가 아직 숲에서 자신의 흔적도 쫓지 못했는데, 숲으로 들어가는 정의무학관의 일정을 받아들일 리 없었다.

톡. 톡. 톡. 타악!

제갈무진이 결론을 내렸다.

"만만치 않은 애송이였지만, 눈빛마저도 속일 수는 없었을 터. 제갈가주가 나는 물론 모두를 속인 기만책을 꾸미는 모양이군. 가짜 일정을 만들어 놓고, 숲에서 우리가 어떤 경로로 오는지 찾는 동시에, 우릴 유인해서 함정에 빠뜨릴 작정일 터. 결국 천살지체는 안전한 보금자리에 두고, 무사들은 집을 비우겠구나."

제갈무진이 눈빛을 번뜩였다.

그리고 앞에 있던 광룡귀면대 부대주 악수아를 향해 말했다.

"어떤가? 내 속아 주는 척 교성흑오대로 하여금 숲에서 놈들을 잡아 놓고 있으라 할 테니, 그사이에 빈집에 가서 나와 자네 주인의 물건들을 찾아오겠는가?"

"흐흐. 빈집털이는 별로지만, 그게 정의맹의 심장부라면 이야기가 다르지요."

악수아가 이를 드러내며 웃었다.

"안전하게 물건을 빼낸 후에 한바탕 뒤집어 놓고 오겠습니다."

칠왕자 한문혜가 움직였다는 전서를 본 제갈가주가 힐끔 남궁진휘를 쏘아보았다.

"왜 그리 보십니까?"

"예상대로 칠왕자가 전서를 보냈네. 그리고 예상치 못하게, 자네 동생이 칠왕자와 따로 이야기를 나누었다는군."

"진화가요?"

"무모한 것이, 피도 안 섞였으면서 똑 닮았군."

"하하하."

남궁진휘가 웃으면서 제갈가주의 시선을 피했다.

진화와 닮았다는 말에 속없이 좋아하기엔, 지금 남궁진휘의 손에 남궁진혜가 이번 임무에 지원했다는 문서가 들려 있었기 때문이다.

"어쨌든, 총군사님의 예상대로 움직이겠죠?"

"끝도 없이 의심하고, 아무도 믿지 않는 놈이야. 연기를 하고 있다 한들, 그 본성이 가려질까."

제갈가주가 제 앞에서 태연하게 연기하던 제갈무진을 떠올리며 눈빛을 칼날같이 매섭게 갈았다.

"자, 손님을 맞기 전에 정의무학관을 비우도록 하지."

오랜만에 정의맹 총군사가 직접 움직였다.

교성흑오대원 하나가 제갈무진에게 뭔가 말을 전했다.

그리고 곧 제갈무진에게 뭔가 지시를 받고 자리를 떴다.

그 모습을 악수아가 불만스럽게 쳐다보았다.

"제 말이 맞지요? 진짜 관도생들입니다! 수하들 말에 의하면, 정의무학관 관도복을 입은 놈들이 숲으로 들어오고 있답니다. 백색, 홍색, 청색…… 의생별로 나뉘어서 위치도 다르다고 합니다."

교성흑오대원이 확인하기 전, 악수아의 수하가 먼저 숲으로 들어오는 관도생을 발견하고 보고를 한 터였다.

"……편백림과 송림, 청림은 관도생들의 수업을 진행하는 곳이 맞긴 하지."

"이래도 관도생들이 정상 일정으로 돌아온 게 아닙니까? 진짜 관도생들이 숲으로 왔다면, 우리는 물건도 놓치고 허탕만 치는 것이 아닙니까!"

악수아의 따지는 듯한 말투에 제갈무진의 미간이 살짝 꿈틀거렸다.

그리고 제갈무진의 입가에서 미소가 사라졌다.

"후우, 이거 참. 일전에 말하지 않았던가, 개는 개일 뿐이라고."

제갈무진의 눈빛이 날카롭게 변하며 악수아에게 향하고,

악수아의 얼굴이 완전히 굳어졌다.

그가 자신의 수하들을 '개'라고 부르는 것은 상관없지만, 악수아는 엄연히 말해 제갈무진의 수하는 아니었다.

그에 모욕감을 느낀 악수아가 검을 빼 들려는 찰나.

뱀처럼 서늘한 기운이 악수아의 목을 감쌌다.

스으으으으.

"부대주님! 큿!"

"이런, 씨……!"

거칠기 짝이 없는 광룡귀면대원들이 악수아가 위협을 당하는 순간 나서려 했지만, 순식간에 그들의 목에도 서늘한 기운이 휘감겼다.

실제로 거대한 뱀과 같은 붉은 기운이 일렁이며, 악수아를 포함한 광룡귀면대원 셋의 목을 한꺼번에 옥죄기 시작했다.

"……!"

순간, 악수아와 수하들의 눈이 커졌다.

제갈무진의 눈동자가 붉게 빛나는 동시에, 그의 얼굴이 일렁거렸기 때문이다.

제갈무진의 얼굴 안으로 붉은 눈을 빛내는 노인의 얼굴이 보였다.

"건방 떨지 마라. 난 개에게 의견을 말하라 하지 않았다."

"크읏!"

제갈무진의 음성 위로 노인의 음성이 겹쳐졌다.

매서운 경고와 함께 목이 조여들며, 악수아와 수하들은 붉어진 얼굴로 어떤 대답도 하지 못했다.

제갈무진이 고개를 돌려 가며 악수아는 물론 그의 수하들 하나하나와 눈을 마주쳤다.

그리고 그들의 눈 속에 깃든 공포심을 확인한 후에야 비릿하게 웃으며 조였던 목을 풀어 주었다.

뱀이 스치듯, 스르륵- 서늘한 기운이 목을 핥듯이 지나가는 느낌에, 악수아와 수하들이 몸이 떨었다.

제갈무진은 어느새 인자한 학사의 얼굴로 돌아와 있었다.

"제갈가주가 우릴 유인하겠다고 작정했다면 이 정도도 안 할 것 같은가?"

"크읏. ……이러다가 광마제 님의 물건을 놓친다면……!"

"숲엔 교성흑오대를 보낼 것이네. 만약 정말로 천살지체와 네놈들 주인의 물건이 거기 있다면, 그땐 내가 직접 나서서 찾아 주지. 됐나?"

"……."

제갈무진의 확답에 악수아도 입을 꾹 다물었다.

잠시 후, 교성흑오대원 하나가 다시 들어왔다.

손에 든 전서를 전달하고, 제갈무진에게 전음으로 뭔가를 보고하자, 그걸 들은 제갈무진이 야릇하게 입꼬리를 말아 올렸다.

"관도복을 입은 놈들 중 일부가 적호단의 검을 들고 있었다는군. 이제 됐나?"

"……."

제갈무진의 말에 악수아가 입을 꾹 다물었다.

관도복을 입은 놈이 적호단의 검을 들다니, 제갈무진의 말대로 유인책이 분명했기 때문이다.

"정의무학관 정식 일정은 사흘 후로 정해졌다는군. 이동 중인 놈들도 확인이 끝났고, 이제 일만 하면 되는데…… 생각보다 네놈들이 약해서 정의맹이 준비한 함정을 뚫을 수 있을지 걱정이군."

"맡기신 일은 반드시 해냅니다. 그러니 약조는 반드시 지켜 주셔야 합니다."

"허허허. 보자고, 누가 약속을 지키는지."

당장 죽을 뻔한 주제에 기세를 죽이지 않은 악수아를 보며 제갈무진이 재미있다는 듯 웃었다.

'무인들에게 관도복만 바꿔 입힌 건가? 제갈성진, 잔재주를 부리는구나.'

교성흑오대에게 단원들을 관찰하게 시켰던 제갈무진이, 이 유인책을 계획했을 제갈가주를 비웃었다.

제갈무진이 제갈가주의 유인책을 간파하면서, 괜한 소리만 한 격이 되어 버린 악수아가 호들갑을 떨었던 수하를 노려보았다.

"이 망할 원숭이 새끼, 잘 좀 보지!"

"아, 제가 적호단 검을 본 적이 있어야죠. 부딪힌 적이 없는데……."

작은 키에 유독 팔이 긴 사내, 오원이 머리를 긁적이며 악수아에게 미안한 표정을 지었다.

그때, 옆에 있던 근육질의 사내, 신호가 악수아에게 물었다.

"저 노친네 정체가 진짜 뭐래요? 괴물같이 얼굴도 이상하게 변하고……."

"알면 뭐 하게?"

"그냥…… 아무튼 마음에 안 듭니다. 애새끼들 잡아다가 개돼지 취급하는 것도 그렇고. 우리도 그냥 이용만 당하다가 개죽음당하는 거 아닙니까?"

근육질의 사내가 불안한 눈빛으로 말했다.

그에 악수아가 웃으며 고개를 저었다.

"걱정 마라. 광마제 님의 물건은 확실하게 확인했으니까."

"그럼……?"

"다른 건 필요 없어. 저 노친네 애새끼들이 죽어나는 사이에, 우린 주인님의 물건만 제대로 챙기면 그만이야."

"흐흐흐, 그건 그렇죠."

악수아와 수하들이 이를 드러내며 웃었다.

방금 목숨의 위협을 당한 것과 함께 제갈무진과의 약속마저 잊어버린 듯했다.

　그날이 되었다.

　악수아를 포함하여 스무 명의 광룡귀면대원들이 움직였다.

　그들의 앞으로 까맣게 색칠을 한 듯, 백여 명의 교성흑오대원들이 움직이고 있었다.

　─저놈들을 저렇게 동원하면, 숲은 어쩐대요?

　─어차피 마지막 기회야. 숲에 뭔가 있다는 걸 들킨 시점에서 그 노인네도 여기서 오래 버틸 수는 없었으니까.

　─동굴을 들킬까요?

　─정의맹 놈들이 아무리 병신 같아도, 떼거지는 많잖아. 제갈무진을 찾겠다고 혈안이 됐는데, 언젠가는 들키겠지.

　─그럼 우리가 온 길은요?

　─돌아가는 즉시 없애 버려야지. 쓸 만한 길이지만, 주군께서 완전히 회복하시기 전까지 위험한 일은 피해야지.

　악수아의 바로 옆에 원숭이처럼 자유롭게 지붕을 넘는 오원과 근육질의 신호가 달리고, 그들의 뒤로 수하들이 달렸다.

　정의무학관에 다다라서 모두 멈추었다.

교성흑오대원들이 정의무학관 뒤쪽 숲에 몸을 숨기고, 광룡귀면대원들을 기다렸다.

－우리 차례군.

－가지.

　광룡귀면대원들이 망설임 없이 담을 넘었다.

　외진 곳이라 비교적 침투가 쉬운 현해관의 담을 넘어, 뒤쪽 대나무 숲을 통해 안으로 들어갈 작정이었다.

　교성흑오대 또한 그들의 뒤를 따라 담을 넘어 숲으로 들어왔다.

　깜깜한 밤, 당연하게도 모든 경계 인원이 숙청관에 집중된 터라 대나무 숲 안까지 살피는 무사들은 없었다.

　미리 칠왕자를 통해 정의무학관의 구조를 알아 둔 광룡귀면대의 움직임에 망설임이라곤 없었다.

－앞에 건물이 보입니다.

　단 하나 있는 숙청관의 입구.

－너희는 이곳에서 대기한다.

　오십 보 정도 떨어진 거리에서, 악수아가 교성흑오대를 세웠다.

－여기서 대기하다 우리가 제물을 가지고 빠질 때까지 놈들을 막아라.

　악수아의 말에 교성흑오대원 하나가 고개를 끄덕였다.

　적당한 거리에 교성흑오대를 숨긴 뒤, 악수아와 광룡귀면대만 먼저 움직이기 시작했다.

숙청관 입구를 지킨 은의생 두 명의 앞에는 커다란 화로가
있었다.

붉은 귀면을 쓴 악수아가 고개를 끄덕이고, 오원이 화로를
향해 수면향을 던졌다.

획-획---!

소리도 없이 날아간 수면향 가루가 순식간에 불에 타들어
가고, 연기와 함께 섞여 들었다.

잠시 후, 입구를 지키던 은의생들이 휘청거리다가 쓰러졌
다.

그리고 악수아와 광룡귀면대원들이 건물 안을 향해 몸을
날렸다.

그 순간.

쓰러진 줄 알았던 은의생이 갑자기 일어나 검을 휘두르는
것이 아닌가.

놀란 악수아가 아랑쌍정으로 은의생의 목을 꿰뚫었다.

"무슨……!"

댕-댕-댕댕댕댕---!

종이 울렸다.

"이런! 죽여!"

푹! 푹!

동료가 죽는 사이, 종을 울리던 은의생의 옆구리 양쪽으로 신호와 오원의 검이 박혀 들었다.

하지만 이미 종소리는 퍼져 나갔고.

"적이다―!"

숙청관과 맞은편 인내관에서 정의맹 무사들이 달려 나왔다.

동시에 숨어 있던 교성흑오대 또한 기다렸다는 듯 튀어나왔다.

생각보다 일찍 발각되긴 했지만, 이미 예견된 상황에 악수아는 조금도 당황하지 않았다.

"지붕으로 타고 간다."

악수아의 말에 광룡귀면대원들이 마치 거미처럼 숙청관 건물 벽으로 몸을 날렸다.

그때.

콰―광!

벽이 부서지며 광룡귀면대원 두 명이 바닥으로 떨어졌다.

"이 벌레 같은 새끼들이 어딜 기어올라!"

쉐에에엑―――!

오원이 구멍 속 인물을 향해 빠르게 표창을 날렸다.

'응?'

그러나 소리가 들리지 않았다.

―일단 가십시오. 제가 막고 있겠습니다.

신호가 벽에서 떨어진 수하들에게 다가갔다.

악수아가 신호에게 고개를 끄덕이고, 다른 수하들과 함께 벽을 타고 올랐다.

악수아와 광룡귀면대원들의 모습이 순식간에 사라졌다.

쉐에에엑-!

채-앵!

툭. 툭. 툭. 툭.

신호는 바닥에 떨어진 것을 보고서야, 제게 날아든 것이 무엇인지 알았다.

오원이 던진 표창이 형체도 알아볼 수 없게 우그러져 있었다.

"흐흐흐! 계집, 성질이 급하구나."

신호가 귀면 밖으로 비치는 눈동자에 살기를 번들거리며, 벽 안으로 들어갔다.

야심한 밤.

제갈가주와 남궁진휘의 앞에 찻잔이 놓여 있었다.

"오랜만의 휴가라 다들 좋아하겠군."

"홍의생들은 이 년째, 청의생들은 삼 년째 휴식다운 휴식을 즐겨 본 적이 없을 테니까요. 인내관과 숙청관을 통째로 비우

시다니, 다음 총연맹회의에서 다들 원성이 자자하겠군요."

"허허, 공평하게 공을 나누자고 했으니, 공평하게 기여를 해야 마땅한 것 아니겠나?"

남궁진휘의 말에 제갈가주가 통쾌하게 웃어 보였다.

주작단과 함께 각 문파에서 차출된 인원도 모자라서, 각 문파의 무단을 통째로 지원받았다.

그래서 홍의생과 청의생의 인원만큼 관도복을 입혀서 숲으로 보내고, 나머지는 정의무학관에 넣었다.

"유인책을 쓸 생각이었네만……."

"양청현에 더 이상 교성흑오대를 숨겨 둘 곳도 없습니다. 이 기회에 숲도 제대로 뒤지고, 놈들도 다 잡아내면 좋지 않습니까."

"한 곳이 아니라, 두 곳 모두에 함정을 판다니. 그게 남궁세가의 방식인가?"

제갈가주의 말에 남궁진휘가 빙그레 웃어 보였다.

"답변을 피하는군. 하긴 기어이 숙청관에 누워 있는 자네 누이를 생각하면……."

남궁진휘의 입꼬리가 파르르 떨렸다.

남궁진혜가 기어이 진화를 지킨다고 지원을 가는 바람에, 남궁세가가 기지가 아니라 팔불출을 발휘했다는 제갈가주의 비난을 부정할 수 없게 되었기 때문이다.

제갈가주가 사뭇 통쾌하다는 얼굴로 찻잔을 들어 올렸다.

그때, 군사부를 향해 오는 다급한 발소리가 들렸다.

제갈가주와 남궁진휘의 얼굴이 동시에 굳어졌다.

그리고 벌컥 문이 열렸다.

"종이 울렸습니다!"

탁.

제갈가주가 찻잔을 내려놓고 자리에서 일어섰다.

그 뒤를 남궁진휘가 따라나섰다.

"적이다!"

"죽여라———!"

챙! 챙!

사방에서 검이 부딪히는 소리들이 들렸다.

그리고 침상에 누워 있던 진화가 스르륵 몸을 일으켰다.

"시작되었네. 오고 있어."

밖에서 나는 소란은 물론, 같은 층에 있던 무사들의 인기척이 하나둘 꺼져 가고 있었다.

"흐흐흐, 여기까지 알아서 와 주면 고맙지."

현오도 웃으며 침상에서 일어났다.

진화와 현오는 그동안 정의맹 총군사와 남궁진휘의 명에 따라 방에서 꼼짝도 못하고 있었다.

하지만 적이 건물 안까지 들어왔다면 사정이 다르지 않은가.

"왔군."

쉐에에엑———!

진화의 검이 문을 향해 푸른 검기를 뿜었다.

콰——앙!

천장이 단번에 내려앉았다.

동시에 뭔가가 진화와 현오를 향해 날아들었다.

파파파팟—!

퍼—엉!

현오가 옷자락을 펄럭—이더니, 날아든 표창을 전부 떨어뜨렸다.

"오! 팔면 만두 열흘 치는 살 수 있겠군."

현오가 그 표창을 하나씩 주우며, 싱글싱글 웃었다.

그때, 부서진 천장에서 내려온 이들이 진화와 현오를 향해 살기를 뿜었다.

"이 애송이들이 웃어?"

키가 작은 사내의 날카로운 목소리와 함께, 무서운 귀면을 쓴 사내들이 모습을 드러냈다.

특히 붉은 귀면을 쓴 사내에게서는 짙은 혈향이 풍겼다.

"네가 주인의 물건이로군."

사내의 말에, 진화가 환하게 웃었다.

"악수아."

마치 반가운 친구를 본 듯, 진화가 이름을 부르며 악수아
를 반겼다.

귀신의 얼굴을 뒤집어쓴 광룡귀면대(狂龍鬼面隊).

귀천성 팔현마제 중 하나인 광마제의 친위대로, 귀천성 무
단 중에서도 고통과 죽음을 모르는 귀신들의 부대로 악명이
자자한 놈들이었다.

귀천성의 전쟁과 상관없이 오로지 광마제만을 위해 움직
였기에, 전쟁터에서 진화와 만난 적은 없었다.

진화가 광룡귀면대를 처음 알게 된 것은, 남궁세가 본가가
무너진 뒤였다.

귀천성의 공격 소식에 정신없이 미친 사람처럼 본가를 찾
아왔는데, 그땐 이미 동평원, 서평원 할 것 없이 여기저기 시
체들이 널브러져 있었다.

주검을 조롱하듯 담벼락 위, 나뭇가지 끝에 꽂혀 있는 사
람들의 머리, 주렁주렁 걸린 피 묻은 내장, 시뻘겋게 핏물이
흐르는 개울, 마을 곳곳에 기괴하게 뒤틀린 채 널브러진 사
체의 모습.

마치 타락한 악마들의 주지육림(酒池肉林)에 떨어진 듯했다.

가족들의 죽음을 확인하기도 전에, 진화는 그때 이미 제가 지옥에 떨어졌음을 알았다.

반쯤은 미쳐서, 반쯤은 악마가 되어서 광마전 무인들을 죽이러 다녔다. 광마전 무인들 역시 진화를 잡기 위해 혈안이 되었다.

서로가 서로를 쫓는 기이한 술래잡기 속에서, 이상하게 부대주 중 하나인 악수아와 그의 수하들은 만나지 못했었다.

지옥의 수문장처럼 생긴 붉은 귀면을 쓰는 부대주 악수아.

원숭이 귀면. 동물 원귀들의 가면은 조장급이라고 했다.

'그러고 보니, 악수아와 수하들은 날 만나기 전에 누군가에게 죽었었지. 어딘가에서 형체도 없이 곤죽이 되어 죽었다고 들어서 마음이 한결 나았는데…….'

진화의 눈이 현오에게 향했다.

사실 이전 삶에서는 현오와도 이렇게 재회하지 못했었다.

현오라는 소림승의 이름을 들어 본 적도 없었다.

'곤죽이 될 정도로 때려죽였다고? 흐음.'

고기를 먹는 것으로는 성이 안 찼던 모양이라, 그리 생각하기로 했다.

그때, 악수아가 밑에서 올라오는 정파 무인들의 기척을 느끼며 말했다.

"시간 없다."

"응, 나도."

시간이 없었다.

방해꾼들이 오기 전에, 어서 제 손으로 죽여야지.

기다릴 것도 없이 진화의 검이 번개를 뿜었다.

밖은 그야말로 아수라장이었다.

인내관과 숙청관 건물에서 나온 무사들과 교성흑오대가 맞붙었다.

정의맹 소속 무단 중 적호단을 제외하면 모두가 외부 임무에 나가 있는 참이라, 대부분의 무인들은 양청현에 있는 각 문파의 무사들로 채워져 있었다.

서로 다른 문파의 무인들 사이에 상명하복의 체계가 있을 리 없었고, 몇몇 무단은 정의무학관에서 정확하게 뭘 해야 하는지도 모르는 듯 쳐들어오는 교성흑오대원들과의 전투에만 몰두했다.

"죽여라-!"

"이 더러운 역천의 주구들!"

챙! 챙!

날붙이가 부딪히는 소리와 함께 여기저기서 불꽃이 튀었다.

좌르르르르----!

중구난방으로 싸우는 정파 무인들을 상대하는 동안, 몇몇 교성흑오대원들이 이리저리 사슬을 끌고 지났다.

차르르르– 창창!

바닥에 깔린 사슬을 끝에서 잡아당기는 순간, 그건 거미줄처럼 정파 무인들을 옭아맸다.

푹! 푹!

챙——!

한창 전투 중이라 사슬로 된 거미줄에 엮인 것은 정파 무인들뿐 아니라 교성흑오대원들도 있었다.

어떤 곳에는 교성흑오대원이 다수로, 어떤 곳에서는 교성흑오대원 하나가 많은 정파 무인들에게 둘러싸여서 함께 묶였다.

복잡하게 얽혀 싸우는 중에 운신까지 어려워진 상황.

그 속에서 서로 눈앞에 있는 적을 향해 정신없이 칼과 무기를 휘둘렀다.

사슬로 만든 감옥은 같은 편을 불리하게 만들기도 했지만, 어쨌든 수적으로 불리한 교성흑오대가 정파 무인들에게 둘러싸여 몰살당하는 것만은 막아 냈다.

정파 무인들이 사슬을 끊기 위해 검을 내리치는 동안에도 사슬을 든 교성흑오대원은 끊임없이 움직였다.

통일된 명령 체계라도 있었다면 달랐을까.

하지만 서로 다른 문파의 무단들 사이에 명령 체계를 하나로 합칠 수는 없었다.

시간이 촉박해서가 아니라, 명령은 상하 우열이 있어야 가능한데 그걸 받아들이는 문파가 있을 리 없었기 때문이다.

그래서 제갈가주는 각 문파의 무단을 상하관계로 체계를 잡을 수 없는 대신, 각 무단별로 조를 나눠서 귀천성 무사들을 상대하게 했다. 그리고 진화와 현오를 최우선으로 보호하기 위해, 의선문을 지키고 있던 적호단 중 스무 명 정도를 숙청관에 배치했다.

남궁진혜가 바로 그 임무에 자원한 적호단 조장 중 하나였다.

"내려오는 놈들을 모두 죽여라."

검은 호랑이를 닮은 귀면을 쓴 신호의 말에, 남아 있는 광룡귀면대원 여섯이 계단과 입구로 흩어졌다.

쉐에에엑――!

광룡귀면대원들이 쌍검을 들고 매섭게 휘둘렀다.

그들은 자신들의 몇 배는 될 법한 정파 무인들의 돌진을 전혀 두려워하지 않고 맞부딪혔다.

좁은 복도 가운데에 내려올 길이라곤 계단밖에 없었다.

장정 너덧 명은 한 번에 오르내릴 정도로 넓은 계단이었지만, 수십 명이 한 번에 싸울 수 있을 정도로 공간이 있지는 않았다.

결국 계단 앞에서 살벌한 기세로 쌍검을 휘두르는 광룡귀면대원들을 경계하느라, 정파 무인들은 계단을 다 내려오지도 못했다.

게다가 밖에서는 교성흑오대까지 밀고 들어왔다.

"아, 한 번에 다 기어 내려오면 어떡해! 쟤들 벽 타고 기어올라갔어! 위층으로 가라고!"

남궁진혜의 외침에 계단 위쪽에 있던 무단들은 다시 위층을 향해 뛰어올랐다.

"아오, 씨! 멍청한 새끼들! 저 새끼들 어느 문파 놈들인지 알아봐!"

남궁진혜가 곁에 있는 수하들에게 버럭 화를 내었다.

하지만 제일 화를 내고 싶은 사람은 바로, 자기 자신에게였으니.

'누가 벽을 탈 줄 알았나! 그냥 우리 진화 옆에 딱 붙어 있을걸, 괜히 입구를 맡는다고 해서. 젠장!'

제일 먼저 적이 들어오는 길목을 막아서, 진화의 근처에는 가지도 못하게 하려는 마음이었다.

그런데 눈앞에서 적들이 외벽을 타고 오르는 것을 보았으니.

남궁진혜는 지금 속에서 천불이 나는 중이었다.

"너희는 계단 뚫고 올라가, 위의 애들부터 챙겨."

"조장은요?"

"난 여기 처리하고 올라갈 테니까, 먼저 가 있어."

남궁진혜가 뒤쪽에 있는 조원들에게 말했다.

그리고 계단 쪽을 힐끗거리며 틈을 찾는 조원들을 향해, 진지한 말투로 덧붙였다.

"만만치 않은 새끼들이야. 조원 중에 죽는 새끼들은 삼도천에서 내가 머리끄덩이 잡고 끌어낸다."

"추웅! 흐흐, 그렇게라도 살면 좋죠."

남궁진혜의 말에 조원들이 웃어 보이며, 검을 들고 뛰기 시작했다.

쉐에에엑---!

채-앵!

조원들의 뒤를 향해 날아가는 표창을 남궁진혜가 검기를 날려 막았다.

그때, 기다렸다는 듯 앞에 있는 광룡귀면대가 움직였다.

채---앵!

퍼억!

"이 얌생이 새끼!"

남궁진혜가 신호의 검을 막고, 발을 들어 신호의 복부를 때렸다.

제대로 맞은 신호가 뒤로 주춤거린 틈에, 이번에는 남궁진혜의 검이 신호의 머리를 향해 날아갔다.

신호의 옆에서 남궁진혜를 노리려던 광룡귀면대원 둘에겐 남아 있던 적호단원 다섯이 달려들었다.

쉐에엑-!

툭. 툭.

신호가 아슬아슬하게 허리를 젖혀 남궁진혜의 검을 피했지만, 그의 이마부터 귀면 반쪽이 잘려 나가며 그곳에 맨 얼굴이 드러났다.

"와, 더럽게 못생겼네."

"푸하-!"

남궁진혜의 말에 신호가 웃음을 터뜨렸다.

누가 과연 광룡귀면대의 맨 얼굴을 보고 이렇게 말할 수 있을까.

언뜻 보기에도 흉측한 화상 자국이지만, 보통은 얼굴을 태운 광기에서 공포심이나 두려움을 느끼는 것이 일반적이었기 때문이다.

게다가 이 상처는, 광마제의 은혜를 입었다는 증거이자 광룡귀면대의 자부심이었다.

신호는 자신의 자부심을 모독한 남궁진혜를 향해, 웃으며 이를 드러냈다.

"그래, 만만치 않은 계집이라는 건 알겠구나. 내 특별히 잔인하게 죽여 주지."

"지랄하네. 이빨 까지 말고 빨리 덤벼."

남궁진혜는 섬뜩한 살기를 뿜는 신호를 향해 덤덤하게 대꾸했다.

그도 그럴 것이 남궁진혜가 동의생이 되어 처음 투입된 전장이, 현재도 치열한 전투가 벌어지고 있는 종남파의 영역이었다.

겨우 약관의 나이였지만, 이미 귀천성의 끝을 모를 악의와 살기는 느껴 볼 만큼 느껴 보았다.

다들 처음에는 정신적 충격을 받거나 크게 흔들린다 하는데, 심지어 남궁진혜는 첫 전투에서부터 서른이 넘는 귀천성 도들을 도륙하다시피 했었다.

상대에게서 전해지는 기운에 신경 쓰지 않고, 쉽게 겁을 먹지도 않는다.

지금 남궁진혜의 머릿속엔, 어서 빨리 눈앞의 적을 처리하고 진화에게 가야 한다는 생각밖에 없었다.

"쓰불, 기다리다 할매 되겠네!"

쉐에에엑———!

순식간에 치고 들어오는 남궁진혜를 보며 신호가 쌍검을 교차했다.

카—앙!

두 사람 사이에서, 푸른 불꽃이 튀었다.

검은 무복에 싸여 있어도 우람한 근육이 눈에 띄는 신호와 부딪히면서도 남궁진혜는 단 한 걸음도 물러서지 않았다.

퍼억!

남궁진혜의 발 차기를, 신호가 정강이를 들어 막았다.

쉐에에엑!

신호의 쌍검이 남궁진혜의 급소를 아슬아슬하게 스쳤다.

남궁진혜는 검을 휘두르거나 몸을 움직이는 것으로 신호의 검을 막거나 피했을 뿐, 단 한 걸음도 뒤로 물러서지 않았다.

캉! 캉! 캉!

남궁진혜가 점점 빠르게, 점점 매섭게 검을 휘두르며 신호를 몰아붙였다.

남궁세가에는 보법이나 경신술이 크게 발전하지 않았다.

박투술이라고 따로 있을 리 없었다.

남궁진혜가 하는 행동들은 모두, 그저 상대의 급소를 향해 정확하게 검을 휘두르기 위함이었다.

캉! 캉!

검을 부딪칠수록 점점 검에 덧씌우고 있는 푸른 기운이 짙어졌다.

그리고.

쉐에에에엑———!

카앙-!

신호의 쌍검이 잘려 나가, 한쪽 바닥에 떨어졌다.

"커헉!"

신호가 한 번도 본 적 없는 광해의 짙은 푸른색을 보았다
고 생각한 것과 동시에, 그의 신형도 무너지듯 바닥에 쓰러
졌다.

　남궁진혜는 허무할 정도로 순식간에 신호의 주검을 지나
쳤다.

　쉐에에엑!

　"뭐 하냐, 전부 죽여!"

　남궁진혜가 교성흑오대의 거미줄같이 얽힌 사슬을 단번에
베어 내고, 사나운 눈으로 적과 동지가 뒤섞인 계단을 노려
보았다.

　단번에 죽여 버리겠다는 듯.

　진화가 악수아의 머리를 향해 번개를 휘둘렀다.

　쉐에에엑-!

　"무슨!"

　악수아가 황급히 피한 번개가 뒤에 있던 광룡귀면대원에
게 꽂혔다.

　파지지지직-!

　"우아아악---!"

　고통에 찬 비명이 터져 나왔다.

그 어떤 고통도 견디도록 훈련받은 광룡귀면대원의 입에서 비명이라니.

대체 저건 뭐란 말인가!

진화와 현오를 우습게 보고 덤비려던 악수아와 오원, 남은 광룡귀면대원들 사이로 긴장감이 흘렀다.

그러나 잠시 멈칫하고 있을 시간도 없었다.

진화의 검기가 다시 그들을 노리고 있었기 때문이다.

"허! 이상한 재주를 익혔구나!"

악수아가 아랑쌍정을 거꾸로 들고 달려들었다.

오원 역시 칼날이 밖으로 난 반월형의 건곤권을 쥐고 진화의 뒤를 노렸다.

카-앙!

챙챙!

눈으로 좇기도 바쁠 정도로 공격을 퍼붓는 둘 사이에서, 진화 또한 번개처럼 빠르고 난폭하게 움직였다.

일반적으로 검이 초근접전에 불리하다 하지만, 이전 생의 무수한 경험을 가진 진화에겐 어림도 없는 소리였다.

파지지지직---!

악수아와 오원이 피한 검기는, 곧바로 다른 광룡귀면대원에게 꽂혔다.

그리고 그들의 뒤편에는, 양손에 베개를 든 푸근한 체형의 스님도 있었다.

휘에에에엑--!

"나무아미, 타타-불!"

퍽퍽! 퍼-억!

현오가 베개로 광룡귀면대원의 표창을 막고, 표창이 박힌 베개를 그대로 광룡귀면대원을 향해 휘둘렀다.

소림 내공과 함께 피육이 터지는 소리가 크게 울렸다.

콰---앙!

한 명은 그대로 문과 함께 복도로 처박혔다.

"진화, 온다!"

현오의 말에, 진화가 문밖을 슬쩍 보았다.

좁은 복도를 따라 시체를 넘어 정파 무인들이 달려오는 소리가 들렸다.

"진짜 시간이 없네."

짧게 말한 진화의 검은 눈동자에, 서늘한 살기가 번뜩였다.

동시에.

퍼---억!

현오의 금강붕산권을 맞아 어깨가 터진 광룡귀면대원이 벽에 처박히며, 진화의 눈동자에도 핏방울이 잡혔다.

파지지지지직---!

파파파팟--!

"크악!"

"피해!"

공중에 흩뿌려진 핏방울을 연결하듯 번개가 번뜩이고, 번개를 머금은 핏방울이 닿은 광룡귀면대원들 역시 그것과 함께 천뢰기에 살이 터져 나갔다.

사방에 푸른 번개가 번뜩이는 사이로, 진화의 신형이 움직였다.

파팟————!

"부대주!"

광룡귀면대원 하나가 악수아의 앞으로 몸을 날리며, 섬뜩한 빛을 마주 보았다.

쉐에에엑———!

푸른 빛줄기가 광룡귀면대원을 머리부터 발끝까지 한 줄로 갈랐다.

"커헉!"

순식간에 생기를 잃고 쓰러진 수하의 시체 너머, 검은 눈동자가 그를 향하는 것을 보며.

오-싹.

오원은 태어나 처음으로 피가 식는 듯한 공포를 느꼈다.

하나둘, 순식간에 죽어 가더니 이제 악수아와 오원밖에 남지 않았다.

"남궁 공자! 현오 님-!"

어느새 정파 무인들이 그들을 부르며 달려왔다.

오원이 당황한 듯 복도 쪽과 악수아를 보았다.

그때.

파파바바밧팟-! 파팍! 팍!

"크억!"

"뭐야!"

거대한 갈고리가, 벽을 뚫고 들어왔다.

우지끈. 콰직!

콰----앙!

중간에 죽은 정파 무인들은 의도한 희생이 아니었다.

갈고리는 애초에 벽을 뜯어내기 위한 것이었기 때문이다.

악수아와 오원도 이것까진 몰랐는지, 놀란 듯 벽 쪽으로 고개를 돌렸다.

정파 무인들은 물론 현오도 놀란 눈으로 벽을 보았다.

단 한 사람, 진화만이 한쪽 입꼬리를 올리며 서늘하게 웃고 있었다.

"뭐, 뭐지?"

"뭐긴, 한쪽 대가리의 뱀이 다른 쪽을 무는 순간이지."

쌍두사의 한쪽 대가리가 마음에 안 드는 먹이를 쫓는 다른 쪽 대가리를 물어 버리면, 서서히 퍼진 독은 결국 자기 자신까지 죽이게 될 것이다.

"놈들이 전부 나타났다! 정의맹의 무인들은, 적을 섬멸하라!"

때를 기다렸다는 듯, 정의무학관주 나무열의 사자후가 쩌렁쩌렁하게 울려 퍼졌다.

전쟁이 멈춘 지도 벌써 십여 년이 흘렀다.

치열했던 시기, 위대한 영웅의 뒤를 따라 검을 들던 시대
는 지나가고.

터전을 빼앗겼거나 몇몇 아직도 치열하게 싸우고 있는 곳
을 제외하면, 대부분의 문파 특히나 지금 세대의 젊은 무인
들은 귀천성과의 전쟁을 경험해 보지 못했다.

정도 무림을 지탱하는 최고의 권위라는 정의맹의 위세도
많이 약해졌고, 어쩌면 많은 이들의 비난처럼 곧 있을 전쟁
준비보다는 이권 다툼이나 하는 날이 더 많았던 것도 사실이
었다.

그러나 지금 정도 무림의 수뇌부엔 아직 그때 영웅들의 뒤
를 따르던 이들이 남아 있었으니.

정의맹은 아직, 싸우는 법을 잊지 않고 있었다.

새까맣게 내려앉은 까마귀처럼, 교성흑오대가 사슬을 밟
고 뜯겨 나온 벽을 향해 달리기 시작했다.

적호단이 복도에서 교성흑오대를 막고 나섰지만, 점점 수에 밀렸다.

그때.

"감히 뉘를 노리는가!"

푸른 무복을 입은 건장한 체격의 중년인이 검을 휘두르며 전투에 뛰어들었다.

파바바바―팟――!

천뢰제왕검법 천뢰우전이 사슬 위로 내리쳤다.

푸른 기운이 사슬을 태우듯 번뜩이고, 교성흑오대원 십여 명이 사슬에서 떨어졌다.

뇌선검 남궁조가 검을 들고 외쳤다.

"창궁무애단은 뭘 하는가! 공자님을 지켜라!"

"충!"

뇌선검 남궁조의 외침에 따라 창궁무애단의 검수들이 숙청관 앞을 빙 둘러쌌다.

그리고 주변부에서 사슬을 움직이던 교성흑오대부터 죽이기 시작했다.

쉐에에엑―――!

챙! 챙!

"모용은하단은 전장을 장악하라!"

"팽가혼원단은 귀천성의 더러운 주구들을 죽여라!"

"무당 현문단 검수들은 태극진을 펼쳐라――!"

"점창파 현천대는 분광진으로 놈들을 나누라!"

중구난방으로 움직이던 전장 안에서도 우렁찬 목소리들이 울려 퍼졌다.

이제까지 귀천성의 숨겨 둔 패를 기다리고 있었다는 듯, 각 무단의 단주들이 무인들을 이끌고 일사불란하게 움직이기 시작했다.

"자랑스러운 관도생들은 무얼 하는가! 이곳은 우리의 집이다! 침입자를 처단하라!"

정의무학관 관주 나무열의 명과 함께, 금의생부터 동의생까지 실전에 투입될 준비가 끝난 관도생들이 전투가 벌어지는 전장으로 뛰어들었다.

비등비등한 듯 보이던 판세가 한쪽으로 완전히 기울었다.

벽을 뜯어내고 사슬을 타고 올랐던 교성흑오대는 창궁무애단에 의해 모두 죽임을 당하고 사슬을 빼앗겼다.

오히려 사슬을 타고 창궁무애단이 위로 오르기 시작했다.

또한 전장 밖에서 사슬을 움직이던 이들은 모용은하단에게 모두 죽임을 당하고, 이제는 무당파와 점창파 무인들이 그들을 나눠서 압도적인 수적 열세 속에 싸우도록 만들었다.

정의맹 소속 문파의 무단들과 함께 싸우는 경험은, 실전 경험이 적은 정의무학관 관도생들에게도 더할 나위 없는 교육이었다.

혼란스러운 눈으로 교성흑오대를 보던 악수아가, 사슬을 타고 오르는 그들을 보며 말했다.

"시간을 벌었군."

"정말 그렇게 생각하나?"

진화가 입꼬리를 올리며 반문했다.

교성흑오대가 끼어들면서 오히려 시간을 번 쪽은 진화였다.

적호단원들이 교성흑오대와 얽혀 있는 동안, 진화는 악수아와 오원을 죽일 시간을 얻은 것이다.

'아주 빨리. 하지만 광마전의 개를 죽이기엔 충분해!'

진화의 눈 속에서 푸른 번개가 쳤다.

쉐에에엑--!

순식간에 느껴진 살기에 악수아가 몸을 날리며, 진화의 검이 악수아가 있던 곳을 스쳤다.

하지만 진화의 손에서 파지직- 하는 소리를 듣는 것과 동시에, 악수아의 복부에 진화의 천뢰장이 박혔다.

"크윽!"

쿠-웅.

"부대주!"

한쪽 벽으로 날아가 부딪히는 악수아를 보며 오원이 놀라

소리쳤다.

하지만 그에게도 악수아를 걱정하고 있을 여유는 없었다.

퍼-억!

쿵! 쿵!

오원이 원숭이처럼 뛰어다니며 현오의 권을 피했다.

그런 오원을 쫓듯, 그가 있던 곳엔 현오의 주먹 자국이 새겨졌다.

"아미타불."

낮은 목소리가 오원의 귓가에서 들렸다.

그리고 고개를 돌린 순간.

'붉은 눈?'

퍼-억!

"크억!"

현오에게 따라잡힌 오원이 오형팔법권에 얻어맞고 날아갔다.

동시에 섬뜩한 기운이 느껴졌다.

쉐에에에엑----!

'번……개!'

그것이 끝이었다.

오원이 현오의 오형팔법권에 맞아 잠시 균형을 잃은 사이, 진화의 검이 순식간에 그의 목을 갈랐다.

파-앗!

피가 튀어 오르고, 주인을 잃은 오원의 몸이 바닥에서 퍼덕거렸다.

아직 제 죽음을 인지하지 못한 오원의 눈이 악수아에게 향했다.

파지지지직-----!

"크아아아악---!"

도망가려던 것인지, 틈을 찾아 공격하려던 것인지.

여하튼 몸을 날렸던 악수아가 공중에서 번개에 감싸인 채 비명을 지르며 떨어졌다.

악수아에게 떨어지던 오원의 피에, 진화의 천뢰기가 번뜩이고 있었다.

"나는 도망 못 하게 잡아야지."

현오의 주먹에서 금강붕산권의 금빛 기운이 어린 순간.

콰-앙!

악수아가 아랑쌍정으로 현오의 권을 막았다.

하지만 가슴을 꿰뚫는 진화의 검은 막지 못했다.

푸욱.

"……커헉!"

눈이 부시게 번뜩이는 푸른 빛이 진화의 검에서부터 악수아의 온몸을 감쌌다.

파지지지지직----.

"크아아아악-!"

하늘에서 번개가 내리꽂힌 것처럼, 악수아의 온몸을 관통하는 빛줄기에 전투 중이던 모든 사람들의 시선이 빼앗았을 정도였다.

"천(天)……벌(罰)!"

일전에 남궁진휘를 공격하던 비영문도를 죽일 때처럼, 누군가가 마치 홀린 듯 말했다.

……툭!

악수아의 시체가 바닥으로 떨어졌다.

정의맹 무인들은 계속해서 남아 있는 교성흑오대와 싸우기 시작했고, 창궁무애단은 적호단과 함께 사슬을 타고 올라온 교성흑오대를 죽였다.

그러나 전장을 모두 정리하기까지, 기묘한 분위기가 여운처럼 남아 흘렀다.

개미의 발소리조차 들릴 듯 조용한 공간.

스르르.

미끄러지듯 장년의 문사가 죽간을 살폈다.

그리고 그것을 펼치는 순간.

티-잉!

아주 작게.

하지만 강렬하게 실이 끊어지는 소리가 울렸다.

그리고 순식간에 몰려드는 발소리가 우르르르 들렸다.

콰—앙!

문이 앞으로 넘어지면서, 적호단 단원들이 장년의 문사를 향해 검을 겨누었다.

느껴지는 기척으로는 밖에도 적호단이 빼곡하게 둘러싼 듯했다.

"허어."

장년의 문사, 제갈무진이 짧게 감탄사를 내뱉었다.

모두가 정의무학관에 정신이 팔린 사이, 의선문을 지키는 적호단원들의 감각을 완벽하게 속이고 들어왔다.

흔적조차 남기지 않으려 직접 움직였건만, 설마 죽간을 펴자마자 작은 은사, 실 한 가닥이 그의 환술을 깨트릴 줄이야.

제갈무진의 눈빛이 요요하게 가라앉았다.

"내가 환술을 사용할 줄 알았나?"

제갈무진의 물음에, 창밖에 있던 적호단원들의 사이가 벌어지며 제갈가주가 모습을 드러내었다.

"쥐도 새도 모르게 비영문주의 시체를 빼돌리려면, 현홍사로 시체를 움직이는 것만으로는 부족하지. 시신의 냄새와 눈에 보이는 부자연스러움을 환술로 속이지 않는 이상은."

"제갈무진이 환술을 쓴다고 예상을 했다?"

제갈무진은 혼자 감탄하듯 물었다.

제갈가주는 그게 무슨 뜻인지 알고, 입매를 말아 올렸다.

"내가 아는 제갈무진이라면, 그런 무공을 쓰는 것 자체가 있을 수 없는 일이지. 고로 너는 내가 아는 제갈무진이 아니다."

"허허!"

제갈가주의 말에 제갈무진이 감탄하는 듯 웃었다.

제갈무진과 제갈가주는, 세가 내에서 가장 가까운 또래이자 사촌 형제였다.

실제로도 형제처럼 가깝게 자랐다.

평범한 키와 마른 듯한 체격, 날카로운 눈매에 단정한 인상까지.

한때는 많이 닮은 외모와 완전히 상반된 분위기를 가진 형제로 알려지기도 했다.

그러나 제갈무진의 표정이 싸늘하게 바뀌자, 두 사람은 분위기마저 비슷해졌다.

"예민한 제갈가주와 달리 허술하고 오직 글밖에 모르는 제갈무진. 생전 검 한번 들지 않은 백면서생. 사람의 선입견과 편견이라는 게 참 무섭지. 한번 박힌 인식이란 게 끈질기고 두껍거든. 너도 그래서 수십 년간 속지 않았더냐. 하나, 한 가지는 인정하마. 참 깨끗하게 머릿속의 제갈무진을 버렸구나."

죽간도 가짜였다.

세월의 흔적마저 교묘하게 복제한 가짜.

무림에 이런 진짜보다 더 진짜 같은 가짜를 만들어 낼 이도 있었다.

'신화투객 가좌룡. 역천비록을 방비하기 위한 진법을 만드는 데에 투입되었다 하더니…… 그때 예상했어야 했건만. 내가 너무 안일했구나.'

제갈무진이 아쉬운 듯 혀를 찼다.

"어쩔 수 없군. 보아하니 정의무학관의 제물들도 대비를 해 놓은 모양이니, 이만 물러설 수밖에."

제갈무진이 죽간을 던지며 손을 털었다.

그리고 한 발자국 움직이자, 문을 막고 있던 적호단원들이 검을 곧추세웠다.

"여길 빠져나갈 수 있을 거라 생각하나?"

제갈가주가 제 주변으로 빼곡하게 자리한 적호단을 보여 주며 말했다.

"자네의 그 까마귀들이 더 있을 거란 기대도 말게. 하마터면 속을 뻔했지. 매일 진법을 바꾸고 있을 줄은 몰랐으니. 하지만 꼬리가 길면 잡히는 법. 숲에 있는 동굴도 지금쯤 정의맹 무인들이 정리에 나섰을 것이네."

제갈가주가 냉담한 눈빛으로 어설픈 희망을 품지 말라 말했다.

숲의 정찰에 나선 주작단에서 희생자가 나온 자리가, 이미 이전에 한번 정찰을 했던 곳이었다.

"옥혼진을 뚫은 것인가? 허허허! 대단하군. 하긴 너는 어릴 적부터 그랬지. 한번 한 실수는 다시 하는 법이 없었어.
그게 참 마음에 들었는데."

"나도 자네가 마음에 들었다고 이야기해야 하나?"

"아니. 자네가 이 제갈무진을 싫어한다는 건 알고 있었지.
도통 싸울 줄 모르는 위인이었으니. 제갈세가 사람인 주제
에, 이상하게 자네는 싸우는 데에 집착했단 말이야."

제갈무진이 의아하다는 듯 고개를 갸웃거렸다.

도무지 적진 한복판에서 적에게 둘러싸인 사람 같지 않았
다.

제갈가주는 패배자답지 못한 제갈무진이 마음에 들지 않
는 듯, 눈살을 찌푸렸다.

"시간을 끄는 건가? 추하게 굴지 말고 순순히 잡히는 건
어떤가? 자네는 시끄러운 걸 싫어하지 않았나."

제갈가주가 한 번 더 항복을 권유했다.

그런데 갑자기 제갈무진이 파안대소를 터뜨렸다.

"하하하하하하하하하하!"

제갈무진의 웃음에 제갈가주의 눈빛이 매섭게 가라앉았
다.

제갈무진이 무슨 짓을 할까, 손을 들어 적호단에게 공격
준비 신호를 내렸다.

적호단주 팽치가 제갈가주의 옆으로 섰다.

그렇게 한참 웃어 대던 제갈무진이 웃음소리를 그치며, 창

밖에 있는 제갈가주를 보았다.

그리고 싸늘하게 제갈가주를 비웃었다.

"그래. 제갈무진은 그랬지. 그런데 나는 네가 아는 제갈무진도, 그냥 제갈무진도 아니다."

제갈무진의 눈빛이 까맣게 물들었다.

"피해라————!"

콰아————앙!

적호단주 팽치의 외침과 함께, 괴성이 울려 퍼졌다.

거대한 기운이 벽을 무너뜨리고, 제갈가주가 있는 곳을 휩쓸었다.

"크읏!"

적호단주 팽치가 기운을 일으켜 앞을 막았다.

하지만 그렇지 못한 적호단원들은 태풍에 쓸려 나가듯 쓰러졌다.

쏴아아아아————!

철로 만들어진 회오리 태풍은 잔인하고 포악하게 눈앞에 있는 모든 것을 잡아 뜯었다.

"크아아악-!"

"으-악!"

거친 회오리가 휩쓸고 지난 자리에, 피 흘리며 쓰러진 적호단원들과 땅을 할퀸 자국만이 남았다.

제갈무진의 무공에 대해 듣기는 했지만, 이 정도일 줄은 생각도 못 한 제갈가주였다.

　제갈가주와 적호단주가 경악을 금치 못한 얼굴로 제갈무진을 찾았다.

　아니, 그는 이제 제갈무진 자체도 아닌 듯했다.

　곳곳에서 퍼지는 적호단원들의 신음을 들으며, 제갈가주는 도무지 믿기지 않는 얼굴로 물었다.

　"넌 대체 누구냐……?"

　의선문 별채 한편의 나무 꼭대기 위.

　밤하늘보다 까만 눈동자가 요요하게 빛나며 제갈가주와 적호단을 구경하듯 내려다보고 있었다.

　그리고 경악하고 있는 얼굴들이 만족스러웠는지, 제갈가주를 향해 시원하게 웃어 보였다.

　"허허허허! 제갈의 아해야, 네 아비에 이어 앞으로 너를 상대하는 것도 재밌겠구나!"

　"……!"

　제갈가주의 눈이 찢어질 듯 커졌다.

　그들을 내려다보며 웃고 있던 제갈무진의 얼굴이 일렁이는가 싶더니, 곧 그의 신형이 어둠 속으로 사라졌다.

　"혼현마제 무뇌평…… 이 개자식! 살아 있었구나!"

　제갈가주가 자신들을 농락하고 사라진 혼현마제의 이름을 짓씹듯 내뱉었다.

　아니 그렇겠는가.

지금도 이곳 의선문 깊숙한 곳엔 자신의 아버지, 천수현인 제갈길현이 잠들어 있었다.

그를 그렇게 만든 혼현마제가 아직 살아 있었다니!

대반격의 가장 큰 성과는 혼현마제와 환희제, 광마제의 죽음과 역천마제의 부상이었건만…… 이제는 모든 것을 의심해 봐야 하지 않을까.

눈앞에서 저를 농락하고 간 원수의 그림자를 쫓으며, 제갈가주가 밀려드는 분노와 모멸감에 주먹을 떨었다.

그때, 적호단주 팽치가 그를 불렀다.

"총군사."

"음? 아, 그렇지. 정리를 해야지. 혼현마제라면, 지금 쫓아 봐야 소용없는 일이오. 의선문 의원들을 불러들이고, 사상자를 수습합시다."

"예."

제갈가주가 주변에 쓰러진 이들을 둘러보며, 힘없이 명을 내렸다.

나아갈 진進 불 화火 : 진화의 원수들

진화에게는 복수를 다짐한 자들이 있었다.

첫 번째는 당연하게도 귀천성이었다.

남궁세가를 멸문시킨 자들.

남궁세가 본가를 습격해서 모두를 도륙한 것은 광마제였지만, 그 외에 무수한 죽음에는 귀천성이 연관되어 있었다.

이전 생에서도 진화는 그들을 모두 제 손으로 죽이기 위해 날뛰었고, 지금도 그 마음에는 변함이 없었다.

'모두 죽이리라! 어떤 죽음도 상관없다! 그냥 매일매일 죽어 가는 날벌레처럼 의미 없는 죽음, 순식간에 찾아온 자비로운 죽음, 지옥 불에 타는 듯 고통스러운 죽음, 그 어떤 것이라도. 그저 놈들이 세상에 존재하지 않는 거라면……!'

제갈무진의 정체가 혼현마제 무뇌평이라는 것이 알려지며 무림은 충격에 빠졌다.

　정사 연합의 대반격으로 혼현마제, 환희제, 광마제를 죽이고 역천마제에게 부상을 입히며, 마침내 귀천성의 진격을 멈추었었다.

　그런데 지금, 광마전의 광룡귀면대가 등장하고 혼현마제까지 살아 있는 것을 확인한 이상, 앞선 모든 승리들마저 의심스러워진 것이다.

　정의맹이 술렁이는 와중에 제갈가주가 이틀 동안 칩거했다.

　혼현마제가 도망치긴 했지만, 정의맹 또한 혼현마제가 노리던 제물과 역천비록을 지켜 내었으니.

　정의맹 소속 문파들 사이에서는 제갈가주와 혼현마제가 '한 번씩 주고받았다' 혹은 혼현마제는 모든 세력을 잃고 도망쳤으니 '제갈가주의 판정승이다'라는 평이 다수였다.

　하지만 천수현인 제갈길현을 혼수상태에 빠뜨린 혼현마제가 뻔히 제갈세가에서 수십 년을 위장하고 있었던 일은, 제갈가주에게 큰 충격을 준 듯했다.

　물론, 광마제가 살아 있다는 것을 알고 있던 진화에게는 전혀 놀랍지 않은 일이었다.

오히려 진화의 마음에 걸리는 건 따로 있었다.

"제갈가주를 죽일 수 있었을 텐데, 왜 그냥 갔을까?"

"도련님은 그게 궁금하냐?"

"그렇잖아. 아무리 적호단의 수가 많았다고 해도, 혼현마제라면 충분히 노릴 수 있었어. 게다가 그런 걸 놓치는 놈들도 아니고."

진화가 눈빛을 가라앉히고 심각하게 고민하는 것을 보며, 남궁구와 현오가 고개를 절레절레 저었다.

"제갈가주가 안 죽어서 아쉬운 건 아니겠지?"

"그럴 가능성도 있어."

"어휴, 독하다, 독해."

"아미타불, 저 중생은 극락 가긴 틀렸소."

"……."

둘을 한심하게 보고 있던 남궁교명이 현오를 보다가 한숨을 쉬었다.

"땡중, 너는 너 자신이나 걱정하지그래? 광룡귀면대 일부가 베개에 머리나 사지가 터져 나가 죽었다던데."

"헛, 흠흠, 흠, 안 그래도 요즘 백일치성을 드리고 있소."

"그게 죽은 놈들의 극락왕생이 아니라, 너 좀 봐 달라고 비는 거였어?"

"천상천하 유아독존이라지 않나. 인생은 원래 혼자네."

현오가 하나 남은 만두를 입에 털어 넣으며 당당하게 말했다.

백일치성을 위해 파르라니 깎은 민머리가 끄덕거리는 고
갯짓을 따라 반질거리기까지 했다.

"이 마당에 대단하지 않아? 충격으로 칩거했다면서, 그 와
중에 언제 준비해서 제갈 영애의 정혼식까지 진행한대?"

"글쎄, 오왕부에서 불똥이라도 튈까 봐 그러는 걸 수도.
무려 왕자를 잡아 가뒀으니."

남궁구와 남궁교명의 말에, 현오는 왕자를 납치했던 놈들
이 할 말은 아니라는 생각이 들었지만 입 밖으로 내진 않았
다. 입에 만두가 가득 찼기 때문이다.

왕자라는 말에, 생각에 빠져 있던 진화가 눈을 빛냈다.

"이만 가 보지, 만두도 없는데."

진화가 먼저 자리에서 일어섰다.

"어째 마지막 말이 콱 박힌다. 안 그래, 뚱뚱땡중?"

"음? 앙 오으게스."

"아이, 땡중! 다 씹고 말해!"

"도련님, 이상한데. 초대받았다고 제갈세가 정혼식에 순
순히 간다고? 진짜 구경하고 싶은 게 어느 쪽이야? 아름다운
정혼녀, 아니면 갇혀 있는 왕자?"

남궁구가 진화의 옆으로 바짝 따라왔다.

그리고 그 뒤를 현오와 남궁교명이 따랐다.

"앙궁 시주, 삐졌소?"

"삼키고 말하라고, 넌 밥상머리 교육도 안 받았냐!"

"맞소. 난 부모 얼굴도 모르오."

"아, 난 그런……."

"동자승 출신이니, 따지려거든 각우 스승님께 따지시오. 하하하하!"

"야! 이, 씨!"

진화의 주변이 다시 소란스러워졌다.

언제부터인가 진화의 주변에 그들이 있는 것이 자연스럽게 되었다.

제갈세가.

진화가 귀천성만큼이나 복수의 칼을 벼르던 곳이었다.

남궁세가의 불행을 발판으로 삼았던 곳.

그리고 남궁세가 사람들의 목숨을 방패처럼 휘둘렀던 곳.

그때의 제갈세가는 소가주 제갈지현이 이끌던 곳이었다.

"와아, 정혼녀가 참 곱네."

"아, 무림 최고의 재녀라는 지당화(智儻花)가 아닌가!"

"왕자님이라니! 허허, 제갈세가가 혼처 자리를 아주 잘 잡았구먼! 여기서 정혼식을 한 번 하고, 이 년 후 왕부에 가서 정식 혼례를 치른다지?"

"자식들이 그리되고, 그나마 제갈가주가 한시름 놨겠구면."

비록 미모로 유명한 것은 천상화 나하린이었지만, 오늘만큼은 제갈지현 또한 사람들의 감탄을 자아낼 만큼 아름다웠다.

평소 날카로워 보이는 눈매는 붉은 칠이 닿아서 그런지, 선이 가는 이목구비와 함께 고혹적인 분위기를 풍겼고. 화려한 붉은 옷에 가려지지 않는 가녀리고 꼿꼿한 자태는 단아한 기품이 흘러넘쳤으니.

정혼자의 자리에 서서 인사하는 건장한 사내, 이왕자 한문태의 얼굴에도 오늘만큼은 웃음이 그치질 않았다.

"눈에서 칼 쏘겠네. 왜 그래?"

"아니, 난 그저…… 제갈지현이 제갈세가가 아니라 왕부를 선택한 것이 신기해서."

이왕자와 함께 미소를 머금고 손님들을 맞이하고 있는 제갈지현을 보며, 진화 또한 스르륵 입꼬리를 말았다.

'선택한 것이 아니라 어쩔 수 없었던 건가? 제갈후현이 죽지 않았으니, 제갈가주가 너를 소가주 위에 앉힐 리 없지. 앞으로도 실의에 빠져 가문의 실권과 군사부의 일을 맡길 리도 없을 테고. 제갈후현을 안 죽이길 잘했네. 일이 이렇게 풀릴 줄이야.'

진화의 입가에 화사한 미소가 맺히자, 사람들의 시선이 하나둘 진화에게 모여들었다.

술렁이는 분위기에, 제갈지현의 눈길도 진화에게 향했다.

뭔가 마음에 들지 않는 듯 차갑게 내려앉는 눈빛에, 진화가 더욱 환하게 웃어 보였다.

'이 얼굴이 쓸 만하지. 네게 가야 할 관심까지 앗아 오고 있으니.'

진화 또한 자신이 오늘 잔치의 주인공들에게 가야 할 관심을 빼앗고 있다는 걸 알았다.

하지만 진화가 그녀에게서 빼앗을 것은 그것만이 아니었다.

'지금은 고작 사람들의 관심이지만, 앞으로 내가 빼앗을 건 너의 안위와 영달, 네가 바라던 권력, 그리고 미래까지. 이전 생에서 네가 남궁세가 사람들의 목숨을 바치고 얻었던 모든 것이 될 것이다.'

그리고 제갈세가는 지금의 힘없는 세가로 계속 머물며, 앞으로 진화가 귀천성과 싸우는 데에 보탬이 될 것이다.

이전 생의 남궁세가가 그러했듯 건실한 후계자도 없이…….

진화의 눈이 한쪽에서 웃고 있는 제갈후현에게로 향했다.

제갈후현은 제갈지현의 혼사를 이곳의 누구보다 진심으로 기뻐하고 있었다.

'끝났다고 생각하는 건가?'

그때, 진화의 곁으로 소가주 남궁진휘와 남궁진혜가 웃으며 다가왔다.

"진화야."

"형님! 누님!"

"소가주님을 뵙습니다."

"남궁 소가주님과 남궁 영애, 오랜만에 뵙습니다."

진화와 일행 또한 남궁진휘와 진혜를 반갑게 맞았다.

천하제일 남궁세가.

구름이 흐르는 푸른 하늘처럼 청명한 천풍무의를 입은 남궁세가 직계들이 한곳에 모이자, 잔치에 모인 사람들의 시선이 모두 그곳으로 쏠렸다.

분위기를 느낀 제갈후현의 웃고 있던 얼굴이 보기 좋게 구겨졌다.

그 모습을 보니 기분이…….

"저 병신 새끼는 가자미보다 못생긴 게 왜 가자미같이 째려보고 지랄이야."

"진혜야, 남의 집 잔치에서 소란 피우지 마라."

"내가 뭘. 그냥 그렇다는 거지. 그리고 나는 저 새끼의 웃는 낯보다 우는 낯을 더 좋아해."

남궁진휘가 철없다며 남궁진혜를 타박하는 것을 보며, 진화가 조용히 입꼬리를 내렸다.

남궁진휘가 일행을 데리고 제갈가주와 주인공들에게 인사를 하러 갔다.

남궁구와 남궁교명, 현오는 슬그머니 내빼고 싶어 했지만, 남궁진휘에게는 어림도 없는 일이었다.

"아니, 소승은 왜……."

"하하, 맹주님이 오시긴 했지만 소림의 대표로 인사는 해야지."

"제가 소림의 대표라고요?"

"마라승 각우 님을 초대했는데, 인사는 본인이 가는 거라고 자네를 보낼 거라 하시더군."

"……."

남궁진휘가 친절하게 '사부가 네게 떠넘겼다.'라고 알려 주고서야, 현오가 입을 다물었다.

남궁진혜가 고소하다는 듯 웃었다.

그녀 또한 두 팔이 멀쩡한 옷을 단정하게 입고, 머리 장식까지 당하고 끌려온 차였다.

"남궁세가에서도 왔는가."

"경사 축하드립니다."

"직계가 모두 와 줘서 고맙네."

제갈가주가 예상외로 반갑게 남궁진휘를 맞이했다.

그리고 남궁진휘의 뒤로, 코뚜레에 코가 뚫린 소처럼 줄줄이 딸려 온 이들에겐 웃어 보이기까지 했다.

"이번 혼사로 제갈세가가 날개를 달겠군요."

"글쎄. 그것도 남궁세가의 협조가 중요하지 않겠나."

제갈가주가 오왕부와의 혼사를 그토록 원했던 것은 수로의 유통권을 얻고자 함이었다.

그런데 양주 쪽의 수로 유통은 남궁세가가 절반 이상을 쥐고 있으니.

앞으로 제갈세가는 남궁세가와 협력을 하든, 경쟁을 하든 선택을 해야 할 것이다.

"눈으로 칼 쏘는 사람들이 또 있었네."

"……닥쳐."

남궁구와 남궁교명이 수군거리는 소리가 안 들릴 리 없었지만, 남궁진휘와 제갈가주는 끝까지 웃는 얼굴로 대화를 마쳤다.

"축하합니다."

"하하하하! 감사하오."

정혼의 당사자들에게도 다들 짧게 한마디씩 전했다.

물론 중간에 진화가 활짝 웃으며 인사를 건넸을 때는 분위기가 살짝 얼어붙었지만 말이다.

"우아, 두 방을 치네."

"미모로 정혼녀에게 한 방, 과거 부끄러운 역사로 정혼자에게 한 방인가. 과연."

이번에도 남궁구와 현오가 다 들리도록 수군거렸지만, 이 왕자와 제갈지현 모두 혼신의 힘을 다해 못 들은 척하며 웃는 얼굴을 유지해 냈다.

그렇게 화기하고 애매한 분위기 속에 무사히 축하 인사를 마치고 돌아가는 길.

하필 남궁진휘와 제갈후현이 마주치고 말았다.

"축하……드릴까요?"

"네 축하는 필요 없어."

"왜요, 여기서 제일 기뻐 보이시는데? 생각하는 대로 풀릴지는 모르겠지만."

"뭐야?"

두 사람 사이의 분위기는 도무지 애매하게 넘길 수 있는 정도가 아니라.

웃으며 시비 거는 남궁진휘와 그 시비를 그냥 넘기지 않고 험하게 받는 제갈후현을 보며, 남궁진혜와 일행이 흥미진진한 얼굴을 했다.

여기서 일행에는 진화도 당당하게 껴 있었다.

"내 면전에서 비웃고 싶었던 거냐? 이제 대놓고 날 무시하고 싶어서?"

제갈후현이 남궁진휘를 죽일 듯 노려보며 물었다.

어차피 제갈후현이 남궁진휘와의 대련에서 폭주하면서 살

기를 드러낸 것을 모르는 사람이 없었으니, 이제는 숨기지도 않겠다는 태도였다.

"내가 왜 당신을 무시하겠습니까? 오해입니다."

적의를 숨기지 않는 건 남궁진휘도 마찬가지였다.

"오해라고?"

"오해죠. 무시는 업신여기거나 깔보는 건데, 난 당신을 무시한 적이 없습니다. 난 당신이란 사람 자체를 싫어하거든요. 지금도 상종하기 싫어서 빨리 가려던 참입니다."

"너……!"

"이제는 두고 보자고 못 하겠죠? 처지가 그러하니. 또, 미친 척하고 덤빌 게 아니면, 이제 길 좀 비켜 주시겠습니까?"

제갈후현은 후계자 자리뿐 아니라 군사부나 정의맹 요직에서 활동할 기회마저 잃었으니, 이미 두 사람의 경쟁 관계는 제갈후현의 폭주와 함께 끝이 났다고 해도 과언이 아니었다.

그럼에도 불구하고, 남궁진휘는 웃는 얼굴로 기꺼이 패배자를 한 번 더 짓밟았다.

"우아, 칼을 쒰네, 쒰어."

"진짜 칼부림 나는 거 아니야?"

"이제는 못 하지."

진화의 말처럼, 더 이상 제갈가주의 눈 밖에 날 수 없었던 제갈후현이 이를 갈며 물러섰다.

이전 생에서 남궁진휘를 죽이고 결국엔 스스로도 죽이고 말았던 제갈후현이었다.

지금은 그토록 이기고 싶었던 남궁진휘를 두고 혼자서만 몰락한 자신을 보며, 매일 스스로를 죽이고 싶진 않을까.

진화는 한때 제갈의 미래라 불렸던 자의 초라해진 모습을 보며 고소를 머금었다.

그리고 또 한 명.

밖이 잔치 분위기로 화기애애한 가운데, 제갈세가의 중앙에서 조금 떨어진 외진 곳에선 분노에 찬 고함만이 가득했다.

"젠장! 젠—장!"

칠왕자 한문혜가 의자에 묶여 있었다.

정의무학관 습격이 있은 즉시, 제갈지현과 제갈세가 무인들에 의해 제압당해 구속되어 있었던 것이다.

"감히! 감히 날 속여—!"

한문혜가 분노를 참지 못하고 발악을 계속했지만, 제갈지현은 손수 그의 혈도를 눌러 내공까지 묶어 두었다.

"나는 처음부터 마음을 정했어요. 제갈세가를 가질 수 없다면, 왕비라도 될 것이라고.”

“제갈세가를 준다고 했잖아!”

“제갈세가는 당신 따위가 줄 수 있는 곳이 아니야.”

“날 속인 건가!”

“유감이에요, 조금만 더 멍청했더라면 당신을 택했을 텐데.”

“으, 으아아아———!”

제갈지현이 했던 말을 떠올리며, 한문혜가 분노를 토했다.

“하아. 하아…….”

한참 고함을 토한 한문혜가 가쁜 숨을 가다듬으며 흥분을 가라앉혔다.

아직 끝나지 않았으니까.

혼현마제가 죽지 않았다면, 그는 아직 오왕부를 필요로 할 터.

오왕부에는 여전히 혼현마제가 만들어 놓은 세력이 남아 있었다.

“내가, 이대로 끝낼 것 같아? 간사한 계집! 왕부로 돌아가 반드시 복권할 거다. 그래서 너부터 갈기갈기 찢어 죽여 주마!”

한문혜가 살기를 번뜩이며 이를 갈았다.

검은 관이 일렬로 쭉 늘어서 있는 연무장.

그 앞으로 연단이 마련되어 수십 개의 위패가 올려져 있었다.

모두 지난 전투에서 죽은 이들의 것이었다.

적의 시신과 한데 섞인 시체 조각과 따로 부검을 진행한 이들, 치료 중간에 나온 사망자까지. 시신의 수습이 늦어져 이제야 겨우 장례 준비를 마치게 된 것이다.

희생자들의 장례는 나흘간 정의맹 맹주 운현대사의 주도로 이뤄졌다.

많은 이들이 정의맹 대연무장에 마련된 빈소를 찾았다.

수십 개의 검은 관이 주는 무게감과 빼곡하게 자리한 위패에 적힌 아는 이름들이 가슴을 묵직하게 짓누르는데 거기에 흐느낌과 곡소리까지 들리면서, 결국 방문객의 마음까지 진탕시켰다. 수많은 죽음만큼이나 거대한 슬픔이 양청현 전체에 퍼져 나갔다.

그런 중에, 진화 또한 남궁진휘, 남궁진혜와 함께 빈소를 찾았다.

"삼가 고인의 명복을 빕니다."

빈소에 있는 많은 사람들의 시선이 진화에게 쏠렸다.

스멀스멀 퍼진 소문이 제법 많이 알려져서, 이제는 많은 사람들이 진화와 현오가 귀천성의 제물이었다는 사실을 알게 되었다.

이대로 소문이 퍼진다면 곧 대부분 사람들이 알게 될 듯했다.

다만 정의맹 수뇌부와 남궁세가에서 걱정하는 부분은, 이번에 진화와 현오를 노리는 귀천성을 막기 위해 벌어진 전투에서 많은 희생이 났기에, 혹시 그 원망이 진화와 현오를 향하지는 않을까 하는 것이었다.

정의맹 수뇌부는 혼현마제가 정의무학관에서 소란을 피우고 정작 의선문에 직접 나타난 것을 들어, 놈들이 진짜 노린 것은 역천비록이라며 원흉을 돌렸다. 거기에 모두 힘을 합해 혼현마제의 야욕을 저지하는 데에 성공했다는 것을 부각시켰다.

하지만 결국 사람들이 죽어 나간 것은 정의무학관에서 일어난 전투라. 여론은 정의맹이 원하는 대로 흘러가지 않았다.

그렇다고 그들이 우려하는 대로 흘러간 것도 아니었다.

"남궁의 소공자가 귀천성 제물이었다며? 좀 불길하지 않아? 남궁과 소림에서는 왜 저런 것들을 받아들여서는."

"예끼! 이 사람아, 그게 정파인으로서 할 소리인가?"

"아니, 나는 그냥…… 저 사람들만 없었으면 이런 일도 없었다, 뭐 그런 거지."

"귀천성 놈들은 없는 것도 찾으러 쳐들어올 놈들이라는 걸 몰라? 그것보다는 '저 공자들이 어린 나이에 고생했네.' 하고 생각해야지!"

"죽어 가는 정의맹 무사들을 위해서 남궁의 소공자와 현오 스님도 귀천성 놈들과 죽기로 싸웠다며."

"아, 그 소리도 못 들었나? 귀천성 놈들의 패악질이 얼마 나 극에 달했으면, 하늘이 우리 뇌화공자의 검에 천벌을 내 려 줬겠는가!"

"우리…… 뇌화공자?"

"……크-흠!"

사람들의 수군거림 속에, 남궁진휘와 남궁진혜의 표정이 굳어 갔다.

하지만 진화만은 꿋꿋하게 상주 역할을 하고 있는 문파 장로나 대주, 유가족의 손을 하나하나 잡아 가며 인사를 전 했다.

"영웅의 죽음에 몹시 송구합니다. 영웅의 의기와 용맹에 기대어 목숨을 이어 가는 만큼, 저 또한 영웅들의 의지를 이 어받아 싸우도록 하겠습니다."

아직 앳된 기색이 역력한 소년이 눈을 빛내며 진심으로 전 하는 인사였다.

게다가 그 소년이 남궁세가 소가주와 함께 올 정도로 돈독 한 관계를 유지하는 남궁세가의 직계였으니.

비탄에 젖어 있는 동문이나 유가족조차, 함부로 분노나 원망의 말을 쏟아 낼 수 없었다.

오히려 진화가 건네는 말이 그 어떤 위로보다 망자의 명예를 드높여 준다며 되레 감사를 전하기도 했다.

"소공자께서 그리 말씀해 주시니, 제 사제는 하늘에서도 떳떳할 것입니다. 부디 하늘의 순리대로, 사제의 뜻을 이어 강호의 정의를 지켜 주십시오."

사실, 진화가 죽은 이들의 뜻을 이을 이유는 어디에도 없었다.

죽은 이들 태반이 진화를 위해서라기보다는 사문의 결정에 의해 전투에 나선 이들이었다.

미안해하려면 그들의 윗전이 미안해해야 할 것이고, 죽은 이들에게 어떠한 신념이 있었다면 그들의 사문에서 알아주어야 할 것이었다.

하지만 이전 생에서, 진화는 이런 상황을 숱하게 겪었다.

강호에서 약자는 쉽게 남의 화풀이 대상이 될 수 있었다.

이제까지 진화는 남궁세가의 든든한 비호로 그런 일이 없었지만, 이전 생에서는 귀천성 제물 출신이라는 게 꼬리처럼 붙어서 그를 정도 무림의 애물단지쯤으로 낙인찍었다.

그런 환경 속에서 진화는, 자신의 등 뒤에서 수군거리는 여론을 상대하는 요령, 남에게 화풀이 당하지 않는 처신, 상대의 원망을 뒤집어쓰지 않는 언변 등을 익혔다.

"꼭 그리하겠습니다."

진화가 잡고 있던 손을 다시 한번 꼭 쥐고, 마지막 인사를 했다.

사람들은 뽀얀 얼굴로 침울한 표정을 하고 나가는 진화의 뒷모습을 안타까운 표정으로 보았다.

진화의 처신은 정의무학관에서도 빛을 발했다.

"와, 엉망이네."

"오 층은 복구가 한참 걸릴 것 같은데."

"삼 층 어떤 녀석이 창문을 여는데 머리카락이 붙은 가죽 조각이 떨어져 내려서, 그 자리에서 기절했다더군."

엉망이 된 숙청관을 보며, 남궁구와 남궁교명, 팽가 형제가 입을 다물지 못했다.

실제로 정의무학관에는 여기저기 부서진 흔적과 뜯겨 나간 벽, 이리저리 흩뿌려진 핏자국 등 아직 채 수습하지 못한 격전의 흔적이 고스란히 남아 있었다.

이유 모를 휴가를 받았다 돌아온 숙청관과 인내관 관도생들은, 사정을 알고 크게 놀랐다.

숙청관의 난장판을 본 대부분의 관도생들이 시간을 내어 빈소를 찾았다.

많은 관도생들이 죽은 사람들과 사문으로 얽혀 있었고, 그게 아니더라도 대부분의 관도생들은 죽은 이들에게 남다른 감정을 느꼈다.

　머지않은 미래에 자신의 주변 혹은 자신에게 일어날 일이라는 걸 실감하게 된 것이다.

　한동안 정의무학관에 불안감과 우울감이 자리했다. 실제로 많은 이들이 자진 퇴관을 신청했을 정도였다.

　다행한 것은 그 못지않게 많은 이들에게 동기부여가 되었다는 것이랄까.

　"벌써 검기를 한 장이나 발출했다지?"

　"초절정에 올랐다는 소문이 돌더니, 그게 사실이었나 보군. 저 나이에, 정말 대단하네."

　"우리 사형이 적호단에 있는데, 듣기로는 삼 층에서 떨어진 머리 가죽 조각이 현오의 소행이라는데. 진짜일까?"

　정의무학관에도 소문은 돌았다.

　정의맹 주요 문파 출신에 건너 건너 얽힌 관계라, 밖에서 도는 소문 이상으로 자세한 사정이 퍼져 나갔다.

　거기에 많은 이들이 같은 관도생으로서 큰 활약을 보인 진화와 현오에게, 호승심을 느끼거나 선망의 눈길을 보냈다.

　진화와 현오가 이번 습격의 원흉이 되는 귀천성 제물이었다는 것에 대해선…….

　"저 뚱뚱땡중, 빈소에서 또 퍼질러 앉아서 눈물 콧물 질질

짰다며?"

"눈뜨고 못 봐 줄 지경이었다더군. 점창파 장로님을 끌어 안고 통곡하느라, 운현대사 님이 따로 사과까지 하신 모양 이야."

"허! 베개로 귀천성 놈들 대가리를 터뜨려 죽인 놈 이……."

남궁구가 한쪽에서 벌건 코를 훌쩍이며 만두를 먹고 있는 현오를 보며 혀를 찼다.

창궁무애단 선배의 목격담에 의하면, 베개로 사람을 다져 놓는 건 처음 보았다고 했다.

남궁구와 남궁교명은 포동포동한 볼살이 만두를 씹느라 실룩거리는 것을 보며, 고개를 저었다.

"저 후덕하니 만만해 보이는 얼굴이 천살성이라는데, 누 가 믿겠냐?"

"외모 덕이라면……."

남궁구의 말에 남궁교명이 말끝을 흐렸다.

한쪽에서 진화가 이를 악물고 수련을 하고 있었는데, 그 옆에서 나하연과 호명기가 안절부절못하는 얼굴로 대기 중 이었다.

진화가 한숨을 내쉴 때마다 나하연이 '내 가슴이 더 찢어 진다오!' 하며 수련을 말리고, 진화가 땀을 닦을 때마다 호명 기가 '공자님, 몸을 혹사시키지 마십시오!' 하며 수건을 건네고 있었다.

그들 외에도 진화의 뒤에서 수군거리던 많은 관도생들이, 침울한 얼굴로 송아지 같은 눈을 깜박이는 진화와 마주친 이후에는 귀천성의 '귀' 자도 꺼내지 못했다.

"본격적으로 외모를 이용하고 있군. 빌어먹을 세상."

"……."

남궁구의 욕지거리에, 남궁교명은 끝끝내 아무 말도 하지 않았다.

한쪽에선 진화가 남궁구와 어울리고 있는 남궁교명을 보았다.

어제, 진화는 남궁진휘에게서 남궁도와 그 일파의 처분에 대해서 들은 것이 생각났다.

'남궁도와 그 일파라…….'

진화에게 그들은 남궁세가를 불행하게 만든 원수들이었다.

이전 생에서 남궁세가가 힘도 못 쓰고 귀천성에 당한 데에는, 남궁도의 실책이 가장 컸다.

남궁도는 제왕검과 남궁가주가 독에 당한 상태에서 권력을 잡고, 그 권력을 오로지 자기 자신을 위해서만 썼다.

귀천성과의 전쟁이 재개되었을 때도, 양주를 지키기 위해 싸우기보다 긍지 높은 남궁세가 무인들을 호위로 쓰며 제 신변만 챙기기에 급급했다.

결국 남궁세가가 본가까지 적의 침입을 허락한 데에는, 제대로 싸우지도 못하는 멍청이가 욕심을 부렸기 때문이라.

그런데 이틀 전, 남궁도와 그 일파에 대한 처분이 내려졌다.

남궁도의 시신은 묘를 쓰는 걸 허락받지 못하고 들짐승에게 던져졌고, 그의 이름은 족보에서 지워지며 이유까지 명시되었다.

남궁세가 직계에게 내리는 가장 가혹한 벌이었지만, 제왕검이 그것을 허락했다.

남궁백과 남궁문, 그들의 일가와 수하들은 강제 노역을 하게 되었고, 남궁도의 외척들 역시 남궁도를 도운 이유로 죽임을 당하는 대신 전 재산을 배상으로 바치게 했다.

다만 남궁도를 잡는 데에 도움을 준 남궁문의 처와 자식, 처가 사람들은 처벌을 피할 수 있게 되었다.

단칼에 남궁도의 심장을 찌른 진화에 비하면 자비로운 처결이었다.

하지만 이로써 진화의 원수들 중 한 축이 사라진 것이다.

그래서일까.

남궁교명을 보는 진화의 눈빛이 조금 복잡해졌다.

진화가 겪은 남궁교명은, 이전의 남궁교명과 같으면서 다른 사람이었다.

본래 남궁교명은 남궁세가에 대한 자부심으로 똘똘 뭉친

사람이라, 그 점은 이전 생과 달라지지 않았다.

'사람은 달라지지 않았는데, 결론은 완전히 달라졌다. 진휘 형님이 계시니, 지금의 남궁교명은 세가에 대한 충성심이 높은 인재일 뿐이다. 어쩌면 이전 생에도 남궁교명은 생면부지 외부인인 내가 아닌 제 손으로 남궁세가를 잘 이끌고 싶었던 것이 아닐까.'

이전 생에서 남궁도에게 반발하던 것이 과연 권력 다툼 때문이었을까.

어쩌면 도망만 다니는 남궁도 대신 권력을 잡고 나서서 싸우기 위해서는 아니었을까.

남궁교명을 겪으면 겪을수록 의문이 생겼다.

아니, 사실은 진화가 남궁교명의 입장을 헤아리고 있는 것이라.

'그들의 욕심이나 그들이 한 행동은 이전 생과 같았다. 결과는 달라졌지만 죄가 사라진 건 아니지. 하지만 동시에 남궁경옥의 반성, 남궁문의 변심 그리고 남궁교명이 보이는 신뢰와 충성심도 진짜야. 결국, 모든 것은 남궁세가가 강인해야 흔들리지 않는다는 걸 보여 줄 뿐이구나.'

진화는 죄는 죄나, 상황에 따라 사람이 달라질 수 있다는 것도 인정하기로 했다.

또한 남궁교명을 보며 참 다행이라 생각하고 있는 자신도.

진화는 남궁교명과 눈이 마주치자, 괜히 쑥스러워서 눈을 돌렸다.

'이제 진휘 형님은 물론이고 제왕검과 가주님이 굳건하게 계시니까. 게다가 남궁도까지 사라졌으니, 이제 내부에서 남궁세가가 흔들릴 일도 없겠…… 잠깐! 남궁도와 그 일파가 모두 잡혔는데…… 왜 그들 중에 제왕검과 가주님을 중독시킬 만한 자가 없는 거지?'

순간, 진화의 얼굴이 얼음처럼 굳어졌다.

남궁도의 수하들과 그 일족을 모두 잡아들였지만, 창천원을 자유롭게 출입할 수 있는 자는 아무도 없었다.

분명 이전 생에 제왕검과 남궁가주의 중독은 내부 소행으로 의심받았는데 말이다.

진화의 가슴이 서늘하게 내려앉았다.

한동안 역모로 들썩이던 남궁세가가 다시 안정을 찾았다.

죄인들의 처결이 모두 끝이 났고, 바쁘게 돌아다니던 무사들이 일상으로 복귀했기 때문이다.

그러나 단 한 사람, 평화로운 일상으로 돌아가지 못한 사람도 있었다.

"나더러 공산 포구에 가라고?"

"정확히는 제왕무적단에서 공산 포구의 일을 맡으라는 거지.”

“그러니까 또 그 빌어먹을 배를 타라는 거잖아! 아, 난 못 해, 배 째요!”

남궁가주의 말에 남궁경이 의자에 널브러지듯 앉았다.

남궁가주는 예상했던 반응이라는 듯 태연하게 그를 보았다.

“네 심정은 이해하지만…….”

“이해한다고? 형님이 그 악몽 같은 고통을 안다고?”

“멀미로 고생했다는 건 들었다.”

“형님이 날 못 봐서 그래! 배에서 내릴 때, 죽은 남궁도 대가리보다 내 얼굴이 더 퍼렇게 질렸다고!”

남궁경이 길길이 날뛰었다.

그에 남궁가주가 한숨을 쉬며 말했다.

“혹시나 싶어서 그런다. 남궁문의 말로는, 공산 포구에 소실로 전서를 보내는 것이 ‘남궁 지부’의 연락 수단이라는데, 그 말이 영 걸려서 말이다.”

“남궁도도 죽은 마당에 대체 뭐가 걸린단 말이오?”

“이상하지 않느냐, 왜 남궁도가 아니라 남궁 ‘지부’라 하는 지?”

남궁가주의 말에, 남궁경도 자세를 바로 했다.

남궁경의 눈빛도 대번에 진지해져 있었다.

“남궁도 말고 또 누가 있을 것 같소?”

“그걸 알아보고자 하는 것이다.”

"벌써 튀지 않았을까?"

"일단 접촉해 보아라. 튀었다면 다행이고, 안 튀었다고 하면…… 그것도 나쁘진 않으니까."

"제길……."

남궁경이 결국 남궁가주가 들고 있는 전서를 가로채며 얼굴을 구겼다.

중원오악 중 중악으로 꼽히는 숭산은 소림사가 있어 유명해졌지만, 본래는 소림사가 명산을 찾아들었다고 해야 옳을 것이라.

부드럽게 다듬어 놓은 듯한 바위 절벽.

산맥을 따라 끝도 없이 이어지는 울창한 숲.

우거진 숲 안으로 흐르는 맑은 물과 세찬 폭포.

멀리서 보면 모든 것을 품어 줄 듯 거대하고 푸근하고.

가까이 들어서면 숨이 막힐 듯 웅장하고 위대하니.

마치 부처님의 품과 같지 않은가.

소림은 그저, 부처님의 품과 같은 거대한 산맥의 산봉우리 하나에 자리했을 뿐이었다.

그 거대한 숲에 숨겨 놓은 동굴이라니.

"실로 운이 좋았군."

"당가암혼대원이 옥혼진에 걸려들고, 마침 그 대원이 암기를 쓰는 자였다고?"

"예. 갑자기 튀어나온 암기에 놀란 주작단원들이 나무를 베어 내면서 그 암혼대원을 구했습니다."

"그리고 베어 낸 나무가 쓰러지면서 못 보던 절벽의 동굴이 나와? 허! 그야말로 천운이로군!"

제갈가주의 감탄에 남궁진휘도 고개를 끄덕였다.

주작단과 함께 제갈세가와 당문 그리고 정파 무인들을 차출한 일원이 몇 날 며칠을 숲을 헤맸다.

하지만 길도 없는 숲을 헤치며 뭔가를 발견하는 건, 건초더미에서 바늘을 찾는 것보다 까마득한 이야기였다.

그런 와중에 우연히 혼현마제가 만들어 놓은 거대한 동굴을 찾은 것은, 정의맹 입장에서는 천운이 닿았다고 할 수 있었다.

"동굴에서 비명횡사한 아이들이 천 명이 넘는다라……."

제갈가주가 쓰게 웃었다.

천 명이 넘는 적이라 생각하면 좋은 소식이나, 그중 태반이 고작 열 살 남짓의 어린 소년들이라 생각하면 웃을 수 없었다.

그때, 남궁진휘가 덤덤하게 말했다.

"귀천성도에게 나이는 따져 무엇하겠습니까."

제갈가주가 놀란 눈으로 남궁진휘를 보자, 남궁진휘가 피식 웃어 보였다.

"왜요? 남궁세가가 이런 말을 해서 놀랍습니까?"

"아니라곤 못 하겠군. 누구보다 정의로움을 부르짖던 남궁이 아닌가."

"남궁이 지키는 건, 남궁의 정의입니다."

"남궁의 정의라……."

"어느 누구도, 세상 모든 정의를 지킬 수는 없습니다."

단호하게 말하는 남궁진휘를 보며 제갈가주의 눈빛이 살짝 흔들렸다.

'남궁만의 정의. 저 나이에 저만한 확신과 신념이라…… 후현이와는 격차가 크구나.'

누군들 자기 자식을 욕하고 싶겠냐마는, 제갈가주는 남궁진휘의 뛰어난 점을 볼 때마다 제갈후현과 비교하지 않을 수 없었다.

'내 잘못이다. 성과를 바라기 전에 신념을 먼저 가지도록 해 줬어야 했는데…….'

제갈가주의 입안이 썼다.

제갈후현을 남궁진휘와 비교할 것 없이, 남궁가주에 비하자면 저 또한 실패하지 않았던가.

아니, 어쩌면 제대로 했었더라도 이렇게 되었을지 모른다.

자식 농사라는 말이 왜 나왔겠는가.

좋은 종자, 기름진 땅, 우수한 기술 그리고 하늘의 뜻이 필요한 일이었다.

결국 자식을 몰아붙인다고 제 마음대로 될 리 없다는 걸 너무 늦게 안 것이다.

"정의무학관 관주님께서 정상 수업으로 돌아간다고 하시는군요."

"그거야 예견되었던 일이 아닌가?"

"관도생들을 데리고 숲으로 가고 싶으시답니다. 아직 혼현마제의 옥혼진이 남아 있으니, 귀천성의 진법을 경험하는 큰 교육이 되겠다고요."

"관도생들이 옥혼진을?"

제갈가주가 미간을 찌푸렸다.

제갈세가 연학원의 학사들도 처음에는 해체를 힘들어했던 것이다.

이제는 요령이 생겨서 나름의 체계와 대응법을 마련해 가고 있었지만, 어떤 사고가 발생할지는 누구도 알 수 없었다.

그런 일을 정의무학관 관도생들에게 맡긴다니……

"죽을 위험은 없으니 고생을 좀 해 보는 것도 좋은 경험이 되겠다고 하십니다. ……말려야 하지 않을까요?"

남궁진휘의 표정에 초조함이 떠올랐다.

제갈가주는 이제 남궁진휘의 표정만 보아도 뭘 걱정하는지 알 것 같았다.

"우리 진화, 지난 전투 이후에 제대로 된 몸보신도 아직 못 시켰는데, 또 불편한 숲에서 밤이슬을 맞히겠다니…… 걱정입니다."

진지하게 말하는 남궁진휘를 보며, 제갈가주는 말없이 정의무학관에서 온 협조 공문에 허가(許可) 인장을 찍었다.

웅성웅성.

갑자기 백, 홍, 청의생 모두 대연무장에 모이라는 지시가 떨어졌다.

거의 이백오십여 명이 넘는 관도생들이 한군데에 모이자, 각자가 떠드는 소리에 대연무장이 시끌시끌했다.

특히 이번 기수 홍의생들, 그중에서도 남궁진화와 홍의십수라 불리는 상위권 관도생들은, 정의무학관 내에서도 유명인사였다.

다른 관도생들의 시선이 몰려든 와중에, 진화와 갑 조 일행도 여느 관도생들처럼 수군거리고 있었다.

"왜 모이라고 한 거지?"

"구, 너도 모르나?"

"글쎄, 나도 들은 바는 없는데."

그때, 단상으로 수석 무사부들과 함께 정의무학관 관주 나무열이 등장했다.

금룡일권 나무열은 당당한 풍채와 호전적인 성품으로 유명했지만, 정의무학관을 맡은 후로는 공식 행사 외에는 두문불출하던 차였다.

호기심 어린 시선이 나무열과 함께 자신들 사이에서 똑같이 대기하고 있는 나하연에게 향했다.

하지만 나하연도 아무것도 모르는 얼굴로 관주를 보고 있긴 마찬가지였다.

"자랑스러운 정의무학관 관도생들아, 얼마 전 우리 집이라 할 수 있는 숙소가 털렸다. 남들이 집을 지켜 주는 동안 너희들은 편하게 늘어졌겠지?"

지금, 대연무장에 관도생들을 모아 놓고 비난을 하려는 건가.

웅성웅성.

관도생들 사이에서 의문과 변명, 불만이 새어 나왔다.

"닥쳐라——! 실력이 없어서든, 뭐든! 전투에서 제외되었다는 건, 자랑스러운 일이 아니다! 그것을 부끄러워하지 않는다면 너희는 이곳에 있을 자격이 없다! 여긴! 앞으로 귀천성과의 전쟁을 이끌어 나갈 예비 영웅을 교육하는 곳이기 때문이다!"

웅성웅성.

다시 술렁거렸지만, 확실히 이전보다 소리가 작아졌다.

"누구보다 잘 싸울 수 있지 않은가?"

"예–!"

관주의 물음에 관도생들이 우렁차게 답했다.

"백, 홍, 청의생이라 하나, 경험이 부족할 뿐 귀천성을 두려워하는 것은 아니다! 그렇지 않은가?"

"맞습니다!"

"숲으로 가라! 거기 혼현마제가 만들어 놓은 함정과 진법이 남아 있다!"

"……."

기세 좋게 대답하던 관도생들이 다시 술렁이기 시작했다.

"비록 적은 없지만, 그 손으로 직접 함정에 걸려 보고 진법을 해체해 보면서 부족한 경험을 채운다! 그래서 다음번엔 진짜 적과 맞서라!"

"예–!"

"백의생이든, 홍의생이든, 청의생이든. 너희들은 자랑스러운 정의무학관 관도생이고, 미래에 전쟁을 이끌어 갈 주역이다–!"

"와아아아아––!"

정의무학관주 금룡일권 나무열의 말에 고무된 관도생들이 일제히 함성을 질렀다.

그 모습을 관주 나무열과 수석 무사부 각우와 홍채연, 사진명이 흡족한 얼굴로 쳐다보고 있었다.

"이러니저러니 해도, 결국 야전 실습인가?"

"그러고 보니 얼마 전, 사부님이 이번엔 또 뭐로 평가시험을 치르냐고 화를 내신 것이 떠오르는군."

"귀천성이 해 놓은 걸, 털도 안 뽑고 먹겠다는 건가."

"겸사겸사 그동안 숙소도 고치고 말이지."

갑 조 조원들이 한심하다는 듯 달아오른 관도생들과 무사부들을 보았다.

"……."

관주의 연설에 잔뜩 흥분한 관도생들이 소리를 지르는 것을 보며 같이 약간 고무되었던 진화는, 스윽 붉어진 귀를 가리고 일행의 시선을 피했다.

'당장 본가에 누군가 있다고 해도, 그걸 전할 수 있는 것도 아니니까. 게다가 독살 시도라면, 아직 조금 시간도 있고. 일단은 정의맹에서, 광마전 잔당이 숨은 곳을 찾아내는 것이 먼저니까. 정의맹의 힘으로 광마전을 칠 수만 있다면, 남궁세가는 어떤 희생도 없이 안전할 수 있어.'

진화는 미래에 일어날지 모르는 불안은 제쳐 두고, 당분간은 무학관 일에 집중하기로 했다.

동굴 안은 언제나 횃불이 환하게 밝히고 있었다.

그래서 낮인지 밤인지, 어떤 것도 알 수 없었다.

"끄으……."

동굴 벽에 박힌 사슬에 양팔이 묶인 채 매달려 있던 사내가 작게 신음을 내었다.

그러자 옆에서 급하게 목소리가 들렸다.

"경원, 살아 있나?"

"……끄으……."

생사를 확인하는 물음에, 사내가 목소리를 내려다가 결국 신음으로 답을 했다.

피를 토할 정도로 비명을 지르느라, 목소리가 나오지 않았기 때문이다.

"살아 있으면 됐어. 죽일 작정이 아니면 오늘은 자네가 아니라 내 차례일 테니, 조금이라도 몸을 쉬고 있게."

"……끄으……."

"걱정 말게. 버티고 있으면, 며칠은 살려 주겠지. 그사이에 반드시 방법을 찾겠네."

백매단주 강룡현개 맹규가 눈을 빛내며 말했다.

그는 옆에서 신음만 뱉고 있던 사내, 호성검 오경원에 비하면 멀쩡한 상태였다.

맹규가 백매단주라는 걸 모르는 이들이 아직 그에겐 고문을 시작하지 않았기 때문이다.

잠시 뒤 밖에서 기척이 들리자, 맹규의 눈이 그쪽을 향했다.

어떤 무늬도 없는 검은 가면을 쓴 거대한 사내 하나와 험악한 귀면을 쓴 평범한 체격의 사내 둘, 그리고 어제 오경원을 고문하던 사내까지 총 네 명이 들어왔다.

검은 가면을 쓴 거대한 사내는 양쪽 어깨에 흑룡의 머리를 한 갑주와 검은 망토를 걸치고 긴 낫과 같은 창을 들고 있었는데, 백매단주 맹규는 그를 단번에 알아보았다.

'저 거대한 월삭은 마룡아? 그렇다면 저자가 광룡귀면대 대주 흑면마룡(黑面魔龍) 무맥이구나!'

백매단주 맹규는 심장이 쿵 하고 내려앉는 듯했다.

귀천성의 팔현마제를 제외하면 가장 잔인한 명성을 달고 있는 사내라.

아미파가 멸문에 가까운 타격을 입고, 사천의 맹주 사천당문이 싸우기도 전에 본가를 버리고 도망치게 한 장본인이었다.

특히 아미파에서 흑면마룡 무맥과 광룡귀면대는 압도적인 무력으로 아미파의 본문을 파괴하고, 여승들의 사지를 찢는가 하면 산 채로 내장을 뽑는 등 잔인한 손 속을 그대로 남겨놓았다.

그 광경을 보고 사천당문이 싸우기를 포기했다는 말이 있을 정도였다.

하지만 무엇보다, 흑면마룡 무맥은 광마제의 양팔이자 다리라 해도 무방한 사내라.

그는 광마제가 죽었다고 알려진 뒤, 무림에서 완전히 모습을 감추었다.

'이 구천의 마두가 주인을 따라 죽지 않고 왜 여기에 있는 거냐고! 혹여 정의맹에 복수를 꿈꾸는 것인가?'

맹규가 눈을 질끈 감았다.

그때, 무맥의 시선이 맹규에게 향했다.

"날 알아보았군."

"……!"

다시 한번 맹규의 심장이 철렁 내려앉았다.

"이놈들은 왜 잡았지?"

"요 근래 주변을 어슬렁거리는 놈들이 늘었는데, 그중에서 몸놀림이 심상치 않아 보여서 잡아 보았습니다."

귀면의 사내 중 웅귀의 가면을 쓴 사내가, 마치 산에 있는 작은 들짐승을 잡은 듯 아무렇지 않게 말했다.

"이놈이 날 알아보는데?"

"어제 한 놈을 찔러보니 보통이 아니더라고요. 정의맹 백매단 소속이랍니다."

"쯧. 정의맹 놈들이 냄새를 맡은 건가."

웅귀를 쓴 수하의 말에 흑면마룡 무맥이 귀찮은 듯 혀를 찼다.

"혼현마제 늙은이가 귀찮은 것을 끌어왔군."

"그래도 주인님의 물건을 확인한 것은 맞는지, 악수아 부대주가 수하들을 데리고 갔습니다."

"그래? 그게 언제지?"

"송구합니다. 잘 모르겠습니다."

"웅사, 네놈도 모른다고?"

"송구합니다."

웅귀의 가면을 쓴 사내, 웅사가 고개를 숙였다.

하지만 오직 광마제만을 따르는 광룡귀면대의 특성상, 주인님의 부재중에 부대주들이 제멋대로 굴던 것이 한두 번이던가.

흑면마룡 무맥은 웅사를 탓하지 않았다.

"혼현마제의 개가 왔다 간 지 보름이 되었다. 아직 돌아오지 않은 것은 이상하니, 애들 몇을 보내 봐라."

"예, 알겠습니다."

"단주, 이놈들은 어찌할까요?"

웅사의 옆, 원귀의 가면을 쓴 사내가 백매단주 맹규와 오경원을 가리키며 물었다.

그러자 흑면마룡 무맥의 눈이 한 번 더, 맹규에게 향했다.

새까만 눈동자가 맹규의 머리부터 발끝까지 샅샅이 살피기 시작하자, 맹규는 뱀이 온몸을 훑는 느낌에 소름이 돋는 듯했다.

"어떤 놈들인지 궁금하군. 알아낼 만큼 알아내고 죽여라."

"흥."

백매단주 맹규에게 관심을 보이는 듯하던 무맥이 금세 흥미를 잃고 냉정하게 돌아섰다.

'정의맹의 턱밑에 흑면마룡 무맥이라니! 나가야 한다. 반드시 나가야 한다!'

맹규가 묶여 있는 양팔과 다리를 보며, 이를 악물었다.

철—썩. 철—썩.

바다처럼 넓은 강은 파도도 바다를 닮아 있었다.

그래서일까.

"우—엑!"

하필 바람이 많이 부는 날에 배를 탄 남궁경은, 배에서 내리기도 전에 강물을 향해 고개를 박았다.

"우—에에엑!"

"……곧 내장까지 토하시겠군."

"아니면 남의 내장을 끄집어내시거나."

남궁경이 난간을 잡고 겨우 버티던 몸을 일으키곤, 천천히 배에서 내렸다.

창백한 얼굴에 걸음은 비틀거렸지만, 표정만은 살기가 등등하니.

그 모습을 보며 제왕무적단 부단주 남궁해와 고승진이 고개를 저었다.

제왕무적단주 남궁경과 부단주 남궁해, 일 조 조장인 고승진이 공산 포구에 내렸다.

남궁경은 갓을 써서 얼굴을 가리고, 남궁해와 고승진은 호위무사처럼 그의 뒤를 따랐다.

"요양 가는 주인을 따라나선 느낌입니다."

"얼굴을 안 가려도 될 뻔했어. 누가 남궁제일검이 저렇게 비실거린다고 상상이나 하겠어?"

"닥……쳐!"

이제야 겨우 단단한 땅을 밟았건만, 남궁경은 울렁이지 않는 땅에 새로 적응해야 할 판국이었다.

속으로는 '다신 배를 타지 않겠다.' 수백 번도 넘게 다짐하면서 말이다.

"저기네요, 도선소."

갓 아래로 남궁해가 조용히 말하고, 일행은 익숙한 듯 도선소를 찾았다.

큰 포구일수록 배와 사람이 많이 몰려들고, 포구의 수로를 이용하는 배들이 얽히거나 부딪히지 않게 정리할 필요가 있었다. 그래서 큰 포구에는 포구를 기반으로 하고 있는 표국과 상회 들이 연합을 맺고, 포구에 상주하면서 배들을 정리하는 도선사들을 두고 있었다.

도선소는 배의 운행을 정리하는 것뿐만 아니라, 고객이나 승객 들이 이용할 수 있는 배를 안내해 주거나 간단한 전서나 표물을 보관해 주는 역할도 하고 있었다.

남궁경과 남궁해, 고승진이 공산 포구의 도선소에 발을 들였다.

책상에서 업무를 보고 있는 직원들을 둘러보던 중, 남궁경이 딱 한 사람을 찾아 앞장섰다.

─늘 갓을 쓰고 갔다고 했는데, 이 갓을 알아보는 인간은 저 놈뿐이군.

찰나에 지나가는 눈빛만으로 단번에 알아보았다.

남궁경이 극심한 뱃멀미에도 불구하고 수하들을 보내지 않고 직접 나설 수밖에 없는 이유였다.

남궁경이 한 청년의 앞으로 가자, 청년이 시원하게 웃으며 남궁경을 맞았다.

"요번에는 좀 늦으셨네요!"

남궁경이 말없이 전서를 내밀었다.

모두 남궁문에게 들은 대로였다.

"소실 맞지요?"

청년이 전서를 분류하면서 하는 말에, 남궁경이 준비한 동전 한 푼을 꺼냈다.

그런데 그때, 남궁문의 말대로라면 두말없이 동전을 집었어야 할 청년이 망설이는 기색을 보이는 게 아닌가.

잠시 고민하는 듯하던 청년이 애매하게 웃어 보였다.

"이거 참…… 저번에 남궁 지부의 다른 분이 은자 하나를 주고 가셨어요."

'다른 놈이 왔다 갔다고?'

청년의 말에, 갓 아래로 남궁경의 눈이 커졌다.

그걸 모르는 청년은 오랜만에 양심적으로 행동하고 기분이 좋아진 듯 말을 이었다.

"은자 하나면, 전서함 보관비를 하고도 여섯 달은 거뜬하죠."

있지도 않은 전서함 보관비를 들먹이는 건, 봐줘야 한다.

청년은 남궁경이 알아차리기 전에 은근슬쩍 넘어갈 속셈이었다.

"솔직히 찾아가는 사람이 몇 달이나 안 나타나는…… 어어? 커헉!"

기분 좋게 말을 잇던 청년은 갑자기 숨이 막혔다.

그리고 놀랄 새도 없이 멱살이 잡혀 몸이 떠올랐다.

"컥!"

찢어질 듯 커진 청년의 눈에, 사나운 맹수와 같은 눈동자가 들어왔다.

순간, 청년은 심장이 멈춘 듯 숨 쉬는 것조차 잊어버렸다.

그런 청년의 귓가에 맹수가 으르렁거렸다.

"야, 방금 한 말, 토씨 하나 빼놓지 않고 자세히 설명해 봐."

눈앞에 있는 사나운 맹수 같은 사내의 한 팔에 온몸이 딸려 올라갔을 때는, 청년은 차라리 기절해 버리고 싶었다.

"흐윽. 흑……."

"그만 울어! 누가 뭘 했냐?"

눈물을 빼는 청년을 보며, 남궁경이 짜증스럽게 말했다.

덩치 크고 시커먼 청년이 순결을 잃은 아가씨처럼 다소곳하게 앉아서 울고 있는 건, 눈알을 뽑아 버리고 싶을 정도로 불결해 보였다.

"정리 좀 하자. 그러니까 소실로 온 전서를 가져가는 놈은 안 온 지 석 달이 넘었다고?"

"흐윽. 예."

"그런데 전서를 주고 간 놈은 그걸 알고?"

"흑……!"

청년이 고개를 저었다.

그 모습에 남궁경은 다시 울컥 열이 받았지만, 꾹 참았다.

기절한 걸 깨웠더니 가족이라도 죽은 듯이 우는 걸 겨우 달래 놨는데, 그 짓을 또 반복할 수는 없었다.

"전서를 가지고 오면 주는 돈이 쏠쏠하니, 전서 가져가는 놈이 사라졌다는 걸 말 안 했다는 거지?"

"흑. 흑⋯⋯."

"야 이, 씨! 대답을 하라고!"

"으아악! 예! 예, 그렇습니다! ⋯⋯흐흑! 허─엉!"

"야, 아니, 그러니까⋯⋯ 아, 씨. 이걸 목청을 따 버릴 수도 없고."

"흐어어어엉!"

결국 폭발한 남궁경이 청년을 울리고 말았다.

한쪽에서 남궁해와 고승진이 있는 대로 짜증스러운 표정으로 청년과 남궁경을 째려보았다.

남궁경은 한숨을 쉬며 청년이 충분히 울 시간을 기다렸다.

그리고 약간 지친 얼굴로 다시 물었다.

"우리가 오기 얼마 전에, 어떤 놈이 와서 남궁 지부라며 은자를 주고 갔단 말이지?"

"흐윽. 예⋯⋯."

"그게 언제야? 복장이나 외모는 기억하나?"

"흐윽. 그냥, 그냥 귀한 나리 옷을 입었고⋯⋯."

"귀한 나리 옷?"

"나리들이 지금 입은 옷 같은 것요. 킁."

청년은 눈이 부어서 앞이 안 보이자, 이제 좀 덜 무서운지 말을 길게 이어 갔다.

"지금부터 사흘 전에 왔는데⋯⋯ 까만 얼굴에 광대가 좀 튀어나와 있었고, 나머지는 갓을 써서 잘⋯⋯."

"잘, 뭐!"

"모르겠습니다. 흐어어엉! 살려 주십시오! 저는 그저……. 쿵! 공돈이나 좀 벌려고, 흐윽! 여기 도선사들 다 하는 것인데요. 흐어어어엉———!"

청년이 다시 울음을 터뜨리고, 남궁해와 고승진은 이마에 손을 얹고 고개를 저었다.

남궁경의 인내심은 드디어 한계에 달했다.

"아우— 씨! 못 해 먹겠네! 야, 애, 챙겨! 화공 하나 불러서 그림으로 그리게 해! 빌어먹을, 도무지 말이 통해야 말이지!"

남궁경이 고함을 질렀다.

남궁해와 고승진도 그의 심정을 이해하는지 고개를 끄덕였다.

"흐흑! 왜…… 으아악! 살려 주세요! 다 말할게요! 아니, 다 말했다고요! 흐어어어억!"

청년은 제왕무전단 단원들에게 끌려 나가면서도, 비명과 울음을 멈추지 않았다.

남궁경이 완전히 질린 듯 한숨을 쉬었다.

몇 달째 전서를 가져간 사람이 나타나지 않았다면, 앞으로 다시 나타난다는 보장이 없었다.

물론 다시 나타나지 않는다는 보장도 없었다.

하지만 혼현마제가 정의맹에 쫓겨 세력을 잃고 모습을 감추었다니, 잠깐 동안은 주춤할 수밖에 없었다. 그런 동안, 혼현마제가 추격을 방지해 남아 있는 연락망을 모두 끊을 수 있었다.

남궁경이 걱정하는 부분은 바로 그 부분이었다.

'개새끼! 우리 진화한테 광마전 개들을 보내? 애를 그만큼 괴롭혔으면 됐지!'

남궁 지부.

말 그 한마디에 혹시나 확인만 하자는 생각이었건만, 이로써 정말 세가의 안이든 밖이든, 귀천성의 첩자 놈이 또 존재한다는 것은 알아내었다.

본인들의 안위나 세가가 걱정되는 것이 아니었다.

남궁경이나 남궁가주로서는 세가 안에 있는 첩자나 공산포구에 있는 귀천성도를 잡아서, 진화의 코앞에 닥친 위험을 제거하는 것이 목표였다.

그런데 전서를 가져가는 놈이 사라졌다 하니…….

'하루라도 빨리 첩자 놈을 잡아서, 혼현마제를 찾아야지. ……젠장! 감히 세가를 배신한 놈이 또 있다니!'

잘 눌러 오던 분노가 터지듯, 남궁경의 눈빛에서 살기가 번뜩였다.

푸―욱!

"컥. ⋯⋯커⋯⋯헉⋯⋯."

검은 가면을 쓴 사내가 비명도 크게 지르지 못하고, 목에 박힌 쇳조각을 잡고 쓰러졌다.

목에 박힌 쇳조각을 빼자, 바닥으로 울컥울컥 피가 쏟아져 나왔다.

"끄득. 씨발!"

방금 사내의 목에 쇳조각을 꽂아 넣은 인영의 입에서 욕지거리가 새어 나왔다.

독기로 가득한 두 눈이 어둠 속에서 번들거렸다.

무언가를 찾는 듯 움직이던 눈이 다시 바닥에 쓰러진 사내에게 향했다.

"크윽⋯⋯!"

죽은 사내의 품을 뒤지는 중, 인영의 입에서 저도 모르게 신음이 새어 나왔다.

어스름한 횃불 빛에 보이는 등은 채찍 자국이 선명했다.

살가죽이 너덜너덜하다시피 찢어지고, 한쪽 손은 완전히 우그러진 듯 움직이질 못했다.

고통을 참고 겨우겨우 한쪽 손으로 열쇠를 찾은 인영이 힘겹게 몸을 일으켰다.

횃불 아래 나타난 얼굴도 심하게 맞은 듯 피투성이였다.

하지만 부어오른 상처조차 백매단주 강룡현개(江龍賢丐) 맹규의 맹렬한 눈빛은 가리지 못했다.

"경원아, 괜찮냐?"

"예. 살아는 있습니다."

"달릴 수 있겠냐?"

"겨우 살아만 있다니까……."

"새끼! 고생했다. 일어나라, 나가자."

맹규가 죽은 듯 매달려 있던 오경원의 사슬을 풀었다.

곧 숨이 끊어질 듯하던 오경원도, 사슬을 풀자 제 발로 조용히 땅에 내려섰다.

"자."

맹규가 오경원의 앞으로 환알 하나를 내밀었다.

오경원이 망설임 없이 환알을 씹었다.

"이거 어디에 숨겨 뒀던 거예요?"

"알면 뱉고 싶을 텐데?"

"……젠장."

맹규의 농담 아닌 진담에 오경원이 사약을 먹듯 환알을 삼켰다.

그리고 옷자락을 조용히 찢었다.

찌이이이이…….

"운공이나 할 것이지, 바쁜데 뭐, 아야. 씨댕아……."

오경원이 맹규의 우그러진 손에 철판 하나를 받치고 단단하게 감았다.

맹규는 뜻하지 않은 고통에 크게 비명도 지르지 못하고,

촉촉해진 눈으로 오경원을 째려보았다.

"비명 하나 없이 자기 손을 부순 인간이 엄살은."

"그건 승매환(昇魅丸)을 먹고 한 거지, 개새끼야!"

"거짓말은. 방금 내가 먹은 건, 보약입니까? ……됐어요."

오경원은 제게 승매환을 주기 위해 맨정신으로 자신의 손을 부순 단주를 진지하게 보았다.

백매단원들은 일급 이상의 위험한 침투, 잠입 임무에 들어가기 전에 승매환이라는 환단 하나씩을 지급받는다.

의선문에서 특별 제작한 환단은 고문을 견딜 수 있도록 고통을 둔화시키고 순간적으로 기력을 낼 수 있도록 양기를 끌어 올리는 효능을 가지고 있었다.

바로 지금과 같이 고문을 견디고 탈출하는 데에 도움을 주기 위한 것이다.

대부분은 고통 없이 죽는 데 도움을 주는 경우가 많았지만 말이다.

"고맙습니다."

"닥쳐."

이틀간의 고문을 견디느라 자신의 승매환을 쓴 오경원을 위해, 맹규가 자신의 것을 아껴 두었던 것이다. 본인은 죽기 직전의 채찍질과 뼈를 부수는 고통을 그대로 견디면서 말이다.

오경원의 눈에 눈물과 함께 독기가 차올랐다.

"기운 좀 차렸냐?"

"예."

"그럼 순식간에 앞에 있는 놈들 처리하고 오지게 튀자."

맹규와 오경원이 눈을 마주치고, 동시에 움직이기 시작했다.

푹! 푹!

"컥!"

"뭐…… 윽!"

사슬을 고정하던 쇠못을 감옥 밖에 있는 간수의 목에 꽂아넣은 두 사람은, 그대로 달려서 창을 통해 뛰어내렸다.

풍———덩! 펑!

갑작스러운 물소리에, 소란이 일었다.

그리고 잠시 뒤, 귀면을 쓴 사내들 몇이 감옥으로 뛰어왔다.

"이런, 탈출이다———! 놈들이 빠져나갔다———!"

순식간에 광마전의 불이 환하게 켜졌다.

백의생, 홍의생, 청의생까지.

정의무학관 관도생들이 넓은 숲으로 흩어졌다.

조별로 나눠진 관도생들에겐 주작단원 둘과 제갈세가 학

사 혹은 당가 암혼대원이 하나씩 붙어 있었다.

"이상하네……."

"어디, 저쪽?"

"아니, 방금까지는 이쪽이었는데, 이제는 저쪽에서 더……."

현오가 고개를 갸우뚱거리며 말꼬리를 흐렸다.

그러자 남궁구가 가는 눈초리로 현오를 째려보았다.

"다시 제대로 냄새를 맡아 봐."

"잠깐, 구. 자네 자꾸 나를 사냥개 취급하는 듯한 느낌이네만?"

"사냥개는 무슨. 걔들이 얼마나 날씬한데. 그러니까 우리 뚱뚱땡구, 헛꿈 꾸지 말고 어서 냄새나 맡아요. 풀냄새가 안 나는 곳이 어디예요?"

"으으. 내가 참는다. 아미타불, 관세음님, 저놈 보세요……."

현오가 남궁구가 티격태격하는 것을 보며, 진화와 남궁교명, 팽가 형제가 그들을 모르는 척했다.

뒤에서는 주작단원 둘과 학사 한 사람이 그 광경을 흐뭇하게 보고 있었다.

"허허, 참. 실로 연구 대상이로군."

"하하하, 그렇죠? 설마, 옥혼진의 입구를 냄새로 찾는 사람이 있을 줄이야."

홍의생 갑 조는 현오의 덕에 우수한 성과를 올리고 있었다.

설마 냄새로 은밀하게 숨겨진 옥혼진을 찾을 줄 누가 상상이나 했겠는가.

옥혼진은 일부러 일정 공간의 기운을 어그러뜨림으로써 숲의 기운으로부터 동떨어지도록 만든 것인데, 현오는 그 점을 반대로 이용하고 있었다.

짙은 숲 내음이 풍겨 오지 않는 곳을 냄새로 찾고 있었던 것이다.

"저기 앞은 옥혼진인데…… 왜 이쪽에서 피 냄새가…… 어어, 저기!"

현오가 고개를 갸우뚱거리다가 피 냄새를 말하는 순간, 갑자기 가만히 있던 진화가 앞으로 뛰어들었다.

"도련님-!"

"남궁 공자!"

남궁구와 남궁교명이 재빨리 진화의 뒤를 쫓고, 현오와 팽가 형제도 뒤를 따라갔다.

당황한 주작단원들도 한 사람이 학사의 곁에 남고 급히 뒤를 쫓았다.

정의무학관 평가 중 갑자기 돌발 행동을 하다니.

낙제점을 각오하는 것은 물론, 나중에 문제가 될 수도 있었다.

위험한 장소이니만큼 정의맹에서 돌발 행동만큼은 안 된

다고 못을 박았기 때문이다.

하지만 그 모든 상황을 무릅쓰고 진화가 달려 나간 데에는 이유가 있었다.

'이 느낌, 이 기운……!'

평생을 쫓았던 느낌이었다.

피가 눅진하게 달라붙는 듯한 기운.

'광마전 놈들이다!'

진화는 어떤 것도 생각하지 않고 숲을 내달렸다.

퍼———억!

쿵!

"멍청한 새끼들!"

"죄, 죄송합니다! 설마 그 몸을 하고 강물로 뛰어드는 놈들이 있을 줄은……."

"닥쳐, 새끼들아! 그걸 변명이라고 하는 거냐!"

웅사가 감옥 앞에 선 간수들을 향해 주먹을 내질렀다.

그 옆에서 원귀 가면을 쓴 사내가 간수장의 뺨을 찰싹찰싹 치고 있었다.

"야, 어차피 죽일 놈들, 죽기 직전까지 다져서 입 좀 열라는 게, 그게 그렇게 힘들었어? 차라리 죽여 버리지! 묶여 있던 놈들을 놓쳐?"

꽈드득–!

"끄……어……."

원귀 가면을 쓴 사내가 결국 간수장의 아래턱을 잡고 부수고 말았다.

피와 함께 혀와 이가 쏟아질 듯 튀어나왔지만, 원귀 가면의 사내는 눈도 깜짝하지 않고 간수장을 노려보았다.

"원구, 대주님 오실 때다."

웅사의 말에, 원구라 불린 사내가 던지듯 간수장의 턱을 놓았다.

그때, 광룡귀면대 대주 무맥이 들어왔다.

모두가 도열한 채 고개를 숙였다.

허락하기 전에는 누구도 먼저 입을 열지 못했다.

그렇게 난폭하게 굴던 웅사와 원구도 마찬가지였다.

"……."

무맥이 무심한 눈으로 정의맹 첩자들이 빠져나간 감옥을 둘러보았다.

흉악한 귀신의 얼굴도 아닌 눈과 입만 뚫린 검은 가면을 썼을 뿐인데, 무맥의 눈빛과 전신에서 흘러나오는 위압감이 모두를 내리눌렀다.

무맥의 눈이 비어 있는 수갑을 향했을 때까지, 수하들은 숨소리조차 내지 않았다.

"추적은?"

"능교 님이 가셨습니다."

"능교…… 능교로는 부족하겠군. 문 앞의 두 놈은 방심하다 당했지만, 여기서 죽은 놈은 순식간에 당했다. 둘 중 하나가 스스로 손을 부수고 사슬 조각을 단번에 급소에 꽂았군. 발자국 모양을 보면……."

무맥의 눈이 창밖을 향해 달려 나간 두 사람의 족적을 좇았다.

바닥에 흙이 파인 깊이, 앞발과 뒷발의 폭, 발가락의 방향.

"속도를 내기 위해 왼발을 사용한 방식. 한 놈은 개방 놈이다. 어차피 놈들의 목적지는 정의맹일 터, 너희 둘이 강을 따라 미리 가서 기다려라."

너희 둘.

무맥의 말에 웅사와 원구의 눈이 마주쳤다.

두 사람의 눈빛이 서로를 향해 번뜩였다.

"혹시 놈들이 길을 둘러 오더라도, 기다렸다가 반드시 정의맹에 들어가기 전에 죽여라. 놈들이 스친 놈들까지 전부."

"존명!"

부대주 자리가 하나 비어 있었다.

그런 시점에 두 사람에게 중요한 임무가 떨어졌다는 건, 기회가 찾아왔다는 말과 같았다.

"흐흐흐, 오랜만에 피 맛 좀 보겠네."

"숫자로 결정하지."

"좋아."

웅사와 원구가 수하들을 불러 배에 올랐다.

지난번 악수아가 수하들과 함께 혼현마제가 알려 준 길을 함께했던 수하가 있었다.

그 길을 이용하면, 놈들이 무슨 수를 쓰든 그들보다 먼저 도착할 수는 없으리라.

부대주 위에 오를 좋은 기회라 생각했던 임무는 생각지도 못했던 위기를 맞았다.

"피해라———!"

웅사가 외침과 동시에, 광룡귀면대원들이 주변으로 흩어졌다.

쉐에에엑-!

"크어어억!"

원구가 자신을 향한 검기를 간발의 차이로 피하고, 그의 뒤에 있던 수하의 몸이 그대로 양단되며 떨어졌다.

주르르륵.

내장과 피가 순식간에 쏟아지듯 바닥에 퍼지는 광경을 보며, 원구는 모골이 송연해지는 걸 느꼈다.

팟!

원구가 본능적으로 뛰어올랐다.

그리고 그때.

쉐에에에엑----!

쩌어어어어……. 쿵.

검기에 스쳐 반쯤 잘려 나간 나무가 앞으로 쓰러졌다.

"광마전의 아귀(餓鬼)들이구나."

생각보다 어린 목소리.

낭랑하게 떨어지는 목소리를 찾아 고개를 돌리자마자, 그곳에서 불꽃이 튀었다.

파지지지직----!

"크아아악!"

수하의 비명을 들으며, 웅사와 원구가 순식간에 무기를 들고 몸을 날렸다.

쉐에에엑!

퍽! 퍽!

웅사의 유성추가 땅과 나무에 움푹 파인 자국을 남기고, 원구의 건곤권은 허공을 갈랐다.

파지직-!

웅사가 시선을 돌리는 순간, 눈앞이 번뜩였다.

퍼---억!

"큭. ……끄어."

웅사가 저도 모르게 신음을 흘렸다.

어린 시절을 제외하고 수귀면(獸鬼面)을 받은 후로 처음 듣는 웅사의 신음에, 원구가 놀라 쳐다보았다.

야무지게 웅사의 복부에 주먹을 박아 넣은 적은, 붉은 무복에 크지 않은 체구를 하고 있었다.

흑단 같은 머리칼이 가라앉자 약관도 되지 않은 듯한 앳된 얼굴이 드러났다.

정의맹 무사쯤은 될 줄 알았던 원구의 눈이 커졌다.

생각지도 못한 상대였지만, 결론은 하나였다.

"가시옥쇄(加尸獄鎖)를 꺼내라!"

원구의 명에 광룡귀면대원들이 가시처럼 송곳이 박힌 사슬을 꺼내 들었다.

그사이, 웅사가 이를 악물고 고통을 참아 내며 적을 향해 유성추를 휘둘렀다.

적이 유성추를 피하기 위해 뛰어오른 순간.

"던져!"

원구의 외침에 십여 명의 광룡귀면대원들이 사슬을 던졌다.

사슬은 공중에서 마치 그물처럼 퍼져 나갔다.

"미친 새끼. 죽여라─!"

원구는 그물에 싸이는 적을 보며, 혼자서 자신들에게 달려든 무모함을 비웃었다.

원구 또한 건곤권을 쥐고 놈을 갈기갈기 찢어 놓을 생각으로 달려들었다.

그러나…….

'무슨…… 번개?'

가시옥쇄 속에서 번개를 본 듯했다.

무슨 말도 안 되는 생각인지, 스스로도 이상했다.

하지만 가시옥쇄 속 놈과 눈이 마주치는 순간, 원구는 나무 위로 물러서고 말았다.

마치 본능적으로 놈에게 겁을 먹고 멀리 떨어지려는 듯, 몸이 저절로 움직인 느낌이었다.

그리고 그가 본 것이 놈의 눈동자였다는 것을 깨닫는 순간.

파지지지지직------!

눈이 부시도록 거대한 번개가 내리치며, 가시옥쇄를 따라 달려들던 광룡귀면대원들까지 집어삼켰다.

"크아아아악---!"

"아아악!"

고통에 찬 비명이 산속을 울렸다.

도무지 믿을 수 없는 광경 앞에 넋을 잃었다.

"원구, 온다!"

웅사의 외침에 겨우 정신을 차렸을 정도였다.

"남궁 시주---!"

"도련님!"

뒤에서 날아든 매서운 검기를 피하면서, 원구가 반대쪽으로 물러났다.

이전 생에서 정도 무림은 광룡귀면대를 향해 '지옥의 아귀들'이라 불렀다.

그만큼 죽음을 향한 그들의 탐욕은 포악하다고 할 정도로 게걸스러웠다.

동료들이 죽어나든 말든, 적의 죽음을 향해 뛰어들었으니까.

"가시옥쇄를 꺼내라!"

웅귀 가면을 쓴 놈의 복부에 주먹을 박자마자, 원귀 가면을 쓴 놈이 외치는 목소리.

그 목소리에 진화는 자신도 모르게 슬쩍 미소를 짓고 말았다.

겹겹이 가시 사슬로 둘러싸 죽이거나 발을 묶어 놓은 뒤에 한꺼번에 공격하는 것은, 광룡귀면대의 가장 유명한 전투 방식이었다.

하지만 자신이 천뢰제왕신공을 쓴다는 것이 알려진 후, 광룡귀면대 누구도 제 앞에서는 그것을 꺼내지 못했었다.

'이전 생에서도, 내 복수는 이것과 함께 시작되었지.'

진화의 입가에 야릇한 미소와 함께 두 눈에서 푸른 번개가 번뜩였다.

벌써 겁을 먹고 물러서는 놈들을 보며, 진화는 온몸의 뇌기를 끌어 올렸다.

천뢰제왕검법 천뢰우전-!

단전의 내공이 천뢰제왕심법을 따라 흐르며, 진화의 몸속에 있는 비틀어진 양기와 음기가 반응했다.

천뢰제왕신공의 기운은 엄밀하게 진화가 말하는 천뢰기가 아니었다.

천뢰기는 혼돈지체인 진화가 본래부터 몸속에 가지고 있는 뇌전의 힘이라.

진화는 본래 가진 뇌전의 힘에, 천뢰제왕신공을 수련함으로써 내공뿐 아니라 음기와 양기가 만들어 내는 폭발을 다루는 법을 얻었다.

이전 생에 온전하지 못한 수련에도 불구하고 뇌왕의 자리에 올랐던 것부터 이번 생에 아주 어린 나이에 경지를 넘어선 것까지 모두, 진화가 타고난 힘을 천뢰제왕신공을 통해 제대로 다룰 수 있게 된 덕분이라.

음기와 양기가 만들어 내는 폭발만으로 천뢰라 불리었던 그것이, 진짜 하늘이 만들어 낸 뇌전의 힘을 만난 것이다.

뇌전의 힘과 내공의 기운이 좁은 길을 따라 응축되는 만큼 점점 더 거세져서, 진화의 손을 따라 밖으로 분출되었다.

파지지지지직ーーーーー!

번뜩이는 빛 속에 검은 옷과 귀면으로 감췄던 골육이 훤하게 드러났다.

"크아아아아악ーーー!"

"아아아악!"

불에 뛰어든 부나방처럼, 번개에 휘말린 광룡귀면대원들이 고통에 울부짖었다.

그리고 순식간에 재가 되어 떨어지거나 흩어졌다.

"……."

진화를 쫓아온 일행도, 그들과 싸우고 있던 광룡귀면대도.

모두 조용히 숨을 죽이고, 가시옥쇄 밖으로 사람의 형체를 한 검은 잿덩어리를 짓밟고 나오는 진화에게서 눈을 떼지 못했다.

정적(靜寂)이 흘렀다.

진화의 발걸음을 따라 광룡귀면대가 주춤주춤 물러섰다.

죽음을 탐식하는 지옥의 아귀들이, 겁을 먹고 물러서고 있는 것이다.

"이게 어떻게 된 건가?"

"저 귀면. 그놈들이 남아 있었던 거야?"

현오가 진화의 곁으로 와서 대화를 트면서, 남궁구와 일행도 급히 진화의 곁으로 모여들었다.

"글쎄. 원래 있던 놈들이 남은 것인지, 새로 온 놈들인지. 잡아서 털어 보면 알겠지."

진화가 광룡귀면대에게서 눈을 떼지 않고 말했다.

그리고 곧 시선을 돌려 일행과 함께 온 주작단원을 보았다.

"선배님은 가서 사람들에게 알려 주십시오."

"그건······."

진화의 말에 주작단원이 곤란한 얼굴을 했다.

당장이라도 '안 된다.'라고 말해야 했지만, 그 말이 나오지 않았다.

주작단원인 자신이 관도생들을 인도해야 마땅했지만, 방금 진화의 신위에 가까운 무공을 보고는 도무지 그 말을 할 수 없었던 것이다.

심지어 가장 약해 보이는 남궁교명이 날린 검기조차 자신에 비해 모자람이 없었으니.

"주작단은 주로 경공을 우선해서 수련하는 분이 많다고 들었습니다. 저희들이 시간을 끌고 있을 테니, 어서 가서 알려 주십시오."

"……알겠습니다."

진화의 설득에, 주작단원이 비장하게 고개를 끄덕였다.

못난 선배가 되지 않기 위해서라도, 목숨 걸고 달릴 것 같은 표정이었다.

실제로 그는 할 수 있는 최선을 다해 달렸다.

쉐에에에엑———!

채———앵!

주작단원을 향해 날아가던 건곤권이 진화의 천뢰지에 나무 쪽으로 튕겨 나갔다.

퍼—억!

건곤권이 손잡이도 보이지 않게 나무 기둥에 박혀 들어갔다.

그리고 곧.

쩌어어어억———!

쿵!

나무가 쪼개지면서, 마치 경계선을 그리듯 진화와 원구 사이로 떨어졌다.

그리고 쓰러진 나무를 경계로, 광룡귀면대와 진화 일행이 서로를 노려보고 섰다.

"……하아, 남궁 공자라고?"

원구가 보기만도 섬뜩한 살기를 뿜으며 진화를 노려보았다.

설마 이런 애송이가 그런 무공을 가졌을 줄이야.

할—짝.

원구가 긴 혀를 내어, 진화에게 군침을 다시듯 제 입술을 핥았다.

"찢어 먹을 맛이 있는 도련님이군."

"저런 원숭이 같은 새끼가!"

"감히!"

원구의 말에, 남궁구와 남궁교명이 그를 노려보며 분노했다.

하지만 진화는 그 징그러운 식탐조차 반가웠다.

"살려 줄 거라고 오해하면 곤란해."

주작단원에게 한 말은 그냥 한 것이었다.

그를 보내기 위해 설득하려고.

이전 생에서처럼 아군까지 죽여 버릴 순 없으니까.

진화가 웃으면서 말했다.

그런 진화와 마주한 웅사의 두 눈이 커졌다.

"원구, 저거…… 주인의 물건이다."

웅사가 진화의 두 눈동자 속에서 번뜩이는 혼돈을 알아보았다.

원구가 놀란 눈으로 웅사를 보자, 웅사가 확인시켜 주듯 고개를 끄덕였다.

"저놈이 왜 여기에 있어? 악수아 부대주는?"

원구의 의문에, 대답은 맞은편에서 나왔다.

"죽었어."

진화가 덤덤하게 말했다.

주작단원을 보냈으니 이제 거칠 것이 없었다.

이전 생에 어머니를 잃고 복수에 미쳐 버린 진화는 그런 걸 따지지 않았지만, 지금은 가족들이 살아 있으니까.

물론 달라지지 않은 것도 있었다.

진화가 여전히 복수에 미쳐 있다는 것.

"너희도 전부 죽일 거다."

진화가 광룡귀면대를 향해 통보하듯 말했다.

그건 특별할 것 없는, 이전 생에서부터 진화가 귀천성에 정해 놓은 복수였기 때문이다.

성낼 진嗔 불 화火 : 과거와의 조우

과거.

남궁도와 가주 위에 오른 남궁교명이 본가를 영성현으로 옮길 때였다.

남궁세가는 남은 세가 사람들을 보호하기 위해 정의맹에 도움을 요청했고, 맹에서는 백 명의 무인을 보내 주었다.

많은 수였지만 충분하진 않았다.

겨우겨우, 딱 보일 수 있는 최소한의 성의만 보였달까.

쉐에에엑———!

파지지지직———!

"크아아악!"

바닥에 쓰러져 뭍에 나온 물고기처럼 퍼덕거리는 놈들의

심장에 검을 꽂았다.

그리고 뇌전을 흘려 흔적도 없이 태워 버렸다.

목이 찢어질 듯 비명을 지르던 놈들은 곧 재로 흩어졌다.

그런 진화를 향해 같은 정의맹 무인들조차 좋지 않은 시선을 보냈다.

남양으로 임무를 나온 정의맹 무인들 중 진화에게 다가오는 이는 아무도 없었다.

그들은 매번 사방에 피를 뿌리며 난도질을 하거나 뇌전으로 고문하듯 귀천성도를 죽이는 진화를 그리 좋아하지 않았다.

"빌어먹을 출신은 못 속이는가 보군. 저리 악독한 손 속이라니!"

"허어, 남궁세가에서 일어난 비사를 듣지 않았나. 지금 심정이 오죽하겠는가."

"따지고 보면 그것도 다 저자 때문이지!"

"허어, 이 사람이 그래도! 듣겠네!"

소곤거려도 다 들리는 소리, 조금 더 크게 말한다고 더 거슬리고 하는 일은 없었다.

어차피 틀린 말도 아니었다.

남궁세가의 멸문은 다 재앙의 씨앗이라 할 수 있는 저 때문이니까.

그저 당장 빌어먹을 제 목숨을 끊을 수 없으니, 화풀이하

듯 저놈들이라도 죽여 대는 것뿐이었다.

진화는 그저 묵묵하게 검에 묻은 피를 닦았다.

"남궁세가도 멍청하지."

멈칫.

"요즘 같은 세상에 불쌍하다고 거둬 줬다니 말이 되나?"

"이, 이봐, 자네가 그렇게 말하면 되나? 청성도 이전에 남궁세가의 도움을 받았잖나?"

"그러니까! 제왕검만 믿고 오만했던 게지. 도와줄 여력도 없으면서 나서길 왜 나서? 그렇게까지 하면 누가 고마워할 줄 알고. 따지고 보면 남궁세가 때문에 지금 다 이렇게 고생이잖아! 그때 진 빚 때문에 이런 곳까지 와서. 그 잘난 제왕검도 독에 당해서 어디서 죽었는지, 살았는지 모르는…… 왜, 왜? 헉!"

진화가 마음 놓고 떠들던 사내의 뒤에 섰다.

그리고 적의 피를 잘 닦아 놓은 검을 사내의 목에 겨누었다.

사내는 청성파 현문대 부대주로, 남궁도에게 재물을 바치고 남궁세가 무인들을 빌려 간 자였다. 그리고 일전의 전투에서, 진화의 뇌막 뒤에 숨어서 목숨을 보존한 자였다.

"이, 이게 무슨 짓이오!"

"……이게 무슨 짓 같은데?"

진화가 검을 사내의 목에 조금 더 가까이 찔러 넣었다.

챙―! 챙――!

주변에서 검을 빼 들었다.

그것을 보며 당당해진 사내가 버럭 소리를 질렀다.

"이자가 미친 게요! 미친 게 분명하오! 뭣들 하시오? 이자를 붙잡지 않고! 내 이 일에 대해 정의맹과 남궁세가에 반드시 따져 물을 것이오!"

소리를 지르는 사내를 보며, 진화는 잠시 그의 목을 날려 버리는 상상을 했다.

이자를 죽이면 주변에 모든 이들이 나를 공격할까.

그럼 주변 모든 이들을 죽이면?

미친 것이다.

미친 것이 분명했다.

하지만 남궁세가에 기대어 남궁세가를 갉아먹은 모든 것을 없애 버리고 싶었다.

진화는 눈에 보이는 모든 사람들을 죽이는 상상을 하며, 손가락을 움찔거렸다.

그때, 누군가 소리를 질렀다.

"적이다――!"

마침 잘되었다.

진화가 검을 돌려 뇌기를 발출했다.

퍼―――엉!

벽을 부수고, 그리로 밀려 들어오는 귀천성도들을 향해 뛰어들었다.

쉐에에엑----!

스웃-!

살아 숨 쉬는 놈들의 모든 것이 증오스러웠기에, 닥치는 대로 눈앞에 보이는 모든 것을 베었다.

쉐에에에엑--!

"아아악!"

손가락, 팔, 다리…….

머리통이 높이 날아가 떨어졌다.

허리 위가 잘려 나간 누군가의 하체가 내장을 줄줄 흘리며 서 있고, 목을 잃은 시신은 바닥을 구르며 피 비를 뿌리고 있었다.

가주님, 누님, 사방에 널려 있던 가솔들의 죽음처럼.

비릿한 혈향이 온몸을 적시고 눈앞까지 가렸지만, 그날의 비극을 돌려주려는 듯 진화의 검은 멈추지 않았다.

푸른 번개가 치는 진화의 눈에, 방금 전까지 진화의 앞에서 고래고래 소리를 지르던 사내가 귀천성도의 검에 허겁지겁 밀리고 있는 것이 보였다.

눈이 마주쳤다.

마치 도와 달라는 듯 진화를 향해 애원하는 눈빛.

진화가 한쪽 입꼬리를 비스듬하게 올렸다.

그리고 검을 휘둘렀다.

쉐에에에에엑-----!

진화는 귀천성도와 사내, 두 명 모두를 베어 버렸다.

베고 또 베었다.

그날의 생존자는, 또다시 진화 한 사람뿐이었다.

사람들이 더욱 수군거렸다.

하지만 괜찮았다.

그날 진화는 모든 것을 베어 버리는 검을 얻었으니까.

진화는 복수를 갈구했다.

남궁세가를 나락에 빠뜨린 놈들의 목을 치고, 남궁세가의 불행을 밟고 선 제갈세가는 주저앉히고 싶었다.

제갈지현을 어두운 방구석에서 비참하게 썩어 가도록 처박아 두고, 제갈세가가 바닥을 벅벅 긁으며 기는 꼴을 두고 두고 비웃으며.

남궁세가를 방패처럼 쓰고 버린 다른 모든 문파들은 모조리 남궁세가를 대신해서 적의 앞에 던져 버리고 싶었다.

살려 달라 아우성치는 꼴을 면전에서 구경하면 속이 시원할 것 같았다.

그리고 귀천성은…….

'모두 죽이리라!'

어떤 방식, 어떤 형태의 죽음이든 상관없었다.

그저 죽이리라.

귀천성 놈들을 죽인다는 일념 하나로 진화는 검강을 얻었고, 뇌전을 얻었다.

모든 원수들에게 복수할 순 없었지만, 귀천성도들만큼은 죽일 수 있었기에.

진화는 원수들이 씌워 주는 피투성이 왕(王)의 관도 기꺼이 뒤집어썼다.

그런데…… 다시 돌아와 복수하지 않을 이유가 있나?

그토록 간절하게 원하던 것인데.

"우리의 수가 많다! 어째서 가만히 있는 거냐, 쳐라ー!"

원숭이 귀면을 쓴 원구의 외침에, 광룡귀면대원들이 넓게 퍼졌다.

진화의 왼쪽으로 현오와 남궁구가 있었고, 오른쪽으로 팽가 형제와 남궁교명이 있었다.

그들은 살기를 뿜으며 달려드는 광룡귀면대를 보며 잔뜩 긴장한 듯 굳어 있었지만, 겁먹지 않고 일 년 동안 그랬듯 서로의 위치를 느끼며 검을 들었다.

촤아아아아ーーー!

광룡귀면대원들이 가시옥쇄를 던졌다.

그 모습에 팽수와 팽신이 바닥에 있던 거대한 나무를 들었다.

"크아아아아———!"

후-웅! 훙ㄱ!

팽가 형제가 나무를 휘둘러 가시옥쇄를 쳐 냈다.

그 틈으로, 남궁구와 남궁교명이 달려 나갔다.

쉐에에에엑————!

거세고 치명적인 푸른색 검기와 그 곁에서 유려하게 움직이는 돌풍 같은 검기.

이번 세대, 특히 홍의생들을 달리 황금 기수, 역대 최강의 기수라고 하는 것이 아니었다.

남궁구와 남궁교명의 검기가 광룡귀면대의 움직임을 트는 순간, 현오의 금강분산권이 날아들었다.

파파파파파팟- 펑-!

강한 기운이 땅을 폭발시키며, 흙과 돌이 튀었다.

그 사이로 다시 남궁구와 남궁교명이 뛰어들어 검을 휘둘렀다.

쉐에에에엑———!

팽가 형제 또한 나무를 휘두르던 거력으로 광룡귀면대원들의 몸을 때렸다.

퍽! 퍽!

창궁대연검의 검기가 급소를 베고, 혼원권의 강기가 살과 뼈를 떡처럼 짓눌렀다.

처음에 왔던 인원은 진화의 천뢰우전으로 반 이상이 줄었고, 남은 인원으로는 일행의 상대가 되지 못했다.

현오와 남궁구, 남궁교명 그리고 팽가 형제는 약간 긴장하긴 했지만, 상대의 급소에 검을 휘두르고 피가 터진 곳에 주먹을 내지르는 걸 망설이지 않았다.

겨우 약관 남짓한 나이였지만, 하나하나 절정을 넘어서는 무위에 죽음을 무시하고 싸울 줄 알았으니.

전투에서 살아남기 위해 가장 중요한 것을 잘 해내고 있었던 것이다.

게다가 각자 서로 다른 사문 출신임에도 함께 싸우는 데에 전혀 어색하지 않았다.

일 년 조금 넘는 짧다면 짧고, 길다 하면 긴 시간 동안.

생사고락을 함께하면서, 서로 함께 움직이는 법도 익혔기 때문이다.

그사이.

진화도 검을 들고 움직였다.

쉐에에에엑———!

섬전십삼검뢰는 이전 생에 뇌왕의 특기라.

진화가 섬전십삼검뢰를 주로 사용한 것은, 그것이 천뢰제왕신공 중에서도 바로 근접 거리에서 싸울 수 있는 초식이 많았기 때문이다.

쉐에에엑-!

섬전십삼검뢰 여여일식이 웅사의 들숨과 날숨의 틈새를
파고들었다.

파팟!

"크윽!"

진화의 검에 팔이 베인 웅사가 물러나고, 원구가 뛰어들었
다.

챙-! 챙챙챙!

마구잡이로 휘두르는 듯한 건곤권을 칼을 들어 막아 내며
불꽃이 튀었다.

그러나 포악한 공격을 해 대는 원구의 눈빛이 필사적인 반
면, 진화의 눈은 차갑게 가라앉아 원구의 급소만을 노리고
있었다.

검과 건곤권이 맞붙으며 튄 불꽃이 원구의 눈에 튀면서 눈
을 깜박인 순간.

번뜩.

진화가 검을 꺾은 채로 검집째 기운을 실어 원구의 명치를
찍었다.

퍼억-!

쿵!

"으-악!"

간발의 차이로 명치를 피한 원구가 배를 잡고 뒤로 굴렀

다.

"젠장!"

원구가 복부를 잡고 곧바로 일어나지 못했다.

마치 내장이 끊긴 듯 순간 하체에 힘이 들어가지 않았다.

검에 뚫린 것보다 고통스러웠다.

저도 모르게 복부를 잡고 있던 손바닥을 펼쳐 보았을 정도로.

"크읏……!"

원구가 붉게 달아오른 눈으로 진화를 노려보았다.

그가 일어서는 동안 웅사가 진화의 검에 유성추를 감고 있었다.

그때.

씨익!

원구의 눈에 진화가 한쪽 입꼬리를 끌어 올리는 것이 보였다.

"웅사, 피해--!"

원구의 외침과 함께 웅사가 손을 놓고 멀어지려 했다.

하지만 벼락은 눈 깜박하는 사이에 떨어졌다.

파지지짓---!

퍼-억!

간발의 차이로 유성추는 놓았지만 뇌기는 피하지 못한 웅사가 튕겨 날아가 나무 기둥에 처박혔다.

툭.

웅사의 가면이 두 동강이 나며 떨어졌다.

화상을 입은 듯 흉측한 얼굴과 함께, 창백한 피부 위로 자색으로 타들어 간 혈관들이 드러났다.

"큭! 커억. ……웃."

결국 마지막 숨을 내뱉지 못하고 웅사의 고개가 떨어졌다.

"……."

원구의 눈동자가 공포에 질렸다.

천천히 저를 향해 걸어오는 진화를 보는 눈이 하염없이 떨렸다.

"자, 잠깐! 내가 이, 이대로 끝날 것 같아? ……흐이익! 사, 살려 줘! 날 살려 주면 지원대가 오는 길을……!"

쉐에에엑———!

원구가 말을 마치기도 전에, 인내심 없는 푸른 검기가 그의 팔을 베었다.

"크아아악!"

눈 깜짝할 사이.

정확하게 어딜 끊어야 하는지 알고 노린 듯, 마치 짚단 인형의 팔처럼 원구의 팔이 싹둑 잘려 나갔다.

"넌, 그 영감이 부리는 놈들답지 않게 말이 많네."

진화가 땅을 박차고 달려갔다.

안타깝게도 천뢰제왕신공은 보법보다 검술 위주의 초식으

로 이루어져 있었다.

달리 말하면 눈이 보이지 않을 정도로 빠르게 달린 진화의 몸놀림은 모두 검을 쓰기 위한 것이라.

파지지직———!

쉐엑! 샤샤샤샤샷–!

거센 비가 태산을 무너뜨리듯.

섬전십삼검뢰 붕격우산의 연속기가 원구의 앞에 쏟아지듯 번뜩였다.

그리고 비가 그쳤을 때.

"끄⋯⋯어."

입을 벌리는 순간, 원구의 몸이 목각인형처럼 산산조각으로 쪼개지며 떨어졌다.

흥건한 핏물과 허옇고 검은 내장 조각, 그 주변에 흩어진 붉은 고깃덩어리들. 그리고 언뜻언뜻 사람이었음을 알게 해주는 팔다리의 흔적.

원구의 시체를 내려다보던 진화가 냉정하게 몸을 돌렸다.

마침 팽수와 팽신 형제의 파갑추(破甲錘)가 마지막 남은 광룡귀면대원의 가슴을 부순 참이었다.

"⋯⋯허!"

현오가 진화의 뒤에 있는 시신을 보며 신음하듯 감탄을 터뜨렸다.

남궁구와 남궁교명 또한 인상을 찌푸리다 금방 눈을 돌렸다.

끔찍하긴 하지만 적을 동정하진 않았다.

몇 번을 경험하든 상관없이 생사를 건 적과의 전투는, 그들을, 칼끝을 밟고 선 무림인으로 만들었다.

"놈들의 지원이 있다는군. 뒤로 물러날 사람?"

진화의 물음에, 일행은 서로 얼굴만 멀뚱멀뚱 보았다.

"흐흐. ……이제 좀 재밌어졌는데, 빠질 수야 없지."

현오가 이를 드러내며 웃자, 남궁구가 기겁하며 펄쩍 뛰었다.

"윽! 이 땡중아! 천살성이네 뭐네 험한 소문도 도는데, 대머리에 피 칠갑을 하고 그렇게 웃지 마!"

"그건 소문이 아니라 진짜다."

"진짜? 천살성이? 아니면 대머리가?"

"형님, 둘 다 맞는 말이다. 천살성인데 대머리인 거다."

"……아미타불 관세음보살. 제발 저 입이 악한 중생들을 용서하소서."

남궁구에 이어 남궁교명과 팽가 형제의 대화를 들으며, 진화는 그들이 발을 뺄 생각이 전혀 없음을 알았다.

오히려 긴장이 풀린 듯 진지한 얼굴로 농담을 주고받는 것에, 진화도 피식 웃고 말았다.

"그럼 우리 지원도 곧 올 테니, 여기서 기다려 볼까?"

진화의 말에 모두가 숲 한쪽을 보았다.

어느 쪽 지원이 먼저 올지 모르겠지만, 적어도 하나는 알 수 있을 것이다.

'놈들이 어느 쪽에서 오는지 알면, 광마전이 어디에 있는지도 알 수 있겠지.'

지금 당장 광마제를 이길 수 있을까.

골백번도 넘게 생각했다.

제왕검과 다른 이들의 협공에도 죽이지 못한 광마제가 아니던가.

다만.

'확인해 볼 수 있겠지. 놈이 지금 어느 정도인지, 이번엔 내가 정의맹을 이용해서.'

숲 한쪽을 보는 진화의 눈빛이 번뜩였다.

그때.

푸스슥!

풀숲이 흔들린 소리뿐 아니라, 사람의 기척이었다.

"저기다!"

진화가 제일 먼저 튀어 나갔다.

그리고 달려온 사람들을 발견했다.

"……누구십니까?"

진화가 고개를 갸웃하며 물었다.

피투성이로 헐벗은 거지들은, 아무리 봐도 광룡귀면대의

지원은 아닌 듯 보였기 때문이다.

"……."

"주, 죽이지 마시오! 나, 나는 정의맹 백매단 소속이오!"

"……."

"사, 삼 조 오경원이오!"

"……."

"광마전 놈들의 위치를 파악하라는 임무를 수행하다가 놈들에게 포로로 잡혔고, 겨우겨우 탈출해서 이곳에 온 것이오!"

"……안 물어봤는데……."

묻지도 않은 말을 줄줄이 늘어놓는 오경원과 그 뒤에서 고개를 끄덕이며 동조하는 사내를 보며, 진화가 고개를 갸웃거렸다.

보통 이런 건 고문하기 전까지는 말 안 해야 하는 거 아닌가?

그때, 급하게 진화를 쫓아온 일행이 도착했다.

"도련님, 너는……!"

"우리는 정의맹 백매단 소속 삼 조 오경원 외 일 명이오! 광마전에 잡혀 있다 급히 탈출한 것이니, 제발 이자가 우릴 죽이지 않게 해 주시오!"

"……."

남궁구가 뭔가 말을 꺼내기도 전에, 오경원이 소리쳤다.

숨도 쉬지 않고 하는 말에 남궁구가 말을 잇지 못하고 진화를 보았다.

뒤따라온 일행도 상거지 꼴을 하고 있는 자칭 백매단원들과 진화를 번갈아 보았다.

"나는 아무 말도 안 했어."

진화가 어깨를 으쓱했다.

그리고 슬그머니 오경원과 그의 뒤에 있던 사내를 겨눴던 검을 거두었다.

"후유……."

"휴……."

오경원과 사내가 눈에 띄게 한숨을 쉬었다.

그러자 다시 한번 일행의 눈초리가 진화에게 향했다.

이쯤 되니 진화는 살짝 억울해졌다.

"아직 아무 짓도 안 했다고."

진화가 투덜댔다.

하지만 진화의 말처럼, 오경원과 사내의 상처는 피딱지와 함께 검은 때가 덕지덕지 붙어서 시일이 꽤 지난 것인 듯했다.

게다가 광마전에 잡혀 있다 탈출했다는 것이 거짓은 아닌 듯, 상처 하나하나가 심상치 않았으니.

등가죽이 너덜너덜할 정도로 선명한 채찍 자국.

손톱, 발톱 중에 성한 것이 하나도 없었다.

탈수가 온 것인지 피부는 물론 입술도 말려 올라가 있고, 눈 밑의 경련도 있었다.

보기 딱했던 듯 남궁구가 자신의 수통을 오경원에게 건넸다.

"가, 감사하오!"

오경원이 수통을 뒤의 사내에게 먼저 건넸다.

뒤의 사내는 오경원보다 상태가 심각했다.

한쪽 어깨는 억지로 끼워 맞춘 듯 벌겋게 부어올라 있고, 손은 나뭇가지를 부목 삼아서 천으로 묶어 놓았지만 곧 썩을 듯 색이 심상치가 않았다.

창백하게 질린 얼굴과 핏발 선 눈.

티를 내지 않으려 애쓰고 있었지만 오한이 있는 사람처럼 몸을 덜덜 떨고 있었다.

진화의 눈이 오경원과 사내를 번갈아 살폈다.

'진짜 백매단이 맞나 보네.'

오경원은 본인도 숨이 넘어가는 순간에도 사내를 배려했다.

물을 건네주는 태도가 매우 공손한 것이, 몸에 밴 습관 같았다.

아마도 오경원보다 직급이 높은 자일 것이다.

게다가 저 사내.

아닌 척, 남궁구가 준 수통에 있는 정의무학관의 표식을 확인했다.

진화의 눈이 사내의 발을 향했을 때.

"도련님, 넌 제발 말 좀 하고 가!"

"아니면 혼자 몰래 가지 않겠나? 내가 보고도 못 본 척할 수 있게 말일세!"

남궁구와 달리 현오가 불평을 쏟아 냈다.

뒤에 있던 남궁교명과 팽가 형제 또한 남궁구와 현오의 생각에 동의하는 듯 고개를 끄덕였다.

진화도 찔린 것이 있었기에 조용히 입을 다물었다.

그때, 남궁교명이 정중하게 오경원과 사내에게 물었다.

"광룡귀면대가 귀하들을 쫓아온 것입니까?"

"놈들이 벌써 쫓아왔다고?"

오경원과 사내의 눈이 놀란 듯 커졌다.

"방금 전 귀하들을 기다리는 듯한 광룡귀면대 무인들과 마주쳤었습니다."

"마, 마주쳐?"

이번에는 오경원과 사내의 눈이 찢어질 듯 커졌다.

"안심하십시오. 저희가 모두 처리했습니다."

"……!"

남궁교명의 말에, 오경원과 사내의 눈이 하염없이 흔들렸다.

척 봐도 일행 모두 약관을 넘기지 못한 듯한데, 광룡귀면대를 모두 죽였다고 말하니.

진화와 일행, 오경원과 사내는 이제 중요한 기로에 섰다.

진화와 일행은 오경원이 하는 말을 들었고, 오경원과 사내
또한 진화와 일행이 입은 옷과 수통과 같은 지급 물품을 확
인했다.

하지만 그럼에도 불구하고 양측은 서로를 온전히 신뢰하
지 못하고 있었다.

'우릴 속이기 위해 연기하는 것이라면……?'

지독한 불신.

바로 어제까지 죽음의 기로 앞에서 고문을 당했던 사람들
로서는 당연한 경계심이었다.

진화 일행 또한 방금 전까지 광룡귀면대와 싸우며 끓어오
른 피가 채 식지 않은 터였다.

"하나, 둘, 셋, 하면 각자 신원을 알 만한 물건 하나씩 내
놓을까요?"

"……그러지."

남궁구의 제안에 오경원이 고개를 끄덕였다.

그리고 서로 눈치를 보다가 품속으로 손을 넣었다.

"하나, 둘, 셋!"

"……."

"……제발 이 친구 좀 말려 주겠나?"

오경원이 제 목에 닿은 검을 가리키며 말했다.

"아니, 보통 이럴 때 숨겨 둔 암기 같은 것을 꺼내지 않나?"

이전 생에는 이렇게 합의한 척, 다 죽였었는데.

'이때까진 강호의 신의가 살아 있었나 보네.'

진화가 머쓱한 얼굴로 검을 도로 집어넣었다.

다행히 남궁구는 정상적으로 신분패를 꺼내 놓았다.

"모두 정의무학관 소속 홍의생들입니다."

"남궁이로군. 그렇다면 이쪽이…… 남궁진화인가?"

범상치 않은 외모와 기세.

신분패를 내민 것은 남궁구였지만, 오경원과 사내는 진화를 먼저 알아보았다.

"본인은 백매단주 맹규일세. 정의무학관 관도생이라면 알아보겠지?"

사내가 꺼내 놓은 것은 백매단의 단원패였다.

마작패에 백매가 새겨진 그것은, 적진에서 같은 편을 알아보거나 비밀리에 접선을 할 때 신분을 증명할 수 있는 유일한 것이었다.

오경원은 심문을 당하면서 단원패도 털렸지만, 맹규는 끝내 그것마저 들키지 않은 것이다.

"확인해 보겠나?"

행정학을 배우면서 '정의맹 기밀 전서에 각자의 단원패를 찍는다.'며 표본을 본 적은 있었지만, 이렇게 실물은 처음이라.

남궁교명이 호기심 어린 눈빛으로 단원패를 집어 들었다.

"단주인 걸 들켰다면 조리돌림 당하다가 죽었을 걸세. 항문 속에'잘 넣어 두었기에 망정이지."

"으아아악!"

맹규의 말에 남궁교명이 기겁하며 단원패를 내던졌다.

"무슨 짓인가!"

"우욱!"

맹규가 남궁교명이 집어 던진 단원패를 잡아채며 화를 내었다.

하지만 남궁교명과 일행은 속이 좋지 않은 얼굴로, 남궁교명의 두 손가락을 보고 있었다.

오경원이 남궁교명의 어깨를 두드려 주었다.

동시에 진화가 오경원의 어깨를 짚었다.

"광마전에서 탈출하신 것이 정말이군요!"

진화의 웃는 얼굴에 오경원이 화들짝 놀랐다.

"곧 주작단이 올 것입니다. 안심하시고 몸을 추스르고 계시지요."

진화가 온화한 미소를 지어 보였다.

"여분의 금창약도 있는데 좀 드릴까요?"

"아, 아니, 괜찮네. 주, 주작단은 어디 있나?"

진화의 급작스러운 태세 전환에, 맹규와 오경원이 어색한 얼굴로 진화의 친절을 거절했다.

진화 일행은 당연한 듯 광룡귀면대를 기다리려던 계획을

수정했다.

"어서 정의맹으로 모시자."

긴장이 풀린 듯 몸을 가누지 못해 휘청거리는 맹규와 오경원을 팽가 형제가 업고, 일행은 주작단과 관도생들이 있는 곳으로 움직였다.

'드디어 광마전 놈들이 숨은 곳을 알겠구나!'

맹규와 오경원이 나온 숲을 향해 시선을 두었던 진화는, 미련 따윈 없다는 듯 미소를 지은 채 몸을 돌렸다.

백매단주 맹규와 단원 오경원의 등장에 한바탕 난리가 났다.

주작단주와 단원들이 그들을 알아봄으로써, 한 톨만큼 있던 불신도 말끔히 털어 버렸다.

주작단원들이 급히 그들을 정의맹으로 옮겼다.

그리고 주작단주와 무사부 각우는 중요한 결단을 내렸다.

"놈들의 지원대가 뒤를 쫓고 있다면 금방 모습을 드러낼 것입니다. 놈들이 이쪽으로 발을 들이도록 할 순 없지요. 백매단주님을 발견했다는 곳에 저희가 가서 지키고 있어야겠습니다."

주작단주가 단호하게 말했다.

백매단주와 오경원을 구한 것과는 별개로, 광룡귀면대가 다시 정의맹의 영역에 들어오게 둘 순 없었다.

주작단주의 생각에는 각우도 동의하는 바였다.

"정의맹에서 지원을 보낼 것입니다. 하지만 그렇다고 이 대로 관도생들을 물린다면, 그동안 주작단이 위험에 처할 수도 있습니다."

각우의 말이 맞았다.

백매단주의 뒤를 쫓는 광룡귀면대의 수를 모르니, 자칫 주작단이 위험해질 수도 있었다.

"그럼 무사부님들의 도움만 받겠습니다."

"아니요. 비록 관도생이라고는 하나, 그들 모두 실력 있는 무인들입니다."

주작단주의 말에 각우가 단호하게 고개를 저었다.

각우의 말에 다른 무사부들도 동의한다는 듯 고개를 끄덕였다.

정의무학관의 기본 취지는 진짜 무학관과 같은 역할을 하는 것이 아니다.

정의무학관은 귀천성과 싸울 수 있는 무인이 아닌, 귀천성과의 전쟁을 이끌어 갈 무인을 만들기 위한 곳이라.

관도생들이 정의무학관에서 익히는 것은, 전쟁에서 각자 사문의 무인들을 이끌고 정의맹의 지휘 아래에 유기적으로 협조하기 위한 전투적, 행정적 체계에 관한 것뿐이었다.

그들은 이미 선발시험을 통해 각자가 사문을 대표하는 무인임을 증명했다.

정의무학관은 필요에 의해 그들을 관리할 뿐, 그들을 통제하지 않았다.

정의무학관에 관도회가 존재하는 이유였다.

각우가 청의장 하후진과 홍의장 진화, 백의장 심원을 불렀다.

"백의생들은 안전을 위해 귀가 조치 하고, 청의생들과 홍의생들은 남아 싸우는 것으로 하지요."

"동의합니다."

"저도 동의합니다."

백의장 심원이 분한 얼굴을 했지만, 그도 고개를 끄덕였다.

무공이 약해서가 아니라, 주작단이 지휘하는 전투에서 작전대로 움직이는 경험이 부족해서라니. 그저 납득할 수밖에 없었다.

"전방은 주작단이 맡습니다."

"우리는 근방을 포위하도록 하지."

주작단주의 포위 작전에 무사부들과 청의장 하후진, 홍의장 진화가 고개를 끄덕였다.

그렇게 모두 움직이려는데, 진화가 주작단주를 불러세웠다.

"저기!"

모두가 진화를 보았다.

그러자 진화가 쑥스러운 듯 귀 끝을 붉히며 말했다.

"가는 길에 저와 동료들이 죽인 광룡귀면대의 시체가 있을 것입니다. 놀라지 마시라고……."

"아, 미리 잠복하고 있던 놈들 말인가? 하하하, 걱정 말게. 놀라지 않겠네!"

늘 죽음의 선상에서 피를 보고 사는 주작단을 향해 시체를 보고 놀라지 말라니.

주작단주는 진화의 말에 소리 내어 웃고 말았다.

근처에 있던 주작단원들도 진화를 향해 귀엽다는 듯 웃어 보였다.

하지만 그들은 곧, 진화의 염려가 그런 귀여운 종류의 것이 아니었음을 알게 되었다.

기절한 듯 곱게 누워 있는 시체만 십여 구.

기껏해야 두셋 정도 잡았겠거니 생각했던 주작단주는 생각보다 훨씬 많은 수에 할 말을 잃었다.

심지어 그 뒤쪽에는 보기에도 끔찍하게 죽은 시체들이 즐비했다.

"헉! 이, 이건 대체……!"

"끔찍……하군."

허리가 뒤로 꺾이거나 사지가 이상하게 뒤틀려 죽은 시신부터, 사람의 형체를 알 수 없게 난도질된 고깃덩어리까지.

많은 죽음을 보았던 주작단조차 신음을 삼키며 말을 잃었다.

'이걸…… 그렇게 수줍게 말했다고?'

주작단주는 귀 끝을 발갛게 붉히며 말하던 진화를 떠올리며 고개를 떨었다.

"단주님."

"일단 백매단주가 발견된 장소에서 매복하지. 그리고 사조, 오 조가 이 일대를 정찰하면서 수상한 길이나 입구가 보이면 신호하도록."

"충!"

주작단주의 말에 주작단원들이 빠르게 움직였다.

그때, 땅 밑에 있던 눈도 빠르게 움직였다.

'원구와 웅사가 다 죽다니…… 이제 어쩌지?'

사실 이미 결론은 하나였다.

도망.

하지만 주작단부터 시작해서 일대가 모두 정의맹 무인들에게 둘러싸였으니.

'어쩌지? 어쩌지?'

눈동자가 맹렬하게 움직였다.

광룡귀면대원들의 시체를 발견하고 연유를 파악하는 동안, 갑작스러운 정의맹 무인들의 등장에 급히 숨은 터였다.

대책 따윈 없었다는 말이다.

게다가 원구와 웅사라면 저도 이미 알고 있는 이들이었다.

그 둘이 한꺼번에 덤빈다면 부대주들조차 생존을 장담할 수 없는 실력자들인데, 흔적으로 보아 그런 이들이 한 사람에게 당했다.

이대로 나간다면 저는 죽음 목숨이나 마찬가지였다.

'안 돼. 이대로 죽을 수는 없지.'

맹렬하게 흔들리던 눈동자가, 마침내 결단을 내린 듯 단호하게 빛났다.

그리고 하늘을 향해 불꽃을 쏘아 올렸다.

파다다닥─! 타탁!

빨간 불꽃이 튀며 하얀 연기를 내뿜었다.

신호를 보고 조금 떨어진 곳에 있던 광룡귀면대원들이 달려왔다.

"적이다──!"

"광룡귀면대다! 죽여라!"

광룡귀면대원들이 맹렬하게 달려들고, 주작단이 그들을 발견하면서 전투가 시작되었다.

챙─! 챙─!

"저기다!"

검이 부딪히는 소리와 고함을 들으며, 땅이 꿈틀거렸다.

'지금이다-!'

마치 두더지처럼.

지상의 일을 버려둔 채, 눈동자가 땅속으로 사라졌다.

챙! 챙--!

"주작단을 도와라!"

각우가 관도생들에게 명령을 내리고, 청의생들과 홍의생들도 검을 들고 전투에 뛰어들었다.

수적으로 유리한 정황이었지만, 관도생들은 한 치의 망설임도 없었다.

각우가 걱정스러운 눈으로 관도생들을 살폈다.

그때, 유달리 한 명이 각우의 눈에 들어왔다.

'응? 어딜 보는 거지?'

전투 중에 한눈을 파는 듯, 용맹하게 뛰어드는 홍의생들 사이에서 진화만 멀뚱멀뚱 다른 곳을 보고 있는 것이 아닌가.

각우가 당장 호통을 칠 듯 진화를 노려보았다.

때마침 이쪽으로 고개를 돌린 진화가 각우와 눈이 마주쳤다.

진화가 헤실헤실 웃어 보였다.

"웃기는."

전투 중에 한눈이나 팔다니, 나중에 두고 보자.

각우가 주먹을 들어 보였다.

연락이 두절된 백매단주 맹규와 단원 오경원의 귀환으로 정의맹이 소란스러워졌다.

그들의 귀환은 크게 반길 일이었지만, 문제는 그들이 알아 온 정보라.

"광마전이 그토록 가까운 곳에 있었다니!"

"겨우 이틀 길이 아닙니까?"

"어쩌면 이 모든 일의 배후에 광마전이 있는 것은 아니오?"

"광마전 악귀들이 가까이 있다는 건 보통 심각한 일이 아닙니다."

저마다 한마디씩 놀라거나 탄식하니, 정의맹 회의장이 소란스러웠다.

하지만 대화가 길게 이어지진 않았다.

한마디씩 던지는 것 외에, 뚜렷한 대책이 없었기 때문이다.

그런 와중에 무당파 장로 천옥검 운허진인이 물었다.

"이 일을 어찌하기로 했습니까?"

운허진인의 물음과 함께, 모두의 시선이 총군사인 제갈가주에게 향했다.

이 자리에 있는 모두가 결단을 내려야 한다는 건 알고 있었다.

그럼에도 제갈가주를 보는 것은, 책임의 소재를 떠넘기고 싶은 것뿐이었다.

부군사인 남궁진휘의 눈엔, 숨이 막힐 듯한 중압감이 제갈가주의 어깨 위로 향하는 것이 보였다.

그러나 제갈가주는 여느 때처럼 덤덤한 얼굴이었다.

"현재 백매단의 모든 첩보 활동은 공산 포구 인근의 동향을 파악하는 것으로 국한했습니다. 더 이상의 접근은, 남아 있는 모든 백매단원들의 목숨을 위태롭게 할 수 있기 때문입니다."

제갈가주의 말에 대부분의 사람들이 고개를 끄덕였다.

백매단원들의 탈출로, 광마전 놈들이 이제는 백매단원들을 포로로 잡기보다 죽이려 할 가능성이 높았다.

어쩌면 지금도 혈안이 되어 첩자들을 찾아내고 있을 것이었다.

"의선문에 도착한 후 정신을 잃은 백매단주와 단원 오경원이 깨어나지 못했습니다. 백매단주는 가장 심각한 손과 어깨를 치료 중이고, 오경원은 승매환의 효력이 다한 후 중태에 빠졌다고 합니다. 광룡귀면대가 따라온 경로도 아직 조사 중이고, 백매단주의 증언도 확실치 않으니. 그들이 의식을 찾는 대로 다시 회의를 열어야 할 것입니다."

제갈가주의 말에 다시 소란스러워졌다.

"경로를 파악하고 광마전 놈들을 어찌할지 결정하려는 것입니까?"

"아, 그거야, 고민할 것이 뭐 있습니까! 광마전 끄나풀 조금 남은 거, 무인들을 보내 쓸어버리면 될 일 아닙니까! 우리 황보세가도 힘을 보태지요!"

"어허, 좀 신중하게 발언하시오. 그게 그리 간단한 일이면, 군사께서 다시 회의를 열겠다고 하겠소!"

"아, 간단하지 않을 것은 뭐란 말이오?"

남궁진휘는 당장이라도 광마전에 쳐들어갈 듯 큰소리를 치는 사람들부터 한마디씩 보태는 이들을 살폈다.

'한심한 인간들! 정의맹 무인의 목숨을 마치 제 것인 양 참 쉽게 떠드는군.'

남궁진휘는 당장 쳐들어가자고 목소리를 높이는 황보세가와 단천문, 청성파 장로를 보며 눈살을 찌푸렸다.

단천문은 지난 과오를 만회하기 위해 공적이 필요했고, 황보세가와 청성파는 제갈세가가 주춤한 자리를 치고 들어가기 위해 안달이었다.

곤륜파와 공동파도 그 옆에서 동조하고 있었다.

'곤륜파와 공동파도 양청현과 북성현, 낙양에서 문도들을 많이 모았다고 했지? 서북 벽촌의 거지 도사 시절에서 벗어나 호시절을 누린다고 했던가.'

명문 정파의 명성을 이용해서 문도들을 모으고 새로운 성

세기를 맞이한 문파들이었다.

더욱더 명성을 드높일 기회를 찾고 있는 저들에겐, 이번 일이 그런 기회처럼 보이는 듯했다.

"광마제도 없는 광마전이오. 두려울 것이 뭐란 말입니까! 경로 조사가 끝나는 즉시, 우리가 먼저 놈들을 쳐야 합니다!"

"광마전 놈들이 정의맹의 턱밑에 있다니, 이게 말이나 될 일입니까? 우릴 얼마나 우습게 보았으면…… 가만히 둬선 안 됩니다. 사패천이 우릴 비웃을 겁니다!"

남궁진휘는 기세 좋게 나서는 이들의 면면에 구역질이 올라올 것 같았다.

'저래 놓고 적호단이나 주작단을 앞에 세우려 하겠지! 자신들은 지원이랍시고 제자 몇 내놓고! 누가 계속 그렇게 둘 줄 알고!'

남궁진휘의 눈초리가 매섭게 빛났다.

하지만 그 전에, 제갈가주가 먼저 나섰다.

"좀 더 신중해져야 합니다."

"허어, 괜히 신중해졌다가 놈들을 놓칠까 봐 그러오! 기껏해야 광마제도 없이 살아남은 잔당일 뿐이지 않소?"

"죽은 줄 알았던 혼현마제가 모습을 드러내었습니다. 광마제도, 시체를 확인한 건 아니지 않습니까? 게다가…… 이번엔 혼현마제와 광룡귀면대가 같이 모습을 드러내었습니다. 이게 무슨 뜻이겠습니까? 귀천성의 팔현마제가 서로 손을 잡고 움직이는 건, 역천마제의 명이 있을 때뿐이었습니다."

"그게 무슨……!"

황보가주가 크게 놀라며 말꼬리를 흐렸다.

역천마제가 나타난 것도 아니고, 그의 이름 한 번 언급한 것에 바로 꼬리를 마는 꼴이라니.

제갈가주가 슬쩍 입꼬리를 비틀었다.

하지만 그런 사람이 황보가주만은 아니었다.

"혹, 제갈 군사는 귀천성이 다시 움직이는 것이라 생각하는 것입니까?"

"그, 그럴 리 없소! 역천마제가 칩거하고 귀천성이 잠잠해진 지도 벌써 십수 년째가 아니오!"

소리친 사람은 곤륜파 장문인 진풍진인이었다.

그는 다시 전쟁이 시작될 것이란 사실을 온몸으로 부정하고 싶은 듯했다.

아니면 전쟁의 재개는 기정사실이라 해도, 자신이 있는 동안만은 안전하고 싶었던 것이든지.

어느 쪽이든 근거 없는 바람일 뿐이었다.

"모든 사안을 의심해 봐야 합니다. 전쟁은 다시 시작될 것이고, 놈들이 우리 턱밑에 자리한 것이 그 시작일 수 있습니다. 믿고 싶은 것만 믿고 내게 유리한 것만 본다면, 다시는 이길 수 없습니다."

제갈가주가 냉정한 눈빛으로 단호하게 말했다.

그 덤덤한 말에, 진풍진인의 말문이 막혔다.

진풍진인뿐 아니라, 회의장 전체가 조용해졌다.

제갈가주는 기다렸다는 듯, 모두를 둘러보며 말했다.

"놈들의 침입 경로를 파악하고 백매단주의 증언이 확보되는 대로, 광마전을 어찌할 것인지 다시 회의를 열 것입니다. 도망친 잔당에 불과하다면 다행한 일이나, 만약 거기에 혼현마제나 광마제라도 있다면…… 우리도 대비를 해야 하지 않겠습니까. 모쪼록 각 문파와 세가에서는 그것을 염두에 두고 의견을 정해 주셨으면 합니다."

여전히 침묵이 흘렀다.

회의를 마치고도, 무거운 분위기는 계속되었다.

"허어, 참."

이제까지 호전적으로 토벌을 외치던 청성파와 황보세가, 곤륜파는 난처한 기색이 역력했다.

그들이 생각하던 것보다 문제가 심각했기 때문이다.

귀천성의 부활이라니.

괜히 공적을 탐하다가 전쟁에 앞장서게 되는 것은 아닌지 불안한 얼굴들이었다.

반면 당문, 점창파, 아미파는 조금 달랐다.

터전을 잃었음에도 새 삶에 만족하는 이들과 달리, 그들은 언제고 자신들의 땅을 되찾길 원하는 이들이었다.

전쟁은 그들에게 다른 의미로 기회가 될 수 있었으니.

점창파 장로 사일별검 강자린의 눈빛이 전에 없이 떨리고 있었다.

남방 외지에서 시작된 광마전의 공격에 누구보다 먼저 본문을 잃고 도망 왔던 점창파였다.

지금의 젊은 세대는 그 일을 잘 알지 못하지만, 강자린은 똑똑히 기억하고 있었다.

그때 자신은 사제와 함께 사부님을 모시고, 삼 대 제자들의 무림행을 인솔했다가 돌아가는 길이었다.

광마전의 공격이 시작된 것을, 막내 사제를 안고 도망을 나온 대사형에게 들었다.

그길로 사부님과 강자린은 사제들과 제자들을 데리고 남창으로 내달렸다.

그들이 무사히 도망칠 시간이라도 벌어 주기 위해 대사형은 싸움터로 돌아갔다.

이후, 점창파에 있던 모든 문도들이 죽었다는 이야기를 들었을 뿐이었다.

'시체를 알아볼 수 없을 정도로 잔인하게 죽이고, 본문은 놈들의 연회장으로 만들었다고 했던가.'

강자린은 울컥 차오르는 비탄을 감추며 마른침을 삼켰다.

외롭고 서러운 외지 생활이 힘들 때마다 추억을 떠올렸다.

안개가 깔린 아름다운 본산의 광경.

풍요로운 녹음과 싱그러운 냄새.

시원하게 떨어지는 폭포.

비췻빛 신비로운 푸른 물.

하지만 그 아름다운 광경은, 이제 악몽이 되어 그를 괴롭혔다.

말라비틀어진 들판.

피가 흐르는 계곡.

까마귀 소리가 들리는 스산한 검은 숲.

백골조차 되지 못한 대사형이 손짓하면, 비로소 잠에서 깨어났다.

한 번도 본 적 없는 지옥을 그리는 악몽(惡夢).

어쩌면 지금 살고 있는 이 순간이 악몽은 아닐까.

'광마전 놈들이 이렇게 가까이에 있었다고…….'

강자린이 탁자 밑으로 주먹을 꾹 쥐었다.

돌아가리라.

돌아갈 수 없다면 복수라도 하리라.

강자린의 눈빛에서 살기가 일렁거렸다.

그리고 그건, 그의 오른편에 있는 두 사람도 마찬가지였다.

"차라리 거기에 쓰러져 누운 광마제라도 있었으면 좋겠네요, 시체라도 확인하게."

"하하, 그리만 된다면 바랄 것도 없지요."

아미파 장문이자 비선당주인 복호구검 금정신니가 분노 가득한 눈빛으로 싸늘하게 말하자, 당문의 장로 고독권 당성문이 스산하게 웃으며 답했다.

주작단과 관도생들이 힘을 합해 달려드는 광룡귀면대 잔당들과 싸웠다.

겨우 스무 명 남짓.

관도생도 아닌 주작단의 힘만으로도 능히 제압할 수 있는 숫자였다.

하지만 제압된 숫자는 없었다.

광룡귀면대원들 모두 정말 지옥의 아귀처럼 죽을 때까지 맹렬하게 달려들었기 때문이다.

광룡귀면대를 처음 접한 관도생들은 그 잔인하고 치열한 모습에 학을 뗐다.

하지만 그 모습이야말로, 관도생들이 앞으로 싸워야 할 적의 본모습이라.

무사부들은 아무도 다치지 않고 좋은 경험을 한 것이라 말했다.

주작단과 정의무학관은 광룡귀면대의 시체를 수습한 후, 모두 숲에서 철수했다.

광룡귀면대가 어떤 경로로 왔는지 알지 못하는 이상, 그
곳에 백, 청, 홍의생들을 둘 수는 없었기 때문이다.

"앞으로 주작단이 놈들의 흔적을 쫓고, 적호단과 각 문파
의 지원대가 돌아가며 그곳을 지킬 것이다."

"의선문에서 적호단을 뺀단 말입니까?"

"숫자를 조정해야지. 현무단이 돌아오기 전까지만 그렇게
하기로 했다."

남궁진휘의 말에 진화가 고개를 끄덕였다.

그러곤 곧 눈을 빛내며 물었다.

"그럼 이제 경로를 알아내는 대로 광마전으로 쳐들어가는
겁니까?"

"글쎄, 그 전에 백매단주가 깨어나겠지만, 그게 아니라
면…… 기다려야겠지."

"하지만 놈들이 도망가기 전에 잡아야 하지 않습니까?"

"그렇지. 하지만 문제는 이게 함정일 수도 있다는 것이
다."

남궁진휘의 말에 진화가 눈살을 찌푸렸다.

"우리가 주춤하는 사이, 놈들이 도망가거나 혹은 먼저 쳐
들어온다면 큰일이 아닙니까?"

"그것 또한 생각하고 있단다. 하지만 백매단주의 말에 의
하면 광마전에서 무맥을 보았다고 한다."

"무맥!"

진화의 눈이 번뜩였다.

"광룡귀면대주 무맥은 광마제의 오른팔로, 항상 그림자처럼 그를 수행한다고 알려진 자다. 제갈가주께선 광마제가 살아 있을 가능성도 염두에 두고 계시더군."

"허!"

남궁진휘의 말에 진화가 저도 모르게 감탄을 뱉고 말았다.

'혼현마제의 출현으로 광마제의 생존까지 의심해 보는 건가?'

제갈가주는 단지 가능성을 염두에 둔 것이지만, 진화는 실제로 광마제가 생존해 있다는 걸 알고 있었다.

'의심 많고 신중한 성격이 도움이 되기도 하는군. 하지만 광마제의 생존을 의심하고 있다면, 더욱 섣불리 움직이려 하지 않을 거다. 승리에 대한 확신 없이는 움직이기 싫어하는 자니까.'

이전 생에서도 제갈가주는 자신이 충분하다고 생각한 전력이 모이기 전에는 움직이지 않았다.

그리고 움직일 수 없을 땐, 매번 희생양을 내세워 함정을 만들거나 발을 뺐었다.

'하지만 이번엔, 충분한 전력을 모으는 게 나쁠 것도 없지. 광마제가 그곳에 있다면!'

진화는 긴장과 흥분으로 가슴이 요동쳤다.

하지만 아무렇지 않은 척 남궁진휘에게 말했다.

"결국은 광마전을 쳐야 할 겁니다."

"왜 그리 생각하느냐?"

"놈들을 얼마나 죽이고, 우리가 얼마나 죽는가를 생각할 때가 아니니까요. 양청현의 모든 문파가 피난할 것이 아니라면, 정의맹 코앞에 있는 놈들을 치워야 하지 않겠습니까? 정의맹은 귀천성과 공존하면 안 되는 곳이니까요."

"……!"

진화의 말에 남궁진휘가 눈을 크게 떴다.

진화의 말처럼, 안타깝지만 정의맹에 가장 중요한 것은 사람이 아니라 명분이었다.

"그래서 말인데요, 형님."

진화가 말꼬리를 늘리며 남궁진휘를 불렀다.

수줍게 저를 부르는 진화의 모습에, 남궁진휘는 어쩐지 느낌이 쎄-했다.

"그 경로 말인데요. 백매단주의 탈출 경로는 알 수 없지만, 놈들이 움직인 길의 입구는 찾은 듯합니다."

"뭐?"

역시.

남궁진휘는 진화의 말에 깜짝 놀라면서도, 한편으로는 '그러면 그렇지!' 싶었다.

어찌 보면 이 정도로 끝나서 다행이랄까.

"어, 어떻게?"

"그 와중에 도망치는 놈이 있기에, 구를 보내 멀찍이서 쫓았습니다. 다른 건 몰라도 입구는 확실하게 보았답니다."

"……어떻게?"

"눈으로요?"

이상한 질문에 진화가 고개를 갸웃거렸다.

"아니, 각우 사부의 눈은 어찌 피한 것이냐!"

"아! 히이, 이렇게 웃어서요."

"그게 통했다고?"

진화가 아이처럼 방긋 웃어 보이자, 남궁진휘는 다시 그 불길한 느낌이 들기 시작했다.

정말 이 정도에서 끝난 것일까.

"아주 멀찍이서 쫓았습니다. 구의 경신술이라면 세가에서도 손가락 안에 들지 않습니까."

"대체 어쩌자고 그런 위험한 일을 한 것이냐? 백매단주의 증언을 듣고 차분히 조사하면 될 일을……."

"그리하면 너무 늦어지지 않습니까?"

"진화야!"

"그러니까 형님, 남궁세가 지원대에 저도 포함시켜 주세요."

역시!

보통 쎄-한 느낌이 아니다 싶었다.

"그냥 입구만 알려 줄 생각은 없고?"

"글쎄요."

"혹시나 해서 묻는 건데. 우리 진화가 지금 우형을 협박하는 것은 아니지?"

"에이, 설마요!"

진화가 말도 안 된다는 듯 눈을 동그랗게 뜨고 고개를 저었다.

"그래도 형님, 지원대에 넣어 주실 거지요?"

팔자 눈썹을 하고 묻는 진화를 보며, 남궁진휘가 손으로 이마를 짚었다.

우뚝 솟은 바위산 하나.

오르는 입구도 없고, 길도 없는 곳.

심지어 한쪽 절벽의 아래에는 세찬 강물이 흐르고 있었다.

절벽 사이사이 소나무와 잡초가 강한 생명력을 뿜고 있는 아주 작은 틈.

약속된 인간들만이 겨우 찾아낼 수 있는 길이었다.

"후우, 젠장!"

온몸에 말라붙은 흙을 털어 내며, 검은 복면을 쓴 사내가 절벽을 밟고 올랐다.

혹시나 미행이 있을까 봐, 제대로 옷을 갈아입지도 못했다.

한참 거미처럼 절벽을 타고 올라가다 보면, 풀과 나무가
무성해지는 지점이 나왔다.

양손으로 짚을 만한 곳에 튀어나온 뾰족한 돌.

양손에 힘을 줘서 돌을 잡고 뛰어오르자, 비로소 바위산
꼭대기가 나왔다.

밖에서는 결코 알 수 없는 산림이 우거진 곳이었다.

그곳에서 보초를 서고 있던, 우람한 근육질의 광룡귀면대
원 둘이 사내를 알아보았다.

"능교 님을 뵙습니다."

"열어."

능교가 만사가 귀찮다는 말투로 명했다.

짜증 섞인 능교의 반응에, 근육질의 대원들이 서둘러 한쪽
으로 비켜섰다.

그리고 둘이서 나무 기둥을 잡고 누르자.

스으으으-.

거대한 바위가 조금씩 옆으로 밀리더니, 땅속으로 향하는
계단이 나왔다.

"간다. 잘 닫아."

"충."

능교가 잠깐 심호흡을 하고 지하로 내려갔다.

거대한 바위산 전체가 광마전이었다.

무사들의 숙소부터 연무장, 식당까지.

꼭대기에 난 입구를 시작으로 바위산 안쪽이 마치 개미굴처럼 체계적으로 짜여 있었다.

능교가 안으로 들어서자마자, 곧바로 흉악한 쥐를 닮은 가면을 쓴 인영이 다가왔다.

"아, 놀라라! 서이, 이 쥐 새끼 같은 년아. 기척 좀 내라고 했잖아!"

능교가 인영을 알아보고 얼굴을 짜증스러운 목소리를 냈다.

포악한 얼굴의 검은 가면 안에서 한껏 인상을 찌푸리고 있을 것 같은 목소리였다.

"기다리고 계십니다."

서이(鼠二)라 불린 인영은, 작고 가녀린 체구에 어울릴 법한 여린 목소리였다.

목소리만으로는 아주 어린 소녀 같았지만, 서이는 수귀 가면을 쓴 지 십 년이 넘은 이들 중 하나였다.

"아, 씨! 대주가 나 온 거 벌써 알아? 귀도 밝네."

"⋯⋯."

능교가 대주 무맥을 비꼬듯 말했다.

서이는 그 말을 못 들은 척, 뒤를 돌아 앞장섰다.

서이가 안내한 곳은 흑면마룡 무맥의 전용 연무장이었다.

연무장 입구에는 마룡이 새겨진 철문이 있었다.

서이가 먼저 철문을 열려고 손잡이를 잡자, 능교가 그녀의 손을 매섭게 내리쳤다.

철썩.

"가만있어, 이년아. 마음의 준비 좀 하고."

능교의 말에 서이가 그를 재촉하듯 빤히 바라보았다.

꿀꺽.

능교가 문을 보며 침을 삼켰다.

그가 잠시 숨을 고르며 주춤거리는 사이, 서이가 문을 열었다.

끼이이이이익———— 철컹!

"어! ……이 간신 년. 나중에 보자."

마음의 준비가 다 끝나지도 않았는데 안으로 들어가게 생긴 능교가 서이를 째려보았다.

그리고 문을 지나치며 그녀의 귓가에 협박도 잊지 않았다.

하지만 무슨 생각을 하는지 알 수 없는 눈빛의 서이가, 능교가 안으로 들어가자마자 다시 문을 닫았다.

철-컹!

유독 크게 울리는 듯한 문소리.

능교가 속으로 서이에게 욕지거리를 뱉었다.

'이런 개 같은!'

퍼———억!

"커억!"

순식간에 복부를 때리는 충격에, 양팔로 막고도 모자라 능교의 몸이 벽으로 날아가 부딪혔다.

쿵.

땅으로 떨어진 능교가 바닥을 구르는 위로, 무맥의 목소리가 들렸다.

"혼자 왔다지."

나지막한 목소리가 무겁게 질책하고 있는 것만 같았다.

'끄응. 개새끼!'

능교는 신음과 함께 욕지거리를 삼키며 몸을 일으켰다.

무맥이 천천히 그를 향해 다가오는 것을 보며, 능교가 몸을 바로 했다.

속은 욕지거리로 진창이 되었지만, 무맥을 마주하자니 심장만 두근거렸다.

검은 가면 아래, 단단한 목.

우람하진 않지만 맹수처럼 탄력 있어 보이는 근육질의 몸.

최근 생긴 듯한 상처 외에는 땀에 젖은 피부가 청년의 그것처럼 싱그러웠다.

'괴물 같은 인간!'

능교가 무맥의 몸을 보며 조용히 경악했다.

무맥은 능교가 광룡귀면대에 들어온 이십 년 전에도 대주였다.

그가 광룡귀면대에 들어온 것은 그보다 훨씬 이전이라.

십 대에 광룡귀면대에 들어와 말도 안 되게 짧은 출세 가도를 달렸다 한들, 마흔을 넘겼을 나이였다.

그런 자의 몸이 약관도 안 된 청년처럼 싱그럽다면, 그게 무슨 의미이겠는가.

능교가 다시 마른침을 꿀꺽 삼켰다.

"어떻게 알았는지 정의맹 놈들이 쫙 깔렸었습니다. 원구와 웅사가 데려간 놈들뿐 아니라, 원구, 웅사마저도 어떤 놈에게 당했는지 죽어 있었고요."

최대한 담담하고 명확한 목소리를 꺼내려 애썼다.

대주인 무맥이 보고에 자질구레한 감정이나 변명을 담는 것을 싫어했기 때문이다.

펄−럭.

마침 수련을 모두 마쳤는지, 무맥이 한쪽에 걸쳐 둔 피풍의를 걸치며 다시 물었다.

"그래서?"

덤덤한 말투가 능교를 재촉했다.

촤르르르르−−−−!

마룡미의 끝이 무맥의 피풍의에 있던 어깨 장식에 끼워졌다.

무맥이 사용하는 무기는 두 가지라.

거대한 낫이 달린 창이 마룡의 송곳니, 마룡아(魔龍牙)라면, 마룡미(魔龍尾)는 마룡의 꼬리처럼 긴 사슬에 연결된 독이 발린 송곳이었다.

무맥은 맹독이 발린 그것을 보관하기 위해 어깨 장식을 사용했는데, 어깨에 있는 마룡의 발에 송곳을 끼우고 긴 사슬은 어깨에 걸었다.

무맥이 복색을 챙기는 것을 보며, 능교가 입술을 깨물었다.

"혈향이 퍼졌고, 상황이 어찌 되었나 궁금하여 제가 먼저 움직이던 차였습니다. 원구와 웅사의 시체를 발견하고 상황을 파악하려는데, 갑자기 정의맹 놈들이 몰려왔습니다. 놈들의 말을 들으니, 우리가 놓친 놈들은 이미 정의맹으로 옮겨진 뒤였습니다. 그리고……."

"그리고?"

손에 마룡아를 든 무맥이 능교를 보았다.

둘의 눈이 마주치고.

무맥의 눈동자는 덤덤하였으나, 능교는 저도 모르게 어깨를 움찔했다.

무맥이 창을 등에 메지 않은 것은 꼭 누군가를 죽일 때뿐이라.

능교의 눈동자가 세차게 떨렸다.

그러자 무맥이 덤덤한 목소리로 다시 한번 능교를 다그쳤다.

"그리고?"

"시, 신호를 보내 수하들을 부르고, 놈들이 싸우는 사이에 빠져나왔습니다!"

무맥의 재촉에 능교가 다급하게 대답했다.

이번에도 능교는 제 행동에 변명을 늘어놓진 않았다.

"그래. 목표는 놓치고, 수하들은 모두 버려두고 왔구나."

"백매단 놈들이 정의맹에 들어갔다는 걸 알리는 것이 더 중요하다고 판단했습니다. 놈들이 이곳의 위치를 알고 있으니, 미리 대비가 필요하다고 생각했습니다."

변명이 아니었다.

정말로 제가 전할 정보가 수하들의 목숨보다 중요한 것이라 판단했다.

"그 전에 목표를 잡았어야지. 놈들을 놓쳤다면 임무 실패다. 그런데도 네놈이 수하들을 미끼로 던지고 살아 나올 이유가 있나?"

정곡을 찌르는 질문.

그러나 수하들을 던지기 전에 예상했던 질문이었다.

"······말단 아귀면이나 수귀면 놈들보단, 제가 더 살 가치가 있으니까요."

능교가 무맥의 눈을 마주 보고 당당하게 대답했다.

무맥의 말처럼, 능교는 실패자였다.

그러나 꼭 전달할 필요가 있는 중요한 정보였고, 거기서 누군가 빠져나올 것이라면?

능교는 '거기 있던 수하들 전부의 목숨보다 내 목숨이 더 가치가 있다.'라고 자신 있게 말할 수 있었다.

　이기적이지만, 합리적인 판단.

　그게 무맥이 저를 부를 줄 알면서도 수하들을 미끼로 던질 수 있었던 이유였다.

　"훗."

　무맥의 가면 속에서 웃음소리가 새어 나왔다.

　그리고 곧바로, 무맥의 손이 능교의 멱살을 쥐었다.

　"큿!"

　목을 죄는 고통과 함께 능교의 얼굴이 앞으로 딸려 갔다.

　무맥이 제 눈앞으로 끌어당긴 것이다.

　그리고 능교의 눈동자를 뚫을 듯 노려보며 나지막하게 말했다.

　"가치…… 곧 정의맹 놈들이 몰려올 것이다. 필요한 만큼 수하들 데리고 가서 막아. 모처럼 주인님이 편안히 주무시고 계시니, 소란 피우지 말고 조용히."

　"큿! 추, 충. 큿!"

　무맥이 멱살을 놓자, 능교가 떨어지듯 풀려났다.

　"주인님보다 중요한 것은 없다."

　"명심하겠습니다."

　다음엔 같은 변명이 통하지 않을 거란 경고와 함께, 능교는 겨우 무맥의 연무장에서 나올 수 있었다.

철컹.

철문을 닫고.

"후아……."

능교가 우글쭈글한 앞섶을 털었다.

"힘줘서 말하면 뭐 어쩌라고. 흥."

능교는 안에서 겁먹은 것을 부인하듯 코웃음을 쳤다.

그리고 여유를 부리듯 휘파람을 불며 걸어갔다.

"필요한 만큼이라고 했겠다? 후후후후."

무맥이 실수를 한 것이라.

절대 실패할 수 없을 만큼 수하들을 동원하리라 마음먹었다.

이미 먼저 와 있던 광룡귀면대원들을 처리한 건 진화 일행이었다.

도망치는 놈을 놓치긴 했지만, 그 뒤를 밟아 광룡귀면대가 이동한 경로를 알게 되었으니. 공(功)으로 과(過)가 상쇄되고 남았다.

게다가 때마침 백매단주가 먼저 의식을 차림으로써, 광마전을 찾는 문제가 순식간에 해결되었다.

"설마 강가까지 동굴을 파 놓았을 줄이야."

"나 참, 지들이 두더쥐야, 뭐야? 무슨 죄다 땅굴을 파 놓고 지랄이야."

말은 그렇게 하면서도, 동굴을 살피는 적호단원의 얼굴에는 기분 나쁜 기색이라곤 없었다.

그동안 의선문 경계만 맡느라, 답답해하던 차였기 때문이다.

광마전을 찾아 치는 것은 주작단이 아닌 적호단이 맡았다.

전투력만 따지자면, 적호단이야말로 정의맹 무단 중 수위를 다투는 곳이라.

"여기서 배를 타면, 반나절도 안 되어서 광마전이라는군."

"배는?"

"백매단원들이 준비해서 온대. 그 전에 놈들이 올지도 모르니, 적호단은 이곳에서 대기하래."

"그럼, 혹시 지금……."

기분 좋게 동료와 대화를 나누던 적호단원의 얼굴이 심각하게 굳었다.

"너 이 새끼, 밤샘 대기 하는데 나 데리고 온 거냐?"

"엉. 헝헝허―!"

"웃지 마, 이 개쉐야! 어쩐지 나들이 가자며 날 끌어들이더라! 이 빌어먹을 웬수 새끼!"

"허허허! 동기 좋다는 게 뭔가. 대신 좀 있다 수하들이 지푸라기 구해 온댔어."

"수하들한테는 미리 말했냐?"

"오랜만의 외유잖냐. 찬 데서 자면 입 돌아가. 이제 우리도 적지 않은 나이이니, 조심해야지. 내일 오전까지만 대기 타면 돼. 새벽에 백매단원들이 배 가져올 거고, 날 새는 대로 지원 대도 전부 올 테니까. 그때까지 뽀송뽀송하게 대기 타자구!"

"다 늙은 새끼가 되도 않는 끼 부리지 마!"

이제 중년이 된 동기가 팔꿈치로 쿡쿡 옆구리를 찌르며 눈을 찡긋하자, 적호단원이 허공으로 주먹을 날렸다.

잠시 후, 수하들이 보송보송 마른 짚을 들고 나타났다.

"대기 타는 사람은 우리만 있어?"

"아니, 이번 지원단에 포함된 남궁세가 신참들도 온다고 했어. 백매단이 구해 오는 배가, 남궁세가 쪽 배인가 보더라고."

넓고 넓은 중원.

정의맹은 금전적인 것 외에도 연맹에 속한 문파나 세가의 지원을 필요로 할 때가 있었다.

이럴 때 신분을 확인하기 위해 약속된 정의맹 인장을 사용하는 경우도 있었지만, 정의맹에 있는 각 문파나 세가의 대리인을 통하는 경우도 있었다.

가령 새벽에 조용히 무인 수백 명을 태워 줄 배와 선원을 이용하는 일처럼 큰 건에 한해선, 대부분 후자의 방법을 이용했다.

"남궁세가면…… 남궁진혜?"

"야! 남궁세가 신참이라니까! 오 조장은 지금 적호단 소속이잖아!"

"그, 그렇지? 아닐 거야."

적호단원이 동기에게 진심으로 역정을 내었다.

동기 또한 고개를 저으며 제 말을 부정했다.

"모처럼 외유인데, 새파란 후배가 아니라 서슬 퍼런 후배를 모시고 보초 설 순 없지."

"왜 보초를 서?"

"……."

"혹시…… 졌냐?"

"너도? 걔 곧 부단주 될 것 같아."

"……젠장."

철저한 실력 위주의 승급제 속에서, 남궁진혜는 빛처럼 빠르고 눈부신 출세 가도를 달리는 중이었다.

그리고 스치듯 그녀를 앞질러 보낸 적호단 선배 둘은, 씁쓸한 얼굴로 서로를 외면했다.

그때.

"조장님들———!"

수하들이 잔뜩 신이 난 듯 그들을 부르는 소리가 들렸다.

적호단 일 조, 삼 조의 조장들이 고개를 돌리자, 그들의 조원들이 짐 외에도 한 짐 짊어지고 오고 있는 것이 보였다.

"짜식들, 오랜만에 외유라고 저놈들도 신이 났네."

적호단 일 조 조장은 수하들을 보며 흐뭇하게 웃었다.

"왔냐? 왜 이렇게 신났어?"

"오다가 남궁세가 사람들이랑 같이 왔습니다. 오늘 같이 대기한답니다."

"나, 남궁세가?"

웃으면서 말하는 수하의 뒤로, 청색 무복을 입은 사내가 모습을 드러내었다.

"아이고─! 선배님들, 수고하십니다. 남궁구입니다!"

약관이나 되었을까.

호감형의 사내가 눈이 보이지 않을 정도로 웃으며 인사를 해 왔다.

저잣거리 장사의 왕보다 더 붙임성 있는 태도였다.

그 뒤로.

"안녕하십니까. 남궁진화라고 합니다."

"아, 아, 예!"

'수줍음이 많은 도련님이군. 새끼들, 저번에 소개받았던 여인들 앞에서나 그렇게 웃어 보이지.'

좀 쑥스러운 듯 인사하는 말간 얼굴에, 일 조와 삼 조 조장이 기분 좋게 웃으며 진화의 인사를 받았다.

그런데 그때.

"나도 왔습니다."

"……!"

"커헙!"

수하들 사이에서 어슬렁어슬렁 나오는 사람을 보고 옆에서 동기의 숨넘어가는 소리가 들렸다.

하지만 일 조 조장은 신음조차 나오지 않았다.

아리따운 여인이지만 저번에 저를 고자로 만들 뻔했던 사람이 아닌가!

ㅡ야. 웃어. 웃어!

동기의 전음에, 일 조 조장이 급하게 입꼬리를 올렸다.

"아, 하하하. 오 조장 아니신가? 여긴 왜……."

"내 동생이 이렇게 험한 임무를 맡는다는데, 누님이라도 곁에 있어야지요! 내가 먹을 것도 많이 싸 왔습니다!"

남궁진혜가 수하들이 내려놓는 짐을 가리키며 시원하게 웃어 보였다.

"아, 하하하, 보호자를 데려왔구나. 하하하……."

일 조 조장의 말에 진화가 귀 끝을 붉히며 시선을 피했다.

일 조와 삼 조 조장은 그제야 수하들이 입만 겨우 웃고 있었음을 알아차렸다.

정의맹의 분위기가 고요했다.

"그럼 잘 들어가. 나중에 보자고."

"어어, 그래."

늘 그렇듯 일상을 나누고, 시답잖은 농담을 주고받으며 하루를 보냈다.

하지만 인사하며 헤어지는 정의맹 무인들의 표정에 옅은 긴장감이 감돌았다.

오랜만에 벌어지는 대규모 전투.

그러나 전쟁의 시작은 아니었다.

제갈가주와 군사부는 혼현마제의 출현이나 광마제의 생존에 대비해서 십좌회에도 협조를 요청할 필요가 있다고 했지만, 다른 사람들의 생각은 달랐다.

도망간 혼현마제는 큰 힘을 쓰지 못할 것이고 광마제는 살아 있을 리 없다는 것이 그들의 판단이었다.

제갈가주는 귀천성의 부활을 염두에 두어야 한다고 했지만, 벌써 십수 년째 이어진 평화에 익숙해진 이들을 설득하기엔 현실성이 떨어졌던 것이다.

결국 이번 광마전을 토벌하는 데에는, 광룡귀면대와 대주무맥을 목표로 꾸려지게 되었다.

급박한 일정에 거의 모든 문파들이 많든 적든 무인들을 지원하는 터라, 양청현 전체가 술렁였다.

남궁세가는 이번에도 양청현에 있는 창궁무애단원들을 선발했고, 책임자로는 호명기를 임명했다.

"늙으면 죽어야지."

"하하, 숙부님, 아직 지난 부상에서 완전히 회복하신 것이 아니지 않습니까. 무맥에 맞서기엔 너무 위험합니다."

"팽치 그놈은 일주일 만에 날아다니더만. 적호단주는 이번에도 포함이지?"

약간의 질투가 섞인 농담으로, 남궁조가 분위기를 부드럽게 풀었다.

남궁진휘도 남궁조의 마음이 고마워서 겨우 웃음을 보였다.

"적호단주 경격권 팽치와 마라승 각우, 선우도 황보견이 책임자로 지목되었습니다."

"선우도 황보견?"

의외의 이름에, 남궁조가 의아한 듯 물었다.

"황보세가와 청성파가 이번 전투에 꽤 적극적입니다. 제갈세가가 약해진 틈을 뚫고 수로 유통에 뛰어들고 싶어 합니다."

"허! 제갈성질 놈이 자식 농사 잘못 짓고, 어지간히 얕보였군. 오왕부와 사돈을 맺었는데도 황보세가 놈들이 덤빌 정도면……."

남궁조가 혀를 차며 말했다.

서로 앙숙처럼 으르렁거리는 사이지만, 또 그만큼 서로의 능력을 인정하는 편이라.

남궁조는 제갈세가가 서서히 기울어 가는 모습이 고소하

면서도, 한편으로는 씁쓸한 얼굴이었다.

"오대세가라는 명성이 주는 이득이 적지 않으니까요. 황보세가에서 우리에게도 슬쩍 접근하고 있습니다. 아마도 우리 남궁세가가 오왕부와 제갈세가의 결합을 대신 경계해 주길 바라는 듯하더군요."

"허! 간 큰 놈들이네. 감히 남궁세가를 이용할 생각을 해?"

"우리와 좋은 관계, 나아가 동맹을 맺고 싶어 하는 모양입니다만…… 글쎄요."

남궁진휘가 말을 아끼며 애매하게 웃었다.

그 모습에 남궁조가 슬쩍 물었다.

"왜, 부담스러우냐?"

남궁조의 눈빛에 장난기가 가득했다.

현재 남궁진휘는 군사부에서 매일 제갈가주와 얼굴을 맞대는 사이였다.

그런 와중에 황보세가가 제갈세가의 눈치 따윈 전혀 보지 않겠다는 듯 대놓고 접근하고 있으니, 남궁진휘로서는 부담스러울 수 있었다.

심지어 지금까지 남궁진휘와 제갈가주는 성격부터 일 처리 방식까지 부딪히는 것이 없어, 부자지간보다 다정하다는 말이 나올 정도였으니.

남궁조가 장난스레 물은 것도 그 때문이었다.

그런데 웬걸.

남궁진휘가 코웃음을 쳤다.

"황보세가 정도로 부담스러울 리가요. 단지, 감히 남궁세가를 이용하려는 주제에, 던지는 조건들이 가소로워서 문제지요."

서늘하게 웃으며 대답하는 남궁진휘의 모습에, 남궁조의 턱이 떨어졌다.

"허! 제갈 그놈이랑 성격이 비슷하다는 말이 괜히 나오는 것이 아니구나."

"그래서, 싫으십니까?"

"됐다! 상대편에 있는 그놈은 완전 짜증 나는데, 내 편일 때는 그만큼 든든하거든. 흐흐흐!"

남궁조의 대답에 남궁진휘도 파핫- 하고 웃음을 터뜨리고 말았다.

그리고 웃음소리가 잦아들 때쯤.

다시 대화가 비었다.

남궁진휘는 남궁조 덕분에 머리는 한결 가벼워졌지만, 여전히 마음은 무거운 얼굴이었다.

잠시 침묵을 지키다, 남궁조가 먼저 툭 던지듯 말문을 열었다.

"어쩔 수 없다. 심지어 믿기지는 않지만 우리 중에 그 녀석이 제일 강할걸."

말은 어찌할 수 없다고 하지만, 남궁조 또한 걱정을 놓지 못한 얼굴이었다.

　남궁진휘는 말할 것도 없었다.

　"압니다. 머리로는 아는데, 걱정을 놓을 수가 없네요. 게다가……."

　"알지. 손 속이 좀…… 과하지? 지져 죽이는 건 양반이고, 꼭 목이든 어디든 일단 날리려고 드니."

　"광마전 놈들에게 특히 심하지요."

　"어린 나이라도 기억이 남아 있다면, 그 한이 보통 한이겠느냐."

　"예. 그래서 걱정입니다. 진화의 복수심이 자칫 진화를 다치게 하는 것은 아닐지……."

　곱디고운 나의 어린 동생.

　가족들의 칭찬에 수줍어하면서도 행복한 미소를 숨기지 못하던 아이였다.

　그런데 요즘 부쩍 진화가 저를 구하러 달려올 때의 모습이 떠올랐다.

　그토록 간절한 표정이 있을 수 있을까.

　남궁의 청명함을 꼭 닮은 맑은 눈에 번개가 치고 있었다.

　그런데 지금 생각해 보면 '어쩌면 그 번개가 진화가 흘리는 눈물은 아닐까?' 하는 생각이 들었다.

　'가족이 되어 달라 말한 그때 이후로는 통 우는 것도 못 봤

으니까.'

남궁진휘는 진화가 끔찍했던 기억을 다 가지고 속은 얼마나 곪았을지 걱정되었다.

'진화야, 네가 복수를 원한다면 그렇게 하렴. 이 형이 누구도 너를 다치게 두지 않을 것이다. 반드시 널 지켜 주마!'

남궁진휘가 진화와 가족이 된 날 했던 결심을 더욱 굳건하게 다잡았다.

"그래도 진혜가 따라갔으니 좀 낫지 않느냐?"

"그래서 더 불안한 겁니다."

"……."

남궁진휘의 단호함에 남궁조도 부정하진 못했다.

그 시간.

남궁진휘의 우려대로, 남궁진혜는 진화의 곁에서 떨어질 줄 몰랐다.

뿐만 아니라 진화가 숨만 크게 쉬어도 감탄을 쏟아 내었다.

휘-휘-.

"아아, 우리 진화는 언제 요리까지 배웠대? 월영루 숙수보다 손놀림이 능숙하구나."

"……."

진화는 솥에 담긴 완탕이 눌어붙지 않도록 저어 주고 있었
다.

만두는 당연히 오성반점에서 사 온 것이었다.

"누님, 간 좀 봐 주실래요?"

"당연하지! 이리 주렴! 누님이 다 마셔 줄게."

아니, 그냥 간만 봐 달라는 건데…….

남궁진혜에게 국자를 건네주며, 진화의 눈동자가 흔들렸
다.

진화의 귀는 아까부터 붉어져 있었다.

"후, 후루룩!"

만두 하나와 국물을 함께 입에 넣은 남궁진혜의 눈이 튀어
나올 듯 커졌다.

"이, 이거!"

"왜 그러십니까?"

남궁진혜의 반응에 진화가 깜짝 놀라 물었다.

이전 생에 야전 요리 경험이라면 모자랄 것 없이 쌓았지
만, 가족의 입에 들어가는 음식은 처음 해 본 것이었다.

"미쳤어! 너무 맛있어!"

남궁진혜가 소리를 지르며 진화를 껴안았다.

아니, 진화가 남궁진혜의 품에 갇혔다.

성장기를 맞아서 이제 남궁진혜와 비슷할 정도로 자랐지
만, 남궁진혜에게는 우람한 이두근과 삼두근이 있었다.

"커헙! 누, 누님."

진화의 귀 끝이 터져 나갈 듯했다.

그때, 한쪽에서 적호단원들과 놀고 있던 남궁구가 끼어들었다.

"형님들, 식사합시다!"

남궁구는 진화와 남궁진혜의 모습을 보고도 못 본 척했는데, 그 모습이 몹시 자연스러웠다.

"이거 먹어도 되는 거야?"

"어휴, 우리 도련님 음식 안 드셔 보셨죠? 만두도 오성반점 거니까, 말할 것도 없어요! 무조건 맛있습니다!"

남궁구가 넉살 좋게 완탕을 떠서 한 사람씩 전달했다.

"어서 드세요! 지금 아니면 기회 없습니다. ……윽!"

꾸욱.

신나게 완탕을 푸던 남궁구의 손목이 붙잡혔다.

남궁구의 손목에서 급히 핏기가 사라지는 모습을 보며, 신나서 만두를 받으러 온 적호단원들도 일제히 멈춰 섰다.

"여, 영애?"

"영애는 무슨, 본래대로 누님이라고 해."

"적당한 거리 두기가 편한데요."

"이 세상이랑 적당히 거리 두고 싶냐?"

남궁진혜의 말에 남궁구가 자연스럽게 눈을 깔았다.

여자에게 처음 잡힌 손목이건만, 당장 부러질 것만 같았기 때문이다.

"……완탕 가득 풀까요?"

"진화 거까지 두 그릇. 그리고 남겨. 더 먹을 수도 있으니까."

"옙!"

남궁진혜의 말에 남궁구가 바쁘게 두 그릇을 펐다.

"진화야, 네가 끓인 완탕 먹자."

"예, 누님."

"어쩜 이렇게 맛있지? 우리 집 소가주 놈이랑 가족들한테도 자랑해야겠구나."

"제가 다시 끓여 드리면 돼요."

"요리까지 잘하다니! 진짜…… 평생 누님이랑 같이 살자!"

"예, 그러면 참 좋겠습니다."

한쪽에 자리를 잡은 뒤, 남궁진혜가 본격적으로 호들갑을 떨고, 진화가 꼬박꼬박 고개를 끄덕였다.

그 모습을 보며 다른 적호단원들과 남궁구도 떨떠름한 얼굴로 적호단원들 사이에 자리를 잡고 앉았다.

"오 조장이 저렇게 싱글거리는 것도 신기하네."

"조장은 그것만 신기하십니까? 전 저 마녀가 욕 없이도 말을 할 수 있다는 게 더 놀랍습니다."

누군가의 말에 적호단원들이 모두 고개를 끄덕였다.

그때, 일 조장이 좀 걱정스러운 얼굴로 말을 꺼냈다.

"누나가 저러니까 이해는 하지만, 저 남궁 공자는 순해도 너무 순한 거 아니야?"

"그러니까요. 지금도 오 조장의 모든 말에 고개를 끄덕이잖아요."

"말대꾸도 없습니다."

"휴우, 오 조장 하는 걸 보면 집안에서는 어떨지 눈에 훤하다. 다들 애지중지하지?"

삼 조장이 안 봐도 뻔하다는 표정으로 남궁구에게 묻자, 남궁구도 당연한 듯 고개를 끄덕였다.

"아마 제왕무적단주님이 제일 심하실 겁니다."

남궁구의 말에 적호단원들이 웃음을 터뜨렸다.

"뭐, 저렇게 생긴 자식이면 나도 그러겠다만."

"허유, 그래도 난 좀 걱정이야. 이 험한 세상에 저렇게 물정 없이 순하게만 커서 어쩌려고."

"그건 그렇지."

"그래도 저렇게 웃으면……."

"흐흐, 그렇지."

적호단원들이 지금도 웃으며 고개를 끄덕이고 있는 진화를 보며, 어쩔 수 없다는 듯 흐뭇하게 웃었다.

하지만 단 한 사람.

남궁구는 그저 말없이 완탕에 고개를 처박았다.

잠시 후, 밤이 깊어지고.

보초를 선 사람을 제외하고 모두 모닥불 주변에서 웅크리고 잠을 청하고 있었다.

사위가 고요하고 강에서 불어오는 찬 바람에, 보초를 서고 있던 적호단원 두 명도 모닥불 앞에 앉아 몸을 녹이던 차였다.

뜨뜻한 온기가 얼굴을 데우니, 슬금슬금 눈꺼풀이 무거워질 즈음.

진화의 눈이 번쩍 뜨였다.

스윽.

주변을 보다가 조용히 몸을 일으킨 진화가 강가로 다가갔다.

"으, 응?"

보초를 서던 적호단원 하나가 누군가 움직이는 기척에 고개를 돌렸다.

그때, 적호단원의 눈에 누군가 강가에 서 있는 것이 보였다.

'소변을 보려는 건가?'

남궁진혜가 있음에도 불구하고, 당연한 듯 그 생각을 먼저 떠올렸다.

강가에 선 진화는, 검은 물을 향해 말을 걸고 있었다.

"이봐, 너흰 벌써 들켰어."

진화의 말이 끝나기가 무섭게……

촤아아아――!

강물에서 무언가가 튀어 올랐다.

진화의 입꼬리가 슬쩍 비틀렸다.

'그러면 그렇지.'

물보라 속에서 저를 향하는 검은 인영을 보며, 진화가 물보라를 향해 천뢰장을 때렸다.

파지지지지지직――――――!

번쩍이는 불빛과 요란한 소리.

보초를 서던 사람들은 물론, 자고 있던 사람들까지 검을 들고 벌떡 일어섰다.

"적인가!"

"뭐야!"

남궁진혜는 깨자마자 진화부터 찾았다.

"진화야――!"

강가에 선 진화를 발견한 남궁진혜가 몸을 날리듯 진화에게 다가갔다.

"무슨 일…… 이것들은?"

"놈들의 정찰인가 봐요, 누님. 강 속에 있더라고요."

진화가 느긋하게 대답했다.

강물에 둥둥 떠 있는 검은 인영들을 보며, 남궁진혜가 눈살을 찌푸렸다.

"참, 바싹 튀겨진 생선 같네."

기괴하게 비틀려 굳어 버린 인영들의 모습에, 남궁진혜는 진화가 천뢰제왕신공을 익혔다는 걸 다시 한번 실감했다.

　"……."

　뒤늦게 사태를 파악한 적호단원들은 할 말을 잃고 진화를 보았다.

　"우리 진화, 잠귀도 밝지. 혹시 잠자리가 불편해서 잠을 못 잔 거야?"

　"아니, 잘 잤어요."

　"그래? 망할 새끼들, 왜 잘 자는 애를 깨워선……."

　"전 괜찮아요, 누님."

　남궁진혜는 다시 호들갑을 떨었고, 진화 역시 고분고분 고개를 끄덕였다.

　이전과 똑같은 모습이었지만, 그걸 보는 적호단원들의 얼굴은 뭐라 형언할 수 없는 표정이었다.

　한바탕 소동에 일행은 말없이 불가로 돌아갔다.

　강물엔 여전히 검은 인영들이 둥둥 떠 있었다.

　정말 무시하는 거든, 애써 모른 척하는 거든.

　누구도 강을 향해 시선을 두지 않았다.

　'두더지같이 도망치던 놈은 역시 능교, 네놈이었구나. 참 네놈다운 방법이야. 끈질기고 집요하게, 상대가 지칠 때까지. 이번엔 누가 먼저 지칠지 두고 보자고.'

　진화는 느긋하게 날이 새길 기다리기로 했다.

꽂을 진絡 꽃 화花 : 널 죽이는 이유

해가 뜨기 시작할 무렵의 이른 아침.

정의맹에서 출발한 지원대가 배를 타기 위해 강변에 도착했다.

"여어!"

적호단주 팽치를 비롯한 적호단 오십여 명.

마라승 각우와 선우도 황보견을 비롯한 정의맹 지원대가 백 명은 족히 넘어 보였다.

"간밤에 별일들…… 있었나?"

사람이 드나들지 않던 강변.

기암절벽 사이로 붉은 해가 떠오르고, 강물 위로도 햇빛이 들어오면서 강물이 붉은 빛으로 반짝이는 장관이 펼쳐졌다.

그리고 그 위로 죽은 물고기와 검은 인영이 둥둥 떠다니는 모습을 보는 순간.

"거, 새끼들. 마라탕(痲辣燙) 같네."

"……아미타불."

팽치의 말에 마라승 각우조차 짧게 불호를 외었다.

중원을 공포로 몰아넣었던 악귀들과의 전투를 앞두고, 동굴을 지나오는 내내 무인들의 얼굴에는 결연한 각오가 가득했다.

전 무림이 알아주는 고수인 적호단주부터 강호에 첫 출두한 이름 없는 무사까지.

어느 누구도 이번 전투에서 죽을지, 살지 장담할 수 없었다.

무림인의 삶이 그러하였다.

누군들 제 목숨 아깝지 않은 사람 없었고, 죽음이 두렵지 않은 사람은 없었다.

그럼에도 불구하고 지켜야 할 것이 있어서, 혹은 위험을 무릅쓰고 명성을 가지고 싶어서 검을 든 이들이었다.

스스로, 혹은 누군가의 결정으로 그들은 오늘도 백척간두 끝에서 생사를 걸었다.

"간밤에 습격이라도 당한 거야?"

"말도 마십시오. 조용하게 있는데 갑자기 남궁 공자가 일어서더니, 파지지직--! 불꽃이 막 튀고, 시커먼 놈들이 물에서 파닥거리다가 풍덩풍덩 빠지지."

"뭐라는 거야? 설명 제대로 못 해? 삼 조장, 네가 다시 해봐."

"아이고, 난리였습니다. 남궁 공자는 완탕도 끓여 주고 순해 빠져 보이더니, 갑자기 저놈들 다 튀겨 죽이고 아무렇지 않게 웃고 있지. 오 조장 말은 더 가관입니다. 바싹 튀긴 생선 같다나? 말이 됩니까, 저 끔찍한 광경을 보고?"

"됐다. 집어치워라, 똑같은 놈들."

팽치는 일 조장과 삼 조장의 설명을 듣고도 전혀 모르겠다는 얼굴로 손을 내저었다.

일 조장과 삼 조장은 답답하다는 듯 가슴을 쳤다.

하지만 저 광경을 보고 마라탕을 입에 올린 사람에겐 전혀 통하지 않았다.

한편, 각우는 소림의 무승들 외에도 챙겨야 할 사람들을 만났다.

"흠, 너희들도 이번에 참여한단 말이냐?"

말투는 무뚝뚝했지만, 표정에는 걱정이 가득했다.

그도 그럴 것이, 이번 소림에서는 경험 많은 무승들이 나왔다.

반면 저들은 이제 겨우 정의무학관의 홍의생들이었다.

"……남궁세가에서 네 출진을 허락했다고?"

각우의 눈이 팽가 형제와 남궁구를 거쳐서 진화에게 머물렀다.

홍의생 갑 조에서 현오와 남궁교명을 뺀 네 명이나 이 자리에 있었다.

팽가에서야 워낙 직계들을 강하게 키우기로 유명하니 그렇다 치지만, 남궁진화라니.

그가 약해서가 아니라, 남궁세가에서 남궁진화를 애지중지하는 것이 워낙 유명했기 때문에 놀란 것이다.

"무학관에서완 다르다. 일전에도 겪어 보았겠지만, 죽고 사는 문제다. 첫째도, 둘째도 네놈들 목숨만 생각해야 할 것이다."

각우의 말에 진화를 제외한 남궁구와 팽가 형제의 눈이 커졌다.

톡 치면 싸대기로 금강장을 올려붙일 것같이 엄한 스승에게서 나올 것이라 상상도 못 했던 말이었기 때문이다.

"적이 휘두르는 검에 겁먹지 마라. 주변에서 일어나는 죽음에 잠식당하지 마라. 네 앞의 적에만 집중하지 마라. 사방에 적이 있고, 네 목숨이 상하지 않으면서 보이는 대로 망설이지 말고 죽여야 한다."

각우가 한 사람씩 눈을 맞추며 이야기했다.

불제자로서 할 말은 아니지만, 스승으로서 혼이 빠질 것같은 아비규환의 난전을 겪어 보지 못한 제자들에게 해 줄 수 있는 진실한 충고였다.

남궁구와 팽가 형제가 다부진 눈빛으로 고개를 끄덕였다.

진화도 각우에게 고개를 끄덕여 보였다.

다만, 눈빛이나 표정부터 남궁구와 팽가 형제의 그것과 달랐다.

"허, 산전수전 다 겪은 사람처럼 긴장감이 없으니. 이놈, 또 전투 중에 얼을 빼놓으면 대가리를 날려 버릴 줄 알아라!"

"헤, 예."

무덤덤한 얼굴을 하고 있는 진화에게 각우가 살벌한 경고를 날렸다.

각우는 저번 광룡귀면대와의 전투에서 진화가 저를 보고 웃은 것을 두고 한 말이라. 그것을 아는 진화가 미안한 듯 웃으며 고개를 끄덕였다.

그에 각우가 진화의 머리를 쓰다듬었다.

"웃기는. 하긴, 적어도 물에서는 죽지 않겠구나."

각우도 강물에 둥둥 떠다니는 시체들의 사연을 알았는지, 피식 웃으며 본래 자리로 돌아갔다.

지원대의 책임자로 온 각우는 제자들뿐만 아니라, 이번 임무 자체를 챙겨야 했다.

백매단주의 증언을 토대로 군사부에서 짠 전략을 각 문파의 대표들에게 전략에 대해 전달해야 했던 것이다.

귀천성과의 전쟁을 치르면서 정도 무림은 천수현인 제갈

길현의 노력으로 각기 다른 문파 출신들이 하나의 전략으로 싸우게 되었다.

하지만 각기 다른 문파에서 각자의 무공에 자부심을 가진 무인들이 군대처럼 움직일 수는 없었다.

결국엔 어떤 전략을 짜든, 몇몇 고수들이 결정적인 임무를 수행하는 동안 개개인이 죽지 않고 살아남아야 하는 방식일 뿐이라.

각우가 제자들에게 한 말도 모두 그 때문이었다.

이번 임무 또한 적호단주 팽치와 각우, 황보견이 광릉귀면 대주 무맥을 처치하는 것을 목표로 하고 있었다.

잠시 후.

푸른 깃발을 휘날리며 남궁세가의 상선들이 도착했다.

배는 총 세 척으로, 한 척에 사람 백 명은 태울 수 있을 듯 컸다.

신분을 확인하기 위해 남궁진혜나 진화가 나서기도 전에, 누군가 뱃머리에서 반갑게 손을 흔들었다.

"진혜 아가씨, 진화 공자님!"

반갑게 배에서 손을 흔드는 사람은 다름 아닌 남궁경옥이 었다.

남궁경옥 일가가 서평원을 떠난 후로는 처음인지라.

남궁진혜와 진화는 한눈에 남궁경옥을 알아보지 못했다.

좌아아악!

좌아―!

남궁세가의 해상선에서 뗏목을 강으로 띄웠다.

뗏목은 바닥이 얕은 곳으로 짐을 싣고 나를 때 이용하는 것으로, 배가 있는 곳까지 무인들이 물에 젖지 않고 이동할 수 있도록 배려하기 위해서였다.

"나눠서 타라! 선두는 적호단! 나머지는 마라승과 선우도를 따라 이동한다!"

적호단주의 명에 따라 각자 약속된 배로 이동했다.

남궁세가의 창궁무애단은 배를 지키는 임무를 맡아서 세 곳으로 나뉘었다.

진화는 진혜에 의해 적호단과 함께 선두에 있는 배에 올랐고, 호명기와 남궁구가 무인들을 이끌고 나머지 두 배에 나누어 탔다.

남궁진혜와 진화가 배에 오르자, 남궁경옥이 반가운 얼굴로 그들을 맞았다.

"오랜만에 뵙습니다."

"어? ……누구?"

"허허허허, 좀 많이 달라졌지요? 접니다, 남궁경옥."

"뭐어?"

남궁진혜가 놀란 듯 목소리를 높였고, 진화도 놀란 듯 눈을 크게 떴다.

일전에 남궁도의 일로 남궁경이 배를 탔고, 배웅을 하는 도중 그 배에서 언뜻 누군가 알은척을 하긴 했었다.

그런데 그 사람이 남궁교명의 아버지, 남궁경옥이었을 줄이야.

"진짜 그 뚱땡이 이장로라고?"

남궁진혜는 남궁경옥의 변모가 놀라운 듯 그를 위아래로 보았다.

"허허, 전 이장로지요. 작은공자님 덕에 일이 해결되면서 다시 상단으로 복귀했습니다. 감사합니다."

남궁경옥이 진화를 보며 허리를 숙였다.

그 모습에 당황한 쪽은 오히려 진화였다.

"아니, 감사할 건 없는데……요."

당황한 얼굴 덕에 어설픈 존대가 감춰졌다.

이전의 관계를 생각하면 서로 존대가 아니라 쌍욕이 오가야 하는 관계이나, 남궁교명을 생각하면 말을 조심할 수밖에 없었다.

친구? 수하?

어떤 말을 고를지 모르겠지만, 어쨌든 한방을 쓰는 동기의 아버지가 아닌가.

게다가 다시 상단으로 복귀한 것을 보면, 가주님께서 지난 과오를 용서하신 것이라. 진화가 더 이상 그를 적대할 이유가 없었다.

게다가 눈으로 보이는 표정이나 눈빛뿐 아니라 이렇게 위험한 임무에 직접 나온 것을 보면, 남궁경옥 자체도 많이 달라진 듯했다.

"가는 길이 좀 험합니다. 산맥도 높고 협곡도 깊고, 물살도 빠릅니다. 다만 설명해 주신 봉우리를 아는 선원이 있으니, 찾아가는 데는 문제가 없을 겁니다."

남궁경옥이 책임자인 적호단주에게 경로에 대해 이야기했다.

"봉우리를 아는 선원이 있다고요?"

"운이 좋았습니다. 이맘때는 물이 없어서, 절벽에 폭포가 떨어지는 곳이 별로 없다고 합니다. 공산 포구와 하남을 잇는 강줄기 사이에는 단 한 군데뿐이지요."

남궁경옥의 말에 적호단주가 고개를 끄덕였다.

"위험할 것입니다만, 잘 부탁드립니다."

"곁에서 창궁무애단이 지켜 줄 것이고, 선원들도 수적 정도는 상대해 본 경험이 많습니다. 무사히 임무를 마칠 수 있도록 돕겠습니다."

남궁경옥과 적호단주가 인사를 나누고.

"노 내려라! 가자!"

남궁경옥이 배를 움직였다.

스으윽…….

녹색 귀면을 쓴 흑의인들이 빠르게 움직였다.

광룡귀면대로서, 그들이 다른 이들과 다른 점은 귀면의 색만이 아니었다.

눈만 겨우 뚫려 있는 다른 귀면과 달리, 그들의 것은 입 위에서 귀면이 잘려 있었다.

그래서일까?

그들은 푸른 강물 속에 망설임 없이 뛰어들었다.

세찬 물길을 거슬러 아무렇지 않게 수영을 하고, 익숙한 듯 가져간 줄을 커다란 바위에 단단히 묶었다.

강 양쪽으로 작은 바위와 풀숲에 숨은 작은 배들이 세찬 물줄기에 떠내려가지 않도록 고정하기 위해서였다.

"준비는 마쳤나?"

"예."

"곧 놈들이 모습을 드러낼 것이다. 보이는 즉시 배를 멈춰 세운다."

"충."

지시를 내린 사내의 귀면도 입이 뚫려 있었는데, 그 외에도 사내의 귀면은 녹색과 붉은색, 검은색이 요란하게 섞여 있었다.

"잘 배워 둬라. 배를 공격할 때는 제일 먼저 노를 노려야한다. 배만 멈추면 그야말로 오갈 데 없는 들짐승이다. 순식간에 뛰어올라 모조리 강물에 처박으면 끝인 게야."

"예, 사어 님."

요란한 가면을 쓴 사내의 곁에 있던 부어 귀면을 쓴 목소리가, 사내를 향해 사어(沙魚)라 불렀다.

사어는 바다를 떠다니는 거대한 식인 고기를 말하는 것이라, 광룡귀면대의 물귀신들을 이끄는 그에게 딱 어울리는 이름이었다.

"교활한 능교 새끼가 공을 나눠 먹으려고 멀리 못 나가게했지만, 상관없다. 여기서 놈들을 전부 죽이면 그만이지."

사어가 앞에 있는 절벽 너머를 향해 눈을 빛냈다.

그리고 저도 모르게 혓바닥을 날름거렸다.

"흐흐흐, 오랜만에 피 맛을 보겠구나."

귀면 아래에 드러난 입술 사이로, 작고 날카로운 이가 하얗게 드러났다.

정의맹 무인들을 태운 배가 세찬 물길과 함께 빠르게 내려왔다.

뱃머리에 있던 선원이 남궁경옥에게 신호를 보내자, 남궁경옥이 목소리를 높였다.

"속도를 늦춘다!"

남궁경옥의 명과 함께 선두기에 노란 신호기가 하나 올라가고, 이어서 오던 배들도 노란 신호기를 올리며 속도를 늦추었다.

배들의 속도가 느려지는 것을 느끼며, 적호단주가 남궁경옥에게 다가갔다.

"다 온 것입니까?"

"그런 듯합니다. 지금부터는 폭포가 떨어지는 소리를 듣고 놈들이 있다는 봉우리를 찾아야 해서 속도를 늦췄습니다."

"소리요?"

남궁경옥의 말에 적호단주 팽치가 미간을 구겼다.

멀리서 보기엔 잔잔해 보이지만, 막상 배를 타니 협곡 사이로 물소리가 크게 울렸다.

지금도 귀가 먹먹할 정도라, 소리를 지르듯 대화를 나누지 않았던가.

이런 가운데서 폭포 소리를 찾는다니, 선뜻 믿기지 않는 얼굴이었다.

그에 남궁경옥이 웃어 보였다.

"물소리도 다 다릅니다. 이렇게 흐르는 소리, 위에서 떨어지는 소리, 옆으로 물끼리 부딪히는 소리. 뱃놈들은 늘 듣는 게 물소리라, 기가 막히게 구분하니 믿어도 됩니다."

"그럼 수하들을 대기시켜도 되겠습니까?"

적호단주의 물음에 남궁경옥이 선원을 보았다.

선원이 남궁경옥을 향해 고개를 끄덕였다.

이건 남궁경옥에게 묻지 않아도 적호단주가 알 만한 대답이었다.

"전원! 대기하라!"

"예!"

적호단주의 말에 적호단원들이 부산하게 움직였다.

그리고 순식간에 난간 주변으로 사방을 경계하며 정렬했다.

그때, 앞에 있던 선원의 손이 올라갔다.

그의 손가락이 어떤 봉우리를 가리키는 순간.

쉐에에엑!

"으아아악!"

어디선가 날아든 단검을 보고, 적호단주가 선원을 밀었다.

그와 동시에.

휘이이익-!

휙! 휙-! 휙-!

사방에서 갈고리가 달린 줄이 날아들었다.

"공격이다!"

"놈들의 공격이다-!"

사방에서 무인들이 무기를 빼 들었다.

수없이 다양한 방법으로 놈들을 죽였다.

그러면서 수없이 다른 방식으로 놈들을 죽일 궁리만을 하고 살았다.

이름을 기억하고 죽인 이들만도 백 명이 넘었다.

기억하지 못하는 놈들은 셀 수도 많을 것이다.

그들은 때론 잘못했다 빌기도 하고, 살려 달라 애원하기도 했다.

차라리 죽이라 소리를 지르기도 했고, 너도 다를 바 없다고 악담을 퍼붓기도 했다.

이전 생을 통틀어 죽이는 데만 매달려 삶을 소진하면서 진화는 많은 후회를 했다.

그러나 그 후회 중에, 놈들을 살려 주고 한 후회는 없었다.

배 위가 아수라장이 되었다.

다만 경험이 많은 적호단원들을 적호단주의 명이 있기도 전에 검으로 난간에 걸린 줄을 끊어 냈다.

"노가 잡혔습니다!"

누군가의 외침에 남궁경옥이 급히 배 밑을 내려다보았다.

노마다 굵은 줄이 엉켜 있었다.

"이런! 배를 멈춰서는 안 된다! 노에 걸린 줄부터 잘라라!"

남궁경옥의 외침에, 노잡이를 제외한 선원들이 칼을 들었다.

그때, 진화의 목소리가 끼어들었다.

"창궁무애단은 선원들을 지킨다! 노를 잡은 줄을 끊고, 타고 오르는 놈들을 죽여라!"

"추─웅!"

이전에도 선원들을 도와 움직이던 창궁무애단원들이었지만, 진화의 명이 있고 나자 순식간에 움직임에 체계가 잡혔다.

창궁무애단원들이 두세 개의 노대 위에 한 명씩 자리하며, 노잡이를 지켰다.

진화도 검을 휘두르기 시작했다.

쉐에에엑────!

배가 상하면 안 되니, 천뢰기는 사용할 수 없었다.

그러나 천뢰기를 쓸 필요도 없었다.

진화의 일 검, 일 검이 치명적인 경로와 힘으로 움직였다.

"크아아악!"

퍼─억!

쉐에에엑!

줄을 끊는 창궁무애단원을 노리던 귀면이, 진화의 검에 깨끗하게 잘려 나갔다.

귀면 속에 있던 얼굴과 머리통이 갈라지며, 강으로 짙은 피가 퍼져 나갔다.

"공자님!"

창궁무애단원이 고마움을 표하기도 전에, 진화는 노에 걸린 줄을 끊어 냈다.

줄이라 하지만 장정의 팔뚝만큼 굵은 그것이 단번에 잘려 나갔다.

진화는 어느새 제 몸에 주어진 것을 천뢰기, 천뢰제왕신공으로 얻은 내공을 뇌기라 분리했다.

그것을 뭉뚱그려 말하기엔, 각각 근원부터가 달랐으니.

진화가 쓰는 뇌기에 화기가 강한 것은, 진화가 타고난 천뢰기의 폭발력 때문이었다.

하지만 폭발력이 없다 해도 천뢰제왕검법은 남궁세가에서 가장 파괴적인 검술이었고, 진화 또한 여전히 경지를 넘어선 검사였다.

쉐에에엑——!

진화가 검을 휘두를 때마다 굵은 줄은 물론, 사람의 살과 뼈를 단번에 베어 냈다.

이 모습을 각우가 보았다면, 출발 전 진화에게 '살기 위해 움직여라, 망설이지 마라.' 충고한 게 무척 민망해졌을 것이다.

진화는 이전 생에서처럼 간결하고 치명적으로, 단 한 명의 광룡귀면대라도 더 죽이기 위해 움직였다.

텅! 텅!

광룡귀면대가 그들의 작은 배와 남궁세가의 배 사이에 판자를 놓고, 배 위로 오르려 시도했다.

파지지직———!

물을 만난 뇌기처럼, 진화가 천뢰장으로 판자를 부쉈다.

그의 뒤로는.

뿌지직! 쾅!

"어딜 감히!"

남궁진혜가 주먹으로 판자를 부수고, 검으로는 줄을 끊어 내고 있었다.

끊임없이 날아들 것 같던 줄도, 이제 슬슬 한계를 보이고 있었다.

퍼———엉!

각우가 탄 배에서, 굉음과 함께 물기둥이 솟았다.

각우가 갈고리를 건 작은 배를 향해 금강붕산권을 날린 것이다.

그것을 보는 진화의 입매가 삐뚜름하게 올라갔다.

'이전 생에선, 뇌왕을 만나려거든 사막에서 만나라는 말이 정론이었거늘.'

물기둥을 향해 어김없이 천뢰장이 쏘아져 나갔다.

퍼—엉!

푸른색 강기가 강으로 돌아가던 물기둥을 쪼갰다.

파파파팟———!

파지지직—————!

물과 함께 푸른 불꽃이 사방으로 번뜩였다.

한순간 번뜩였다 사라지는 빛처럼, 광룡귀면대원으로 보이는 흑의인들이 물속에서 이리저리 몸을 뒤틀다 한순간에 움직임을 멈추었다.

파팟! 파팟! 팟—!

비명도 없이, 수많은 광룡귀면대원들이 강물 위로 둥둥 떠올랐다.

그리고 사위가 조용해졌다.

뉘라서 이렇게 순식간에 사람이 죽여 버리는 광경을 본 적 있겠는가.

놀라지 않은 사람은 지난밤 진화와 함께 있었던 사람들뿐이었다.

"거봐요, 우리 말이 다 맞지."

일 조 조장이 입을 벌린 팽치를 향해 의기양양하게 말했다.

"하하하하! 이번에도 잘 튀겼네."

퍼———억!

남궁진혜가 웃으면서 판자에서 달려오는 광룡귀면대원들의 배를 검으로 꿰뚫었다.

남궁진혜의 검에는 세 명이 꾹 눌리듯 꿰뚫려 있었다.

그러고도 모자라 남궁진혜는 왼손으로 날아드는 광룡귀면대원의 목을 잡아 부수고, 검에 꿰어 있는 이들과 함께 판자 건너편으로 밀어 버렸다.

"사어 님!"

광룡귀면대원이 그들의 부대주인 사어를 찾았다.

"저게 무슨! 뭐 저런 놈이 다 있어?"

사어도 처음 보는 광경에 욕지거리를 씹어 삼켰다.

하지만 선두의 배가 서서히 움직이기 시작하는 것을 보며, 어서 결정을 내려야 했다.

"선단을 분리한다. 마지막 배만 잡아!"

지금의 수로는 배 하나도 제대로 올라타기 힘들 것이다.

하지만 이대로 눈 뜨고 공적을 빼앗길 수 없으니.

사어는 가장 쉬워 보이는 배 하나를 붙잡기로 했다.

배 세 척 중 하나만 잡아도, 삼분지 일은 제 몫을 챙길 수 있으리라 생각하며.

하지만 그거야말로 사어의 실수였다.

"배를 움직여라-!"

남궁경옥의 외침과 함께, 배가 움직이기 시작했다.

놈들도 불리해진 정황을 알았는지, 아니면 더 이상 남은 줄이 없는 건지, 배를 붙잡지 않았다.

하지만 그건 섣부른 판단이었다.

첫 번째 배와 두 번째 배가 움직이고, 앞을 향해 조금 나아갔을까.

퍼-억!

휘익- 휙휙휙휙!

남이 있던 줄들이 세 번째 배를 붙잡은 것이다.

"마지막 배가 잡혔습니다!"

뒤를 살피던 적호단원이 외쳤다.

그와 동시에.

콰광-! 쾅!

커다란 굉음.

배에 오른 광룡귀면대원 하나가 세 번째 배의 난간을 날려 버리는 것이 보였다.

그리고 그 틈에 살아남은 놈들과 숨어 있던 놈들까지. 남아 있던 광룡귀면대원들이 모조리 줄을 타고 배 위로 올랐다.

선창에서 전투가 벌어지는 것을 보며, 적호단 일 조장이 적호단주 팽치에게 물었다.

"다시 배를 멈춰야 하지 않습니까?"

걱정스러운 얼굴로 뒤를 보는 적호단 일 조장.

하지만 잠시.

제대로 고민은 해 봤나 싶을 정도로 짧은 동안 미간을 찌푸렸던 적호단주가, 단호하게 고개를 저었다.

"이대로 간다."

"하지만 단주님······!"

"우린 임무를 해결한다. 혹시 이럴까 봐 마지막 배는 마라승에게 맡긴 것이다."

세 번째 배가 마라승 각우가 탄 배라는 말에, 일 조장이 눈을 동그랗게 떴다.

"그게 무슨 상관입니까?"

일 조장은 마라승 각우의 명성은 알았지만, 그가 실제 싸우는 모습은 본 적이 없었다.

하지만 적호단주는 달랐다.

"미친 물귀신 놈들. 마라승 각우와 소림의 능구렁이 같은 무승들을 상대로 선상 전투라니. 물에서 안 나오는 게 나았다는 걸 깨닫게 될 거다."

적호단주 팽치가 고소하다는 듯 웃었다.

그리고 그의 말을 증명하듯, 세찬 물소리를 뚫고 우렁찬 기합이 들렸다.

실제로 각우가 탄 배에서는 선원들조차 하던 일을 놓고 무기를 들고 있었다.

휙-!

각우가 자신들의 배로 줄이 던져지는 것을 보았다.

순식간에 자신들의 배가 목표가 된 것을 안 각우가 지원대와 선원들에게 크게 외쳤다.

"배 위에서 놈들이 전부 오를 때까지 기다린다! 놈들이 배에 타는 순간, 선원들도 전부 무기를 휘둘러라!"

"예!"

선창에 있던 모든 이들이 우렁차게 끄덕였다.

"무승들은 나한진을 펼쳐 놈들을 나눈다."

"충!"

소림 무승들이 합장을 하며 준비 자세에 들어갔다.

"유운대는 앞쪽을 제외하고 모든 줄을 끊어라!"

"예!"

날아드는 줄을 보며 점창파 유운대가 선미로 바쁘게 움직였다.

"와, 완전 떨린다, 그죠?"

"허허, 예."

말은 떨린다고 하면서도 남궁구의 표정은 잔뜩 신난 아이처럼 들떴다.

그 모습을 보며, 남궁옥은 그저 웃어 버렸다.

창궁무애단 삼 조의 책임자는 남궁구였지만, 실질적으로 삼 조를 이끄는 조장은 창애검 남궁옥이었다.

사실 그는 배를 탈 때만 해도, 귀한 창서각의 도련님을 어떻게 지켜야 하나 걱정했었다.

하지만 웬걸.

"창궁무애단은 노잡이들과 안쪽으로 서세요. 배가 풀리는 대로 바로 움직일 테니, 노잡이들이 다치거나 노가 부서져서는 안 됩니다."

"예!"

적이 보이는 순간, 남궁구의 눈빛이 달라졌다.

그리고 남궁옥이 뭔가를 판단하기도 전에, 명령을 내렸다.

'제법이야.'

사실 대단했다.

창궁무애단에 명령을 전달하는 남궁옥의 입가에 미소가 걸렸다.

그때 갑자기, 줄이 아닌 물속에서 누군가가 튀어 올랐다.

촤아아아악————!

물속에서 뛰어오른 광룡귀면대원은 배에 올라서며, 사슬이 달린 삼지창을 날려 배의 난간에 꽂았다.

꽈지지직—! 쿵—!

순식간에 난간 한쪽을 뜯어냈다.

요란한 소리와 함께, 각우도 소리쳤다.

"온다——!"

흥! 후—웅! 흥—!

다다다다다닷.

다른 이들과 다르게 요란한 귀면을 쓴 광룡귀면대원이 사슬에 연결된 난간을 휘두르며 지원대를 안으로 모는 동안, 나머지 광룡귀면대원들이 줄 위를 달려 배에 올랐다.

적이 모두 선창에 오르는 것을 확인한 각우가 제 앞을 지나가는 난간을 향해 금빛으로 빛나는 주먹을 휘둘렀다.

퍼어어어억———!

"가자——!"

난간이 터지듯 산산조각이 나고, 소림의 무승들이 몸을 날렸다.

"하-압! 오옴——!"

타닥. 타탁. 타닥! 탁!

소림 무승들이 선창을 달리면서 순식간에 나한진을 만들었다, 풀었다를 반복했다.

그때마다 무승들의 봉에 밀린 광룡귀면대원들이 이리저리 나뉘었다.

그리고 철저하게 만들어진 수적 우세.

갑자기 만들어진 소림 최고의 방어진에 성벽처럼 갇혔다가, 눈 깜짝할 사이에 적으로 둘러싸이는 형국이었다.

게다가 남궁세가의 선원들까지 무기를 들고 합세하면서 모든 구역에서 정의맹에 유리한 전투가 만들어졌다.

적호단주의 말처럼, 마라승 각우와 무승들은 귀천성과의

숱한 전쟁을 겪어 낸 무인들이라.

그들이 탄 배야말로, 세 척의 배 중에서 가장 효율적으로 전쟁을 수행할 수 있는 배임이 분명했다.

그리고 창궁무애단을 이끌고 함께 싸우던 남궁구는.

"미친······!"

각우가 요란한 가면을 쓴 놈을 나한권으로 다지듯이 두드려 대는 것을 보며 입을 다물지 못했다.

남궁구는 각우가 나한들과 함께 놈을 가둬 놓고 패다가 결국 놈의 배에 금강붕산권을 날리는 장면을 보며, 조용히 노잡이들에게 노를 들라 전했다.

세 번째 배가 다시 움직이기 시작했다.

각우의 금강붕산권이 터지며 사어가 강물로 떨어졌다.

진화는 마지막까지 세 번째 배의 전투에서 시선을 떼지 못했다.

'굉장하네.'

지금 배에 오른 이들은 하나하나가 각 문파에서 손에 꼽히는 무인들이었다.

상대적으로 경험이 적은 이들이 세 번째 배에 올랐을지라도, 그중에 정예가 아닌 자는 없었으니.

그런 이들이 각우처럼 경험이 많은 고수의 지시에 따라 움직인다면, 아무리 광룡귀면대라 한들 힘든 싸움이 될 것이라 예상했던 바였다.

'선원들조차 따를 수 있는 간결한 전략과 명령. 무엇보다 정말 놀랍도록 효율적인 나한진 활용 방식이군.'

진화는 각우의 무공도 무공이지만, 그가 선창에서 소림 무승들과 보인 움직임에 감탄이 절로 나왔다.

'이전 생에서는 명성만 듣고 한 번도 본 적 없었는데, 실제로 보니 명성만큼이나 제대로 싸울 줄 아는 스님이었네.'

각우에 대해 감탄을 하다 보니, 진화의 머릿속에 그가 키운 나한들과 만두를 든 현오가 떠올랐다.

'소림은…… 괜찮은 건가?'

이전 생에 소림이 봉문이나 멸문당했다는 소리는 죽을 때까지 들은 적이 없으니, 아마도 각우가 키운 무승들이 제 몫을 잘한 것이리라.

부처님의 생각은 어떠실지 몰라도 말이다.

진화가 느긋한 생각을 하는 동안에도 배 안에 탄 사람들 모두 바짝 긴장한 상태였다.

이제 백매단주가 말한 봉우리가 가까워졌고, 갑자기 튀어나온 물귀신들처럼 또 누가 그들을 노릴지 알 수가 없었기 때문이다.

하지만 진화의 생각은 달랐다.

'많으면 많을수록 좋지. 광마제가 있을 때와 없을 때의 광룡귀면대는 하늘과 땅처럼 격이 달라지니. 차라리 지금이야말로 광룡귀면대를 모조리 없애 버리기 좋은 기회야.'

진화가 눈을 빛냈다.

그러면서도 손은 바빴다.

"우에에엑――!"

토닥. 토닥. 토닥.

"우에에에엑!"

"누님, 정말 괜찮으십니까?"

"아아. 우엑-! 싸울 때는 괜찮았는데……."

진화처럼 차라리 광룡귀면대가 쳐들어오길 기다리는 사람이 하나 더 있는 가운데.

선수에서 봉우리를 찾던 선원이 신호를 보냈다.

졸졸졸졸졸……!

백매단주의 말과 달리 폭포는 아니었지만, 꼭대기에서 물줄기가 떨어지는 절벽.

바위로 된 산이 일행 앞에 나타났다.

사방이 강물로 둘러싸인 천혜의 요새 같은 바위산.

주변 땅은 겨우 열 사람 정도 나란히 설 만한 얕은 강변뿐이었다.

그 뒤로 깎아 놓은 듯한 높은 바위 절벽은 족히 다섯 장은

넘은 듯했지만, 가까이 다가가니 겨우 한 사람 올라갈 수 있는 길이 보였다.

그러나 길은 필요 없었다.

맨몸으로 절벽을 뛰어내린 백매단주의 증언에 처음부터 길 같은 건 없다고 했기 때문이다.

때때로 전장에선 돌발 상황에 따른 유연한 판단이 필요하다.

하지만 대부분의 경우에는, 임기응변보다 철저하게 준비된 작전이 힘을 발하는 법이었다.

두 배들이 선두에 있는 적호단주의 판단을 기다렸다.

마침내 선두 배에 붉은색 신호기가 올랐다.

좌라라라라라락———!

후우우우웅———!

먼바다를 다니는 대양선에서나 쓰이는 강철로 된 닻과 사슬이 세 사람의 손에서 지푸라기처럼 출렁거렸다.

적호단 남궁진혜와 선우도 황보견, 마라승 각우.

하나하나가 중원에서 힘으로는 당해 낼 자가 없다는 이들이라.

후우웅———!

좌라라라라라———!

쿵! 쿵! 쿵!

다섯 장 높이의 까마득한 절벽 위에 강철로 된 닻 세 개가 박혀 들어가는 소리가 크게 울려 퍼졌다.

"강철이라니! 이 비열한 자식들!"

바위산 꼭대기에 있던 능교가 바위를 뚫고 박힌 그것을 보며 욕지거리를 뱉었다.

처음부터 그의 예상을 벗어난 대응이었다.

"어쩔 수 없지. 신호 보내라!"

능교는 결국 복잡한 문제에서 손을 떼기로 했다.

공적도 공적이지만, 그보다 소중한 건 제 목숨이라.

"기름을 부어 불을 붙여라!"

능교의 명에 광룡귀면대가 급히 움직였다.

한 병에 여느 민가 일 년 치 수입과 맞먹는 귀한 것이었지만, 재물은 어차피 다시 빼앗으면 그만이었다.

광룡귀면대원들이 쇠사슬에 기름을 붓고, 흘러내리는 기름에 불을 붙였다.

한편, 꼭대기에서 일어나는 사정을 아래에서도 눈치챘다.

'병신 같은 새끼. 그렇게 감당도 못 할 걸, 나서길 왜 나서.'

붉은색 거미 귀면을 쓴 광룡귀면대 부대주, 지주비(蜘蛛妃)가 겁을 먹고 벌써 손을 뗀 능교를 비웃었다.

그리고 거미 귀면을 쓴 수하들에게 고개를 끄덕였다.

바위산 틈틈이.

백매단주가 뛰어내린 것과 같은 구멍이 나 있었다.

지주비와 그 수하들이 그 구멍에서 정의맹 무인들을 기다리고 있었다.

"후후후."

오랜만의 전투에, 거미 여왕이 배를 불릴 생각으로 들뜬 웃음을 흘렸다.

촤라라라라───!

사슬이 출렁였다.

"가자!"

바위산을 둘러, 거미 여왕은 자신과 거미들만 아는 보이지 않는 거미줄을 쳐 놓았다.

설령 적들이 발견한다 해도 특수하게 만든 장갑을 끼지 않고는 손가락이 떨어져 나갈 것이니.

그녀와 수하들은 간신히 바위틈에 매달린 놈들을 하나하나 수확하면 그만이리라.

촤라라라라라───!

출렁이는 사슬 소리가 먹잇감을 알리는 신호 같았다.

"전부 죽여라─!"

특수하게 만든 장갑은 보이지 않는 거미줄로 사냥감을 조각조각 뜯어 놓아 주리라.

거미들의 여왕의 눈동자에 탐욕이 들어찼다.

사슬을 타고 순식간에 불길이 내려왔다.

강철에 불이 붙었다면 틀림없이 기름이라.

남궁경옥은 물론 두 번째, 세 번째 배의 선장들이 걱정스러운 눈으로 무인들을 보았다.

선원들은 기름에 붙은 불의 무서움을 잘 알고 있었느니.

기름에 붙은 불은 물로도 끌 수 없었다.

오히려 물에서 분리된 불붙은 기름이 사방으로 번지거나, 폭발을 일으킬 수도 있었다.

그땐, 사슬이고 뭐고, 배 안의 모두가 강물에 몸을 던져야 할 것이었다.

하지만 걱정과 불안은, 마라승 각우가 사슬로 뛰어오르며 말끔히 사라졌다.

"내 뒤를 따라라!"

각우는 그대로 사슬 위를 내달리며, 불길을 밟아 꺼뜨렸다.

그의 별호를 생각해 본다면, 그가 화기를 두려워하지 않는 것도 이해할 수 있었으니.

그는 평생 전신을 철사장으로 단련한 소림 최고의 무승이었다.

"먼저 가지."

두 번째 배에서는 선우도(渲友刀) 황보견이 도를 뽑아 들고 사슬 위를 달렸다.

타고난 완력과 신체 조건으로 권을 중심으로 한 무공이 발전한 황보세가에서, 쾌활삼도(快活三刀) 하나로 고수의 반열에 오른 자였다.

선우도 황보견이 도를 휘둘러 바람을 일으키고, 불길을 밀고 올라갔다.

진화가 탄 배에선, 적호단주 팽치가 나섰다.

하지만 그보다 먼저 진화가 사슬에 손을 대었다.

"뭐지?"

"제가 먼저 가는 것이 좋겠습니다."

"음."

진화의 말에, 잠시 생각하는 듯하던 적호단주가 선뜻 진화에게 양보했다.

이미 진화가 경지를 넘어선 고수라는 걸 알고 있었기에, 고민은 길지 않았다.

게다가 이 남궁의 공자가 익힌 무공을 생각한다면.

아니나 다를까.

파지지지지지직————!

퍼-엉!

쇠사슬을 타고 오른 푸른 불꽃이 기름에 붙은 불과 만나 거세게 타올랐다.

순식간에 하늘에 닿을 듯 솟아오른 불은, 또 한순간에 꺼졌다.

기름에 붙은 불은 끄는 가장 좋은 방법은, 태울 것을 없애 버리는 것이라.

검게 그을린 사슬에는 기름 한 방울 남지 않았다.

"그럼."

"아아."

진화가 먼저 사슬을 타고 올랐다.

그리고 순식간에 사슬을 타고 달리며 검을 빼 들었다.

'능교!'

광룡귀면대 중에서도 능교는 특이한 놈이라.

목숨과 이성을 광기에 내놓은 광룡귀면대에서, 놈은 유별나게 겁이 많았다.

그래서 광룡귀면대 부대주 중 유일하게 싸우기 전에 이런 저런 수작을 즐겨 사용했으니.

진화는 능교가 사슬 끝에 있을 것이라 확신했다.

그렇게 발걸음도 가볍게 진화가 꼭대기에 다다랐을 때였다.

끼이이이익———!

아래에서 귀가 찢어질 듯 불쾌한 금속성이 들려왔다.

이전 생에서 들어 본 적 있는 소리였다.

'지주비!'

진화가 고개를 돌려 아래를 보자, 어느덧 바위산에 거미

귀면을 쓴 광룡귀면대원들이 까맣게 매달려 있었다.

그들은 벌써 바위산 주변에 줄을 타고 자유롭게 움직이며, 사슬을 오르는 정의맹 무인들을 공격하고 있었다.

'누님!'

진화가 몸을 돌렸다.

그때.

쉐에에엑———!

제 목을 노리는 기척에, 진화가 재빨리 검을 세웠다.

카———앙!

진화가 검으로 쳐 낸 그것을 확인했다.

톱니 모양의 날을 가진 수리검이었다.

보통의 수리검과 다른 특이한 날이었지만, 진화에게는 제법 익숙한 모양이었다.

'능교!'

진화의 눈동자에 번개가 쳤다.

하지만 밑에 아직 남궁진혜가 지주비와 그 수하들 사이에 있었기에, 진화는 이를 갈며 몸을 돌렸다.

복수는 진화의 인생 그 자체였지만, 남궁세가와 가족들은 진화가 두 번의 생을 모두 바칠 정도로 그의 삶보다 중요했다.

"누님!"

진화가 검을 휘두르며, 사슬을 타고 다시 내려갔다.

쉐에에엑---!

진화의 검기가 그의 시야를 방해하던 보이지 않는 강철의 거미줄을 끊어 버렸다.

"으아아아악!"

세 명의 광룡귀면대가 땅으로 떨어지는 사이로, 진화가 남궁진혜를 발견했다.

채----앵!

"이 쌍년이! 너 거기 안 서!"

열이 받을 대로 받은 듯, 남궁진혜의 고성이 절벽 너머까지 쩌렁쩌렁하게 울렸다.

지주비가 자유롭게 바위산을 휘저으며 남궁진혜에게 채찍을 휘둘렀다.

카—앙!

남궁진혜가 검을 휘둘러 채찍 끝을 잘라 버렸다.

그때 남궁진혜의 양발은 바위 절벽에 난 작은 틈을 딛고 있었고, 그녀의 왼팔은 터질 듯한 이두와 삼두를 빛내며 바위를 단단하게 붙잡고 있었다.

절대 떨어질 것 같지 않은 안정적인 자세.

심지어 몇 번 더 검을 휘두른 남궁진혜는 주변의 광룡귀면대보다 더 거미 같은 자세로, 왼손과 양발을 바위에 박아 가며 절벽을 자유롭게 움직이기 시작했다.

"이 짜증 나는 년! 잡히면 머리채를 다 뜯어 놔 주마!"

남궁진혜가 고성을 지르며 지주비의 뒤를 쫓았다.

쉐에에엑———!

남궁구가 세 개의 사슬 위로 천풍신법을 아슬아슬하게 펼치며 강철 거미줄을 끊어 놓는 것을 마지막으로, 진화는 미련 없이 몸을 돌렸다.

챙! 챙챙——!

태연한 진화와 달리 전투가 정의맹에 압도적으로 흘러가고 있진 않았다.

전술학 시간에도 항상 공성이 수성보다 배는 어렵다고 강조하지 않았던가.

수성을 하는 쪽이 지형지물의 장점을 모두 가져가는 것은 당연지사.

심지어 광마전이 있는 곳답게 수상에서와 달리 정의맹 무인들보다 많은 인원이 꼭대기에서 정의맹 무인들을 기다리고 있었다.

"아아악!"

챙–!

"죽어라, 이 악귀들아!"

"크아아악!"

무기가 부딪치고, 저주 섞인 고성과 비명이 사방에서 들렸다.

귀를 찌르는 죽음의 소리에 모두가 광기에 젖어 가고 있었다.

그러나 진화는 누가 얼마나 죽어 가는지는 별로 관심이 없었다.

심지어 전투를 이끌고 승리를 만들어 내야 하는 것도, 이젠 진화의 몫이 아니었다.

자신에게 중요한 몇 사람의 안전을 확인한 진화는, 마음 편하게 제가 원하는 사냥감을 찾아 나섰다.

파지지지지직———!

진화가 숲이 우거진 곳을 향해 검을 휘둘렀다.

'겁쟁이가 숨을 곳은 뻔하지.'

생각하기가 무섭게 수리검이 날아들었다.

챙—! 챙!

진화가 뇌전을 실어 수리검을 받아쳤다.

퍽! 쩌———억!

수리검이 박힌 나무는 그대로 양쪽으로 쪼개졌다.

"대체 뭐 하는 놈이냐!"

결국 인내심이 다한 듯 능교의 목소리가 진화의 정면에서 들렸다.

진화가 대답 없이 입꼬리를 비틀었다.

그리고 자신의 검을 검집에 꽂아 넣고, 바닥에 떨어진 능교의 수리검을 들었다.

능교가 쓰는 수리검은 두 가지 종류였는데, 하나는 톱니로 된 날이 네 개가 붙은 것이었고, 다른 하나는 손가락을 끼우는 고리가 달린 단창과 같은 것이었다.

진화는 단창같이 생긴 수리검의 고리를 약지에 끼우고, 그 것을 돌리면서 자유롭게 양손을 오가게 만들었다.

휘-익!

푹!

"커억!"

진화의 신형이 흔들리는가 싶더니, 풀숲에 있던 광룡귀면대원의 옆에 나타나 순식간에 목을 찔렀다.

그리고 다시 나무 위로 뛰어오른 진화가 양과 원숭이 귀면을 쓴 광룡귀면대원들의 목을 베었다.

오로지 목밖에 모르는 사람처럼 달려들었지만, 눈 깜짝할 사이에 움직이는 진화를 쫓다 보면 죽음은 한순간이었다.

게다가 단지 빠르게 움직이는 것이라면, 경지를 넘어선 진화에게 보법의 정교함은 중요하지 않았다.

내기의 힘을 빌려 공간을 접듯 보폭을 벌리고, 숨에서 느껴지는 기운에 스며들어 저항 없이 움직이는 물아일체(物我一體)라.

푹!

"컥!"

스—윽! 슥—슥—!

기척을 느끼기도 전에, 섬뜩한 소리와 함께 광룡귀면대원들이 바닥으로 풀썩 쓰러졌다.

그리고 붉은 피가 흥건하게 흙 속으로 스며들었다.

금강불괴를 이루지 않는 이상, 목은 어디를 찔리든 어디를 베이든, 모든 사람에게 치명적인 급소였다.

그러나 무엇보다 능교를 경악하게 하는 것은, 휙휙— 손가락 사이를 자유롭게 오가는 진화의 수리검 사용법이었다.

수리검을 약지에 넣고 순식간에 쇄골과 목, 관자놀이를 꿰뚫는 기술.

그리고 곧바로 수리검을 돌려 새끼손가락에 넣고 경동맥을 길게 베고 지나는 연속기.

모두 능교가 주로 사용하는 광룡살예(狂龍殺例)였다.

심지어 경동맥을 깊이 베는 것보다 길게 베어서 출혈을 늘리는 건, 능교의 습관이었다.

"너, 너…… 대체 누구냐!"

깊은 숲이 고요했다.

능교는 등 뒤를 조여드는 불안감을 느끼며 주춤주춤 물러섰다.

가면 속 눈동자엔, 경악과 두려움이 가득했다.

"어때, 알려 준 대로 잘하는 것 같나?"

"너, 대체 누구…… 아니, 너! 그 눈!"

진화의 되물음에 비명 같은 고성을 지르던 능교는, 그제야 진화의 눈을 발견했다.

끝이 보이지 않는 심연처럼 깊고 검은 눈동자.

살기가 자욱하게 드리우는 구름처럼 일렁이고.

그 속에서 수십, 수백 개의 번개가 내리치고 있었다.

마치 천지가 만들어지고 있는 듯한 혼돈(混沌).

능교가 진화를 알아보았다.

"너, 그 제물실의 괴물!"

"이 수리검. 네가 알려 준 거잖아. 네 덕분에 내가 간수들을 얼마나 많이 죽였는데."

진화가 능교를 향해 씨익 웃어 보였다.

다른 모든 이들이 남궁세가를 위한 복수였다면, 능교 하나만은 오로지 진화를 위한 복수라.

진화는 자신을 괴물로 만든 유년의 원수를 보며, 그가 회수하지 못한 수리검을 하나 더 주워 들었다.

양손에 두 개의 수리검.

"이야, 이거 옛날 생각나는걸. 처음에는 뭣도 몰라서, 그냥 머리를 찍었는데. 지금은 어떨 것 같아?"

진화가 자유자재로 수리검을 움직이며 손가락 사이로 흔들어 보였다.

휘익-!

순식간에 거리를 좁힌 진화가 능교의 얼굴을 향해 수리검을 휘둘렀다.

쉐에에엑———!

수리검이 눈앞에서 머리칼을 자르고 지나는 것에 안도하기 무섭게, 능교의 왼팔에서 피가 튀어 올랐다.

"크악!"

능교가 피가 베인 왼팔을 잡고 물러섰다.

그 앞으로 진화가 태연하게 양쪽 검지에 끼운 수리검을 빙빙 돌리고 있었다.

"엄살은. 살짝 스치기만 했잖아. 그렇게 왜 한눈을 팔아."

야릇하게 웃는 진화의 얼굴을 보며 능교가 입술을 깨물었다.

사람은 오감 중 시각에 크게 좌우되는 동물이라.

왼손에 든 수리검으로 얼굴을 벨 듯 자극을 주고, 근육이 경직된 사이에 왼팔을 긁었다.

하지만 그도 다 상대의 본능을 자극할 정도로 실력이 있어야 가능한 문제라.

무엇보다 지금 이 순간에도 냉정하게 자신을 살피고 있는 눈빛이 거슬렸다.

"이런 씨발. 남궁에서 애를 어떻게 키운 거야?"

괴물이, 진짜 괴물이 되었다.

여유를 부리고 있는 듯하지만, 단 한순간도 자신의 움직임을 놓치고 있지 않은 것이 느껴졌다.

"젠장할!"

능교는 진화가 절대 저를 놓칠 리 없다는 것을 깨닫고, 욕지거리를 뱉었다.

그러나 단 한 번의 경합으로 어느 쪽이 우위인지는 명백해졌다.

능교 자신이 살아날 가능성은, 방심을 유도하거나 도망가거나.

혹은, 다른 강한 자를 끌어들이는 수뿐이라.

능교의 엄지발가락이 바위 쪽을 향했다.

그 순간.

쉬―익, 퍽!

진화가 날린 수리검이 능교의 발등을 찍었다.

"끄으으!"

수리검이 발등을 찍는 건 한순간이었고, 고통은 발가락에 힘을 싣는 순간부터 찾아왔다.

그러나 죽는 것보다는 나았다.

능교는 머리가 하얘지는 고통을 이겨 내고 발을 뽑았다.

"제―엔장―!

식은땀이 온몸을 적셨지만, 다행히 늦지 않게 발걸음을 움직였다.

파파파팟―――!

능교가 날린 표창이 나무에 가서 박히는 소리가 났다.

애초에 진화를 맞힐 수 있을 거라 기대도 하지 않았다.

단지 진화가 제 목을 노리는 순간을 늦추기 위해서였다.

진화는 무표정한 얼굴로 표창을 피하며 능교를 쫓았다.

챙─! 챙!

하얗게 질린 얼굴로 필사적으로 달리는 모습.

눈빛은 공포에 질려 있고 발등에는 여전히 수리검이 박혀 있는데도, 능교는 멈추지 않았다.

'뭘 노리는 거지? 도망을 갈 거라면 수리검을 뽑았을 거다. 그런데 내 손에 들어올까 봐 수리검도 뽑지 못하고 달릴 때는 그만한 이유가 있을 텐데?'

진화의 눈이 능교를 쫓았다.

그리고 잠시 속도를 늦추고, 나무에 박힌 표창을 뽑았다.

'도망이든, 유인이든. 넌 절대 내게서 못 벗어난다!'

진화가 능교의 등을 향해 표창을 날렸다.

쉐───엑!

파파팍!

"헉!"

능교의 등에 표창이 박히고, 능교의 신형이 휘청거렸다.

넘어질 듯, 네발로 기다시피 하면서도 능교는 걸음을 멈추지 않았다.

살기 위해 발버둥 치는 필사적인 모습.

아주 어린 시절, 그 구덩이에서도 그러했다.

진화에게 숟가락질을 가르쳐 준 소녀가, 다음 날 공포에 질린 얼굴로 깊고 검은 구덩이에 떨어져 손톱이 빠져라 벽을 긁어 댔다.

그때 능교 저놈이 구덩이를 기어오르려는 소녀의 얼굴을 짓밟아 떨어뜨렸다.

"안 돼――!"

악착같이 살고자 했던 소녀의 비명이 이따금 진화의 귀에 울렸다.

진화의 눈이 버둥거리는 능교의 등을 향했다.

쉐에에엑―――!

진화가 들고 있던 수리검을 능교의 목을 향해 던졌다.

샤아아악―!

"큭!"

수리검이 스치는 동시에 풀숲으로 몸을 던지는 능교.

그의 입에서 작지만 신음이 흘렀다.

'저곳에 통로가?'

두꺼운 풀에 가려 바람도, 기운도 당연한 듯 비켜 흐르고 있었다.

진화도 가까이에 다가가서야 겨우 미미한 기운이 통하고

있다는 걸 알아차렸다.

그리고 망설임 없이 능교의 뒤를 쫓아 몸을 날렸다.

탁.

진화가 바닥에 발을 딛는 소리가 크게 울렸다.

그리고 진화가 주변을 둘러보기 무겁게, 한쪽에서 목소리가 들려왔다.

"……크웃, 끈질긴 놈. 하지만 너도 이제 끝이다."

멀지 않은 곳에서, 능교가 목에서 흐르는 피를 손으로 막고 있었다.

진화가 던진 수리검이 기어이 능교의 목을 벤 듯.

능교의 얼굴은 하얗게 질려 있었고, 손가락 사이로는 피가 계속 배어 나오고 있었다.

진화가 그런 능교를 보며 입꼬리를 올렸다.

"누가 끝인지 모르겠네. 여긴…… 또 네가 쥐 새끼처럼 파놓은 통로의 안인가?"

진화의 말에 능교가 눈을 크게 떴다.

"네놈들, 제물실 간수들은 아이들을 가지고 장난을 많이 쳤지. 죽이기도 하고, 죽이게도 하고…… 몇몇은 빼돌려서 팔아먹기도 했잖아. 안 그래?"

"너! 그걸 어떻게……?"

능교는 진화가 마지막 사실을 알고 있다는 데에 크게 놀랐다.

"간수장인 네가 쓸모없는 애들을 팔아먹고 있다는 걸 어떻게 알았냐고? 하하하하! 네가 궁금해야 할 건, 그게 아닐 텐데. 내가 아는 걸, 광마 그 노친네가 몰랐을 거라고 생각해?"

"……!"

진화의 말에 능교는 피가 식는 듯 심장이 서늘해졌다.

'과, 광마제 님이 알고 계셨다고?'

능교의 눈동자가 바쁘게 흔들렸다.

진화는 그런 능교를 보며 피식 웃고 말았다.

그가 무슨 생각을 하는지 뻔히 보였다.

그래서 더 가소롭기 짝이 없었다.

"광마를 걱정하나? 왜? 설마, 살아서 다시 광마 늙은이를 볼 수 있을 거라고 생각하나?"

진화의 비웃음에, 능교가 발끈했다.

"닥쳐! 너야말로 잘도 따라 들어왔군. 여기가 어디라고 생각하는 거냐! 내가 아니라면 그 통로는 아무도 못 찾아! 네 잘난 정의맹 놈들은 밖에 있는 것들과 싸우다가 끝장이 날 거다. 그리고 넌 아무도 모르게, 이 안에서 죽는 거라고!"

방금까지 공포에 질려 있던 능교가 진화를 향해 큰소리를 쳤다.

거대한 바위로 막아 놓은 유일한 입구.

웅호를 죽이기 전에는 그것의 가까이에도 갈 수 없을 것이었다.

능교는 이제 와 지주비와 웅호에게 공로를 넘기는 건 아까웠지만, 그들이 정의맹을 막아 낼 것이라 확신했다.

'대신 나는 주군의 제물을 잡아간다면……!'

능교의 눈이 간교하게 빛났다.

능교의 눈빛을 보고 있던 진화가 주변을 둘러보았다.

하나둘 몰려오던 흑의인들이, 벽을 타고 큰 방을 에워싸듯 진화를 노리고 있었다.

"개미굴 같네, 시꺼멓게 몰려오는 꼴이."

진화가 짧게 혀를 찼다.

그런 진화를 보며 능교가 의기양양하게 웃었다.

"흐흐흐! 주군께서 잃어버린 물건을 찾는다면 무척 기뻐하시겠구나."

그런 능교를 보며 진화가 덤덤하게 말했다.

"광마가 없는 너흰, 그냥 노련한 살인자들일 뿐이지. 정의맹의 무인들을 막지 못할 거다."

팽치와 각우, 거기에 남궁진혜까지.

모두 경지를 바라보는 무인들이었다.

게다가 대규모 전투에서 수하들을 어찌 움직여야 할지 아는 경험 많은 무인들이었다.

하지만 그럼에도 능교에겐 믿는 구석이 따로 있었다.

"상관없어. 그때가 되면 대주가 나설 테니까."

"아, 무맥이 이 안에 있나 봐?"

"대주님이 나서기 전에 네 걱정이나 해. 널 도와줄 사람은 이제 아무도 없을 테니까."

덤덤하게 이어진 진화의 물음.

진화의 말끝이 조금 흔들렸지만, 자신만만한 능교는 그것을 알아차리지 못했다.

"그렇게 자신해? 여기가 안 들킬 거라고?"

"당연하지! 입구는 단 한 곳뿐이야. 거기가 열리면 대주님이 나가게 되어 있다고!"

능교가 흥분한 듯 큰소리를 쳤다.

그리고.

'너희는 처음부터 다 죽은 목숨이었다!'

그렇게 말하려 했었다.

하지만 능교는 그 말 대신, 두 눈을 크게 떴다.

앞에서 진화가 환하게 웃고 있었기 때문이다.

"뭐……야?"

문답이 이어질수록 이상한 기분이 들었다.

능교는 진화가 진심으로 기쁜 듯 웃는 모습을 보며, 그제야 이유를 알아차렸다.

"그런 거! 대체 그게 무슨……?"

저건 남궁의 것도 뭣도 아니다.

저건……!

능교의 얼굴이 점점 경악으로 물들었다.

처음엔 푸른 기운이 번뜩이는가 싶었다.

하지만 꽁꽁 묶여 있던 기운을 한 번에 풀듯, 진화의 몸속 깊은 곳에 있던 기운이 걷잡을 수 없이 커지기 시작했다.

파파파파팟———! 파파팟!

푸르게 빛나던 기운이 점점 더 짙어졌다.

눈부시게 번뜩이던 기운은 진해지다 못해 검게 물들었다.

그리고 작은 불꽃이 튀는 정도의 소리는.

파아아아아————!

시커멓게 물든 검은 기운이, 악마의 얼굴을 하고 웃고 있었다.

능교 자신을 향해.

"아무도 못 온다니 다행이네. 이런 거, 아무한테나 보여 줄 수 없잖아. 명색이 정파인데."

정파라고……?

말도 안 돼!

인간을 현혹하기 위해 마귀가 택한 얼굴이 저러할까.

정말로 안심한 듯 순순하게 웃어 보이는 진화의 얼굴을 보며, 능교는 소리조차 지를 수 없었다.

이전 생에서 뇌왕 남궁진화는 많은 전투에 나갔다.

저 때문에 열 명이 죽으면, 그게 미안해서 적은 스무 명, 백 명을 죽였다.

그렇게 적을 죽이고 나면 꼭, 사람들의 수군거림이 들려왔다.

"괴물!"

"저 마귀 같은 놈!"

"불길한 놈이야! 남궁세가는 왜 저런 놈을 거둬서는…… 쯧쯧쯧."

사람들의 수군거림이 남궁세가를 향했고, 그때마다 어머니의 얼굴에 그늘이 졌다.

"또 전투에 나가는 거니?"

"……예."

"이번엔 좀 쉬는 게 어떠니?"

"절 지키다가 창궁대연단 무사들 여섯이 죽었어요. 빠질 수 없습니다."

"그건 너 때문이 아니야. 세가의 직계를 지키는 건 그들의 의무야."

"……."

진짜 직계도 아닌데…….

어머니가 슬퍼할까 봐 말하지 않았다.

하지만 진짜 직계도 아닌 저를 위해 사람들이 죽었으니, 제가 그들의 몫까지 해내야 했다.

진화는 입을 꾹 다물고 전투에 나갔다.

그리고 어머니가 죽었다.

아니, 지키고자 했던 모두가 죽었다.

"저 악마 같은 인간! 전가장에 있던 사람들을 모조리 죽였다며?"

"이봐, 들린다고!"

"들으면 뭐 어때? 사람들이 뇌왕, 뇌왕 불러 주니까 진짜 왕인 줄 알아? 저 양자가 남궁세가 개새끼인 걸 모두가 다 아는데! 다른 왕들이 기분 나빠 할 일이라고!"

"말조심해! 뇌왕의 손 속이 잔인하다지만, 귀천성 놈들을 제일 많이 죽이는 것도 사실이잖아!"

"뭐, 누가 알아? 그냥 죽이고 싶어서 죽이는 건지! 저놈의 손 속을 보게. 거기 어디에 정도가 있고, 정의가 있냐고! 사파도 그렇게는 안 죽여! 저런 놈이 명문 정파인 남궁세가를 이끈다니······. 쯧쯧쯧, 말세야, 말세!"

정의맹의 다른 문파에서 수군거리는 말들.

상관없었다.

그걸 듣고 슬퍼할 사람은 이제 없었으니까.

그렇게 생각했는데.

"야! 이 개쌍놈의 자식아! 다시 말해 봐! 우리 진화가 뭐? 애가 피 터지게 싸워서 연명한 주제에 뭐라고 지껄였냐고!"

"아, 아니, 이거 놔요!"

"이제까지 실컷 뒤에서 숨어 있다가, 이제 살 만하니까 비열한 혓바닥을 놀려? 그 혓바닥을 뽑아서 주리를 틀어 주마!"

"남궁 대협, 참으십시오!"

"이거 놔! 씨불, 손 속이 뭐? 손 속에 정의가 어디 있어! 칼로 베면 정의고, 철퇴에 처맞으면 정의가 아니야? 정파의 의기와 정의는 손 속이 아니라 가슴에서 찾아야지! 등 뒤에 짊어진 것을 봐야지!"

아버지…….

진화의 손 속을 험담하던 어떤 문파 장로의 멱살을 잡고, 남궁경이 당장이라도 집어 던질 듯 흔들고 있었다.

아버지를 말리는 척, 제왕무적단 부단주님이 슬쩍슬쩍 다른 사람의 접근을 막았다.

아직 제게, 저런 말을 듣고 슬퍼해 주는 사람들이 남아 있었던 것이다.

진화는 더 참을 수 있겠다고 생각했다.

모두가 죽기 전까지.

쉐에에엑――!

진화의 검이 그들이 있던 방의 음기와 양기의 결함을 자르고, 기운을 어그러뜨렸다.

기운의 부조화가 연쇄적으로 번개를 일으키며 광룡귀면대원들을 벽에서 떨어뜨렸다.

파지지지지직——!

쿵. 쿵. 쿵!

벽과 천장에서 떨어진 광룡귀면대원들은 그대로 꼼짝도 하지 않았다.

부서진 돌처럼, 어떤 생명력도 느껴지지 않았다.

"괴, 괴물!"

생각했던 것보다 더.

허무할 정도로 쉽게 죽어 버린 수하들의 주검에, 능교는 완전히 질려 버린 얼굴이었다.

"이젠 나 때문에 상처받는 일은 없었으면 좋겠거든. 그래서 잘 참고 있었는데……."

파파파파파팟—————!

진화의 검에서 나온 기운이 그대로 사방을 할퀴며, 달려드는 광룡귀면대원들의 몸을 꿰뚫었다.

공포에 질린 눈동자에서 순식간에 생명력이 사라졌다.

"으아아아아———!"

능교가 비명을 지르며, 진화의 등 뒤로 나 있는 통로를 향해 달려 나갔다.

쿵.

마지막 광룡귀면대원이 바닥에 떨어지고.

진화가 고개를 돌려 능교의 뒤를 따라 나갔다.

"으아아악! 마귀다! 마귀라고!"

통로 밖에는, 식당으로 보이는 더 넓은 공간이 나왔다.

거기엔 더 많은 광룡귀면대원들이 있었다.

"저리 꺼져! 꺼지라고!"

능교가 이성을 잃고 광룡귀면대원들 속을 파고들려 했다.

마치 숨을 곳을 찾는 쥐처럼, 정신없이 헤맸다.

하지만 잘 훈련된 이들은 적을 두고 도망치려는 능교에게
틈을 내주지 않았다.

그리고 그 뒤로.

슈———욱. 푹—!

검은 번개가 창처럼 날아와 능교의 등을 꿰뚫었다.

파지지직——!

"크어어어어어억————!"

고통에 찬 비명.

검은 번개가 능교의 전신을 태우는 듯.

검은 불꽃이 사라지자, 검게 탄 능교의 시체만이 남았다.

그 뒤로, 진화가 천천히 걸어 나왔다.

식당을 가득 채운 광룡귀면대원들을 보며 진화가 짧게 웃
었다.

"허, 많네."

파아아아아아————!

진화의 뒤로 보이는 검은 악마의 형상이 광룡귀면대원들을 향해 웃었다.

아주, 아주 오랜만에 참지 않아도 되는 순간이었다.

진화는 속에 있던 진득한 악의와 분노를 마음껏 풀어내며, 검을 새까맣게 물들였다.

스스스슷─.

지독한 살기.

광룡귀면대원들이 자신들도 모르게 조금씩 물러났다.

그때.

"……누구냐?"

묵직한 음성이 광룡귀면대원들을 가르고 나타났다.

꿈에라도 잊을까 봐 두려웠는데…….

목소리를 듣는 순간, 그의 얼굴이 또렷하게 떠올랐다.

"하하하하!"

진화와 악마가 함께 웃었다.

그리고 그자를 향해 망설임 없이 검기를 날렸다.

누군가 대신 맞아 죽어도 상관없었다.

어차피 전부 죽일 거니까.

광룡귀면대 대주 흑면마룡 무맥.

역천마제와 팔현마제를 지키는 수문장 중 하나로, 광마제의 오른팔이었다.

큰 덩치와 과묵한 말투. 그래서 마룡아, 마룡미라는 독문 무기와 아무 표정 없는 검은 가면이 알려진 특징 전부였다.

하지만 상관없다.

'실제로 무맥을 만난다면 그가 무맥임을 곧바로 알아보리라.'

익주에서부터 퍼진 말처럼, 무맥은 별다른 특징 없는 사내라 하기엔 실제로 마주한 위압감이 달랐다.

무맥은 전신에서 상대를 짓누르는 듯한 위압감과 무시무시한 포악함이 뿜어져 나오는 사내였다.

게다가 교묘한 술수나 비겁한 음모 하나 없이, 광마제의 명에 따라 익주와 형주에서 수백의 문파를 밀어내는 동안 단한 번도 패배하지 않았다.

심지어 상대 문파의 최고 고수에겐 정정당당한 비무로써 결전을 마무리하는 그의 방식은, 정파 무인들에게마저 인정받고 있었다.

"개소리지."

쉐에에에엑————!

진화는 거리낌 없이 무맥의 앞을 막아선 광룡귀면대원들을 향해 검기를 날렸다.

"크아아아악!"

검은 기운에 잡아먹힌 이들은, 그 한순간만큼은 전신이 타 들어 가는 극심한 고통 속에 죽었다.

진화의 눈이 싸늘하게 무맥에게 향했다.

"쥐 새끼처럼 숨었군. 그러면서 잘도 정정당당한 척, 정파 무인들의 흉내를 내었구나. 사방 천지에 인질을 잡아 두고 온전한 실력을 보이라니. 그게 조롱이 아니면 무엇일까!"

쉐에에엑———!

파파파파파파파팟!

진화가 분노에 찬 검기를 뿌렸다.

무엇을 죽이건, 무엇을 부수건 상관하지 않았다.

이곳은 진화가 없애고 죽이고자 하는 것들뿐이니까.

"내게 무공을 가르쳐 준 건 남궁이지만, 내게 살인을 알려 준 건 능교지."

진화가 움직이자, 검은 악마의 얼굴이 일그러졌다.

"제물들 중에서 어린아이를 챙기는 조금 큰 아이들은 구덩 이에 빠뜨려 죽이더군. 겨우 숟가락질만 배웠는데."

쉐에에엑——!

파지지지직————!

"크아아악!"

사방이 적이었다.

그래서 아무렇게나 뿌린 검기에도 적의 비명이 울렸다.

"능교가 날 구덩이 앞에 세웠지. 구덩이에 매달린 다른 제물을 향해 수리검을 던지는 법을 알려 줬어. 빗맞은 애들의 비명이 아직도 귓가에 울려서 시끄러워. 그래서 능교만큼은 조금 더 고통스럽게 죽일까 했는데…… 말았어. 어차피 죽으면 끝이니까."

쉐에에엑———!

진화가 몸을 회전하듯 움직이며, 저를 노리는 광룡귀면대원들을 베었다.

단 한 번의 휘두름만으로 목숨이 끊어지도록.

단호하고 치명적인 곳으로만 검을 휘둘렀다.

채—앵! 챙챙—!

퍼—억!

"크어어억!"

검을 막아도 소용없었다.

검을 쥐지 않은 왼손으로, 단전이나 심장, 간장을 노려 때렸으니까.

천뢰장에 맞는 순간, 숨도 뱉을 수 없는 고통이 죄어들었다.

음기와 양기의 조화가 부서지면서, 온몸을 쥐어틀며 쓰러진 자들이 사방에 널렸다.

퍼—억! 푹! 푹!

진화는 쓰러진 이들조차 놓치지 않고, 검을 찌르거나 발로 걷어찼다.

오로지 숨통을 끊어 놓기 위해 기계적으로 움직이는 모습은, 마치 손가락으로 벌레를 눌러 죽이는 아이 같았다.

순수하고 무자비한.

투명하리만치 검은 눈동자는 어떤 감정도 없었다.

그저 광룡귀면대원들의 죽음을 확인하고 있을 뿐이었다.

피를 토하고 고통에 찬 비명을 지르는 것을 보고도, 진화의 검 끝에 망설임이라곤 없었다.

무맥은 지금까지 이런 식으로 상대를 죽이는 정파인을 본 적이 없었다.

"넌, 대체 누구지?"

대부분의 정파인들은 자신들을 향해 증오와 분노를 뿜었다.

무맥이 본 많은 정파인들은 살기 가득한 검을 휘두르며 눈물도 같이 흘렸다.

그런데 눈앞의 청년은 달랐다.

"주군의 제물이라고?"

제물실에서 살아남은 인간이라면, 복수심에 가득 차서 저를 보는 것이 당연하지 않은가.

그런데 눈앞의 사내는, 희미하게 비치던 복수심마저 점점 옅어지고 있었다.

그러면서 더 거세게, 더 맹렬하게 검을 휘둘렀다.

채————앵!

무맥의 마룡아와 진화의 검이 부딪혔다.

수하들이 왜 맥없이 죽는가 했더니, 그저 검을 부딪치는 것만으로 뼈가 시리도록 음습한 느낌이 온몸을 타고 올랐다.

무맥이 온몸의 기운을 끌어 올리며, 검은 기운의 침습을 막았다.

그리고 진화를 노려보았다.

"제물실의 괴물, 그게 너였나?"

"제물. 그게 너한테도 중요한가? 아, 중요하겠다. 소중한 주군의 최종 제물이 다치면 곤란하잖아. 안 그래?"

눈이 멀어 버릴 듯 아름다운 얼굴이 묘하게 웃음을 흘렸다.

"……!"

이상한 낌새를 느낀 무맥이 급하게 팔을 뺐다.

채———앵!

'교활한 놈!'

무맥은 진화가 일부러 최종 제물임을 흘렸다고 확신했다.

그 말과 동시에, 아무렇지 않은 얼굴로 제 검과 얽힌 마룡아를 제 목까지 끌어 올렸기 때문이다.

놀란 무맥이 급하게 마룡아를 뒤로 빼고, 진화는 기회라는 듯 검을 휘둘렀다.

파지지지직———!

"큿!"

뼈를 울리던 시린 기운이 사라지고, 검은 기운이 번뜩이는 순간.

마룡아를 잡은 손에서 뜨끈한 고통이 느껴졌다.

무맥이 황급히 몸을 물렸다.

챙––!

파지지지지직–––!

진화의 곁으로 광룡귀면대원들이 몰려들었다.

"안 돼! 놈을 다치게 해선……!"

무맥이 말을 다 잇지 못했다.

진화와 함께 일렁이던 검은 기운이 무맥을 비웃듯 광룡귀면대원들을 집어삼켰기 때문이다.

파아아아아아–––––!

"크아아아아악–!"

검은 기운 속에 갇힌 광룡귀면대원의 찢어질 듯한 비명이 울렸다.

그리고 검게 타다만 시체들이 바닥으로 쓰러졌다.

"이노옴–!"

무맥이 분노에 차 소리쳤다.

하지만 그리고 어쩔 수 없었다.

절대 이길 수 없는 싸움.

광마제의 명령 없이 무맥은 진화를 다치게 할 수 없고, 진화는 제 목숨을 인질처럼 내놓고 광룡귀면대원들을 무참하게 죽이는 싸움이었다.

'이대로는 안 된다. 주군께⋯⋯!'

무맥의 눈빛이 단호해졌다.

"놈이 아래로 오지 못하도록 막고 있어라. 곧 오겠다."

무맥이 순식간에 계단 아래로 몸을 날렸다.

그 모습에 진화의 눈빛도 번뜩였다.

"놓치지 않겠다!"

진화가 무맥을 따라 몸을 날렸다.

그때.

채⸺⸺앵!

날카로운 단검이 진화의 앞으로 박혔다.

"더 이상은 안 돼."

흉측한 쥐의 귀면을 쓴 작은 인영이 진화의 앞을 막았다.

가면 안에서 흘러나온 목소리 또한 여린 소녀의 그것이었다.

그리고 진화는 그 목소리가 귀에 익었다.

"넌⋯⋯?"

"비킬 수 없다. 무맥 님이 널 여기 묶어 두라고 하셨으니까."

기억이 날 듯 말 듯.

"제물실 출신인가?"

"그⋯⋯래!"

진화의 물음에, 쥐의 가면을 쓴 소녀가 단호하게 외쳤다.

"제물신 출신이 무맥을 지킨다고?"

"그래! 내 은인이니까."

"……."

소녀의 말에 진화는 잠시 말을 잃었다.

현오가 떠올랐다.

제물실에서 함께한…… 그 관계를 뭐라 불러야 할까.

"이름이 뭐지?"

"서이."

"그래, 서이……."

진화의 눈 속에서 푸른 번개가 쳤다.

퍼———억!

"꺄아아악!"

진화의 왼손이 서이의 복부를 때렸다.

천뢰장의 기운이 진화의 주먹에서 번뜩거리고, 서이는 벽으로 밀려나 쉽게 몸을 일으키지 못했다.

"약하군."

진화가 서이를 향해 뱉은 말은 그게 끝이었다.

동기, 동지, 형제…….

제물실에서의 끔찍한 기억을 함께한 관계를 뭐라 부르든, 진화에게는 큰 의미가 없었다.

중요한 것은 진화가 남궁진화라는 것이고, 소녀는 서이라는 것.

진화에게 서이는 무맥을 은인으로 부르는 광룡귀면대원일

뿐이었다.

쉐에에엑———!

퍽! 퍽! 퍽!

진화가 검기로 음기와 양기의 조화를 깨뜨리고, 천뢰장으로 적의 심장과 단전을 부수었다.

파파파파파팟———!

파팟————! 콰————앙!

땅을 뚫고 들어간 검은 뇌기는 돌바닥과 함께 광룡귀면대원들의 헤집었다.

진화가 섬전십삼검뢰의 연속기로 유려하고 맹렬하게, 우왕좌왕하는 광룡귀면대원들을 죽이기 시작했다.

파하하하하하——!

검은 악마의 웃음소리 같았다.

서이는 검은 기운에 휩싸여 우수수 떨어지듯 죽어 가는 광룡귀면대원들을 보며 경악을 금치 못했다.

"괴……물……!"

광마제의 살인 집단이라 하나, 서이에게는 집이었다.

집이 파괴되는 광경을 보며 서이의 눈에 눈물과 함께 증오가 들어찼다.

"이 괴물아!"

진화가 서이를 돌아보았다.

너는 그 가면을 쓰고 남의 터전, 남의 목숨을 지독하게 파괴하고 빼앗지 않았나.

그래 놓고 저를 향해 괴물이라니.

진화는 서이의 눈에 찬 눈물과 증오를 보자니, 오히려 속이 시원해지는 느낌이었다.

"비켜."

"꺄아악———!"

뭘 믿고 제 앞을 막은 걸까.

이렇게나 약한 주제에.

같은 제물실 출신이라는 것에, 뭔가 특별한 게 있다고 생각한 걸까.

'멍청하긴.'

그딴 건 추억조차 되지 못한 비참한 기억일 뿐이다.

진화는 제 검에 목이 떨어져 나가는 서이를 무덤덤하게 보았다.

정확하게 진화의 관심은, 목 없는 서이의 시체 뒤로 있는 '계단'에 있었다.

진화가 위를 한번 보았다.

천장이 아니라 정의맹 무인들이 싸우고 있을 꼭대기를 떠올렸다.

바위를 열기 전까지는 못 들어올 거라고 했던가.

"아직 시간이 있으니까…… 무맥, 멀리 가지 못했을 거야."

진화가 검을 들고 계단을 향했다.
진화의 뒤로 짙은 피비린내와 섬뜩한 고요만이 남았다.

콰아아아앙———!
"어엇!"
천 년이라도 버틸 것 같던 바위산이 흔들렸다.
쿵! 쿵!
지진이 난 것과는 달리, 속에서부터 무너지는 느낌이었다.
툭. 콰르르르!
"우아아아악!"
풍—덩! 펑! 펑!
절벽에 매달려 있던 지주비의 수하들이 가장 먼저 흔들렸다.
보이지 않는 강철의 거미줄을 고정하고 있던 바위가 무너져 내리면서, 우르르– 절벽 아래로 떨어진 것이다.
"어딜–!"
쉐에에엑———!
펑! 펑! 펑!
남궁진혜가 떨어지는 놈들을 향해 검기를 날렸다.
살려서는 강물에 빠뜨리지 않겠다는 그녀의 의지는, 금세 강물을 붉게 물들였다.

"저 계집이 감히—!"

쉐에에엑———!

지주비의 채찍이 남궁진혜에게 날아들었다.

촤아아아악——!

고통스럽고도 찰진 소리가 울렸다.

남궁진혜의 검을 떨어뜨리려는 듯, 지주비의 채찍이 남궁
진혜의 팔에 감겼다.

그런데 그다음은, 지주비의 예상과 달랐다.

꽈아아악———!

거슬리는 양팔의 옷은, 전투가 시작되자마자 찢어 던져 버
리고 없었다.

남궁진혜가 힘을 주자, 굵은 혈관이 도드라지며 이두와 삼
두, 전완근을 중심으로 남궁진혜의 팔이 터질 듯 부풀었다.

남궁진혜는 검을 입에 물고 본격적으로 손으로 채찍을 잡
았다.

"무슨? ……아악—!"

검을 문 남궁진혜가 씨익 웃는가 싶더니.

지주비는 생전 겪어 보지 못한 힘에 끌려 내려갔다.

탁! 탁탁!

타다다다다닷!

다른 손에 숨겨 놓은 송곳으로 절벽을 찍었지만, 소용없었

다.

남궁진혜가 한 팔로 채찍을 당기기 시작하자, 지주비는 절벽을 긁으며 끌려 내려갔다.

결국 지주비는 채찍을 포기했다.

"크읏! 미친년!"

꼭대기에서 여유롭게 내려다보던 때와 달리, 가까이에서 본 남궁진혜의 눈빛은 사나운 짐승의 그것과 같았다.

살면서 저렇게 뜨겁고 맹렬한 눈빛은 단 두 명밖에 보지 못했다.

그리고 그 둘 모두, 제가 아는 한 가장 강한 남자들이었다.

'남궁세가의 계집이 대주님과 웅호를 닮았다고? 말도 안 돼!'

지주비는 제게 든 생각을 떨쳤다.

하지만 남궁진혜를 보면, 도무지 명문 정파 남궁세가의 유일한 영애라는 사실이 어울리지 않았다.

"기다려라! 이 쌍년아─!"

일단 말버릇부터 글러먹었다.

게다가 한 손에 검을 쥐고, 한 손과 두 발만으로 절벽을 기어오르는 모습을 보라.

줄 하나 없는 맨몸으로 이제는 요령까지 익힌 듯.

"바퀴벌레 같은 년!"

바퀴벌레보다 빨랐다.

지주비가 이를 갈며 도망쳤다.

"크아아악!"

남궁진혜가 철사에 매달려 움직이던 수하의 몸을 그대로 양단을 내었다.

공중에 피가 뿌려지며 남궁진혜의 얼굴까지 적셨다.

하지만 남궁진혜는 벌어진 입으로 피가 들어가는 것도 아랑곳하지 않고, 이를 드러내며 웃었다.

'기, 다, 려……?'

지주비가 남궁진혜의 입 모양을 읽었다.

그와 동시에 남궁진혜가 몸에 반동을 주는가 싶더니, 순식간에 절벽을 뛰어올랐다.

"미친……!"

탁.

순식간에 지주비가 있는 곳까지 뛰어오른 남궁진혜가 왼손으로 몸을 지탱했다.

그리고 지주비를 향해 마음껏 검을 휘둘렀다.

"죽어라!"

"꺄─악!"

퍼어억─!

남궁진혜의 검이 지주비가 잡고 있던 철사를 찍었다.

놀란 지주비가 다른 줄을 잡고 황급히 자리를 옮겼다.

그러나 남궁진혜는 지금의 기회를 놓칠 생각이 없었다.

"꺄악은 지랄!"

퍽! 퍽!

"읏! 젠장!"

줄이 보이는 게 아닌가 싶을 정도로, 남궁진혜는 집요하게 지주비가 잡은 줄을 노렸다.

'대체 어떻게 아는 거야!'

지주비가 남궁진혜에게서 도망치면서도 그녀를 노려보았다.

이리저리 수하들이 몸이 날렸지만, 남궁진혜는 아랑곳하지 않았다.

퍼억—!

날아든 광룡귀면대원의 얼굴을 그대로 절벽에 밀어 목을 부러뜨리고, 남궁진혜가 다시 멀어진 지주비를 노려보았다.

공포가 밀려들었다.

절벽에서만큼은 그녀를 이길 자가 없을 거라 생각했는데, 지주비는 저를 향해 날아오는 남궁진혜를 보며 저도 모르게 겁을 먹었다.

"저리 꺼져!"

쉐에에엑---!

지주비가 남궁진혜를 향해 표창을 날렸다.

남궁진혜가 손을 뻗으려던 딱 그 자리에.

휘청!

남궁진혜가 손을 놓치고 공중에 휘청거렸다.

"좋아!"

지주비가 떨어질 듯한 남궁진혜를 보며 쾌재를 불렀다.

하지만 두 발을 깊이 박아 넣은 남궁진혜는 허리의 힘만으로 다시 몸을 일으켰다.

"괴……물 같은 년!"

천천히 몸을 바로 하고 저를 보며 웃는 남궁진혜에, 지주비의 얼굴이 하얗게 질렸다.

더는 쓸 수 있는 무기가 없는데, 남궁진혜는 점점 더 강해지는 듯했다.

"거기 서---!"

타다다다닷---!

남궁진혜가 속도를 높여 달려오기 시작했다.

"말도 안 돼!"

그렇다, 달려왔다.

맨몸으로 절벽에 매달려, 더불어 말도 안 되는 속도였다.

탓.

심지어 날아오르기까지.

저를 향해 다가오는 남궁진혜를 보며 지주비가 입술을 깨물었다.

마지막은…….

'이것밖에 없어.'

지주비의 눈이 다시 소매 속에 숨긴 송곳을 향했다.

채찍과 표창, 거리를 벌리고 사용하는 무기였다.

송곳은 그것들을 모두 잃었을 때를 대비한 최후의 수단이
었다.

바로 지금처럼.

'오냐, 와라−!'

스치기만 해도 죽는 맹독을 발라 놓은 송곳을 보며, 지주
비가 눈을 빛냈다.

그때.

"야, 호."

들려서는 안 될 목소리가 들렸다.

어떻게……?

경악에 찬 지주비의 눈에 의심이 가득했다.

그러나 그 전에 남궁진혜의 검이 지주비의 복부를 뚫었다.

푸욱−!

지주비의 배를 뚫은 소리가 아니라, 그녀의 배를 뚫은 검
이 절벽에 박히는 소리였다.

"너…… 윽!"

"죽어, 이년아!"

"안 돼!"

지주비가 비명을 지르는 듯 소리쳤지만, 남궁진혜는 송곳

을 들고 있는 지주비의 손을 잡아 그대로 그녀의 가슴에 찔러 넣었다.

남궁진혜가 지주비에게서 떨어지기 무섭게, 지주비가 검은 피를 뿜었다.

"커억! 킥! 킥!"

지주비는 검을 피를 쏟으며 거미줄에 잡힌 나비처럼 퍼덕이다, 그대로 죽었다.

"후우. 거머리같이 질긴 년."

남궁진혜가 한숨을 쉬며 주변을 돌아보았다.

남궁진혜의 활약으로 절벽 쪽은 많이 정리가 되었다.

하지만 정의맹이 건 사슬 위에선 여전히 정의맹 무사들과 지주비의 수하들이 싸우고 있었고, 꼭대기에서도 치열하게 싸우는 소리가 들렸다.

아직 전투가 계속되고 있었다.

"그런데…… 우리 진화는 어딨지?"

남궁진혜가 절벽 위를 보았다.

콰광광———쾅!

다시 바위산이 위태롭게 흔들렸다.

남궁진혜가 걱정스러운 눈빛으로 꼭대기를 보았다.

"우리 진화 기다리겠네. 누님이 간다-!"

남궁진혜가 빠르게 절벽을 기어오르기 시작했다.

다할 진盡 불 화火 : 원수와 적

"밑에 있던 년이랑 좀 다르네."

꼭대기로 올라온 남궁진혜가 상황을 살펴보다 꺼낸 첫마디였다.

남궁진혜의 시선이 한곳을 향했다.

거구로 유명한 팽치에 뒤지지 않는 큰 키와 체격.

흉포한 곰 가면을 쓰고, 곰만큼 우람한 상체를 드러낸 사내가 혼자서 정의맹이 보낸 고수들을 상대하고 있었다.

"저 바위에 뭔가 있나?"

남궁진혜는 사내 그리고 그와 싸우고 있는 정의맹 고수들이 아닌, 사내의 뒤편을 보았다.

방금까지 싸우던 지주비와는 기세부터 다른 사내.

그자가 아까부터 바위를 빙 둘러가며 싸우고 있지 않은가.

남궁진혜의 본능이 거대한 바위를 가리켰다.

하지만 그 전에.

"일단 진화부터 찾자."

남궁진혜는 위기에 빠진 듯 보이는 자신의 상관을 외면하며, 숲으로 들어갔다.

상관인 팽치가 죽든 말든 상관하지 않겠다는 것이 아니었다.

단지, 눈앞에 보이는 팽치의 위기보다 그의 옆에서 함께 싸우고 있는 이들을 더 믿은 것뿐이었다.

아니나 다를까.

팽치의 주먹이 빗나간 빈틈을, 마라승 각우가 빠르게 메웠다.

쉐에에엑———!

파—앗! 팟—!

각우의 금강붕산권에 돌이 깨지고 흙이 튀었다.

다만 목표로 했던 사내는 유려한 몸놀림으로 각우의 주먹을 피했다.

"타아아앗!"

각우를 미끼로 적호단주 팽치가 회심의 일격을 날렸다.

퍼---엉!

팽치의 파갑추를 피할 수 없던 사내가 양손으로 그것을 막았다.

두 사람의 기운이 부딪힌 여파에 흙이 분수처럼 튀어 올랐다.

그때, 각우가 그 틈을 노리고 사내의 옆구리로 오형권을 날렸다.

직선적이고 단순한 동작이지만, 디딘 발부터 몸통의 회전까지 전신의 힘이 실린 일격이었다.

파핫--!

탁. 타-악!

사내가 다리를 뻗어 각우의 주먹을 막았다.

무릎부터 유연하게 원을 그리며 정강이로 각우의 팔을 감쌌다.

그리고 발바닥으로 각우의 오형권에 실린 기운을 흐트러뜨렸다.

"흐음! 하아앗!"

사내는 각우에게 받은 반발력까지 실어 양 상박 사이에 감아 놓았던 팽치의 팔을 부수려 했다.

"차아앗-!"

팽치가 사내의 양팔이 벌어지는 틈을 타서 주먹을 꺼내고,

각우가 빠르게 몸을 뺐다.

"이놈-!"

그들의 사이로, 선우도 황보견이 달려들어 일격을 내리쳤다.

타—앙!

사내는 팽치의 팔을 부수려던 기세 그대로, 주먹을 뻗어 도면의 쳤다.

그리고 빠르게 안으로 파고들어, 달려드는 황보견의 가슴을 때렸다.

퍼-억!

"크윽!"

황보견이 기운이 흐트러지며 울컥 올라온 피를 뱉었다.

그 모습을 보며, 적호단주 팽치가 저도 모르게 탄성을 질렀다.

"허어! 대단한 놈이군."

황보견과 각우, 그리고 자신까지.

무림의 내로라하는 고수 셋을 상대하면서 한 치의 흐트러짐도 없는 사내를 보며, 팽치는 감탄을 금치 못했다.

각우나 팽치 자신에게 뒤지지 않는 힘을 가지고, 거기에 유연함까지 갖췄다.

심지어 상대의 힘을 흘리고 내공의 강약을 조절하는 건, 수십 년을 묵은 구렁이만큼 절묘했다.

"네놈, 이름이 뭐라고 했지?"

"……."

사내는 그저 무심한 눈으로 세 사람을 경계하고 있을 뿐이었다.

팽치의 물음에 대한 답은 각우가 알고 있었다.

"웅호(熊浩). 예전 이름은 창명호, 창가장 최고의 후기지수였지."

각우가 회한이 어린 눈으로 웅호를 보았다.

정확히는 웅호의 머리에 있는 큰 상처 자국.

이마의 반을 덮은 화상 자국을 보며, 각우는 웅호를 처음 보았을 때를 떠올렸다.

각우가 열다섯 살쯤.

처음으로 나간 전쟁터였다.

창가장이 있는 곳을 중심으로 익주 북부를 지켜 내야 하는 임무. 하지만 정의맹이 패배하면서, 각우를 비롯한 정의맹 무인들은 살려 달라며 손을 뻗는 이들을 외면하고 도망치기 바빴다.

그때, 머리에 상처를 입은 채 죽은 누군가의 곁에서 울고 있던 소년.

각우는 사형제들과 함께 도망치면서도, 소년의 울음소리 때문에 발길이 쉬이 떨어지지 않았다.

그리고 다시 소년을 만났을 때.

소년은 웅귀면을 쓰고 각우에게 형제보다 가까웠던 사형의 목을 부러뜨렸다.

그날 이후, 각우는 웅호의 상처를 단 한 번도 잊은 적이 없었다.

'희생자였다가 적이 되었고, 다시 원수가 되어 만났구나.'

각우가 착잡한 심경이 어린 눈으로 웅호를 보았다.

'그날, 내가 네 손을 잡고 도망쳤더라면, 너는 정의맹의 고수가 되었을 것이고 내 사형도 죽지 않았을까?'

수백 번도 했던 생각.

하지만 전쟁에서 생겨난 비참한 악연이 어디 한둘일까.

현실은 저 손에 사형이 죽었다는 것뿐이었다.

각우의 눈이 매섭게 빛났다.

ㅡ광마제의 광룡귀형권을 익힌 듯하지만, 창가장의 오호권이 몸에 배어 있을 것이네.

방대한 무공에 대한 연구 또한 역사가 오랜 명문 대파의 힘이라.

각우의 전음에 팽치가 곧바로 의미를 파악했다.

ㅡ나한권으로 놈의 몸을 열어 주십시오. 단숨에 운문혈을 부숴 버리겠습니다.

팽치가 신중한 눈으로 웅호를 노려보았다.

선우도 황보견 역시 도의 날을 날카롭게 세웠다.

'창가장의 배신자라. 그렇다면 더욱더 놓칠 수 없지!'

옥당혈을 격침당한 터라 여전히 내기가 진탕된 상태였지만, 중요한 공을 세울 기회를 놓치고 싶지 않았다.

웅호는 갑자기 고요해진 팽치의 기세에 신경을 집중했다.

사납게 날뛰던 기운이 갑자기 정리된 듯 갈무리된 상태.

웅호는 그 모습이 마치 태풍이 몰아치기 전 고요한 바다 같다고 생각했다.

그의 예상대로 태풍처럼 거센 공격이 시작되었다.

"아미타불! 우리의 악연도 여기서 끝내자꾸나!"

마라승 각우가 웅호의 곁으로 빠르게 접근했다.

나한권의 요결은 극쾌에서 시작된다는 말이 있듯, 탄력적인 동작의 변환과 강인한 힘의 폭발력이 각우의 다리에서부터 시작되었다.

픽! 픽! 픽! 픽!

순식간에 몰아붙이는 각우의 공격에 바위처럼 꿈쩍하지 않던 웅호가 끌려가기 시작했다.

나한들의 스승, 마라승 각우의 나한권은 다른 소림 무승들의 그것과는 차원이 달랐다.

작은 틈이라도 보이면 곧바로 치명적인 반격이 돌아올 절체절명의 상황 속에서도, 각우의 공격은 매번 급소를 노리면서 단 한순간도 쉬지 않고 이어졌다.

픽! 픽! 퍼억-!

"헛!"

웅호 또한 각우의 공격이 미끼라고 생각했지만, 단 한순간
도 방심할 수 없었다.

팔끼리 부딪히는 순간까지도, 각우가 손가락을 세워 극문
혈과 곡지혈을 노렸기 때문이다.

"내 가슴을 열겠다고?"

웅호의 가면 속, 눈빛에 불길이 일었다.

시종일관 냉정하던 그의 목소리에도 분노의 기색이 역력
했다.

"하긴, 너희들이 창가장의 오호권을 그냥 두었을 리 없
지."

웅호는 각우의 의도를 꿰뚫어 본 듯, 각우의 생각을 비웃
었다.

그리고 기다렸다는 듯, 각우의 주먹을 뛰어넘어 그의 목을
발로 찼다.

"크억!"

내공을 일으켜 순간적으로 목을 보호했음에도, 각우가 휘
청거리며 뒤로 넘어갔다.

그때 갑자기.

"지금이다---!"

약속도 하지 않고 튀어나온 목소리에 팽치의 눈이 커졌다.

뭐라 말리기도 전에, 신우도 황보견이 웅호의 가슴으로 도
를 휘두르는 것이 보였다.

쉐에에엑---!

태산의 황호를 양단하듯, 황보견이 거센 도풍을 일으키며 웅호의 가슴을 향해 횡으로 도를 휘둘렀다.

채---앵!

"안 돼!"

팽치의 안타까운 목소리와 함께, 황보견의 선우도가 하늘로 떠올랐다.

그리고 몰아치는 듯한 타격음과 함께 황보견의 몸이 흔들렸다.

파파파팟-팟--!

"커헉---!"

황보견이 피를 뿜으며 나무에 처박혔다.

그때, 각우가 몸을 날리며 웅호의 뒤를 노렸다.

"악연을 끝내자고? 나야말로 기다리던 바다!"

웅호가 기다렸다는 듯 각우에게 발을 뻗었다.

퍼—억!

각우의 발과 웅호의 발이 부딪히며 서로를 밀어냈다.

"크읏!"

고통에 찬 비명이 새어 나온 건 각우 쪽이었다.

각우의 다리가 충격으로 경련했다.

각우가 다리의 고통을 억지로 외면하며 고개를 들었다.

그때, 웅호는 전혀 충격을 받지 않은 듯.

"안 돼-!"

퍼억---!

잔인한 소리가 울려 퍼졌다.

각우가 소리를 지르는 것과 동시에, 웅호가 쓰러져 있는 황보견의 머리를 발로 차는 것이 보였다.

주르륵.

나무 기둥에 박힌 황보견의 머리에서 심상치 않은 양의 피가 흘러내렸다.

"이놈---!"

각우가 소리를 지르며 달려 나갔다.

웅호 또한 기다렸다는 듯 각우를 향했다.

퍼-억!

"이 업보를 어찌하려는 것이냐!"

"업보 따윈 존재하지 않는다. 작은 문파의 멸문이나 무인의 죽음, 모두. 그저 전쟁의 수많은 승패 중 하나일 뿐이다."

"창가장은 무림의 정의와 가문의 미래를 지키기 위해 귀천성에 맞서 용감하게 싸웠다! 그런데 네놈이 그리 말할 수 있단 말이냐!"

각우의 손에 금빛 기운이 어렸다.

퍼----억!

웅호가 각우의 대력금강장을 막아 냈다.

각우의 기운을 두 주먹으로 받아 내며, 웅호의 눈에서 갈무리되지 못한 살기가 뿜어져 나왔다.

"……창가장은 패배했을 뿐이다."

웅호의 양손에 불그스름한 기운이 점점 불어나더니, 불이 붙은 듯 포악한 기세를 뿜기 시작했다.

"나는, 다신 패배하지 않을 거다! 크아아아앗─!"

웅호의 주먹에서 붉은 곰이 포효하는 듯, 거센 기운이 각우의 금강장을 단숨에 밀어냈다.

퍼─────엉!

웅호의 광룡귀형권에 각우의 자세가 무너지며 밀려났다.

정신없이 밀려 나간 각우가 바위에 부딪히는 순간.

각우의 눈에, 마무리를 지으려고 달려드는 웅호의 뒤로, 웅호의 기운보다 더 붉고 진한 기운이 보였다.

콰앙─!

마치 공중에서 내리치는 도끼처럼.

팽치의 혼원벽력신공(混元霹靂神功)이 웅호의 등을 내리치며 바닥에 박아 넣었다.

퍼엉─!

쿠웅!

팽치의 기운이 웅호의 등을 꿰뚫으며 바닥까지 내려앉혔다.

웅호의 몸에서 새어 나온 피가 거미줄처럼 조각조각 난 돌 바닥 사이로 스며들었다.

"……나무아미타불 관세음보살."

각우가 웅호를 향해 짧게 불호를 외었다.

"원수를 갚은 건가요? 아니면, 원수에서 다시 원수로?"

각우와 웅호의 어떤 인연을 눈치챈 것인지.

팽치가 의미심장한 농담을 건넸다.

그에 각우는 조용히 고개를 저었다.

"그저 덧없을 뿐이지. 슬픈 인연일세."

"죽어야 끝나는 인연이라니, 끈끈하네요."

"부디 사바의 고통에서 벗어났길 바랄 뿐이네."

흔하디흔한, 강호의 은원 하나가 끝이 났을 뿐이었다.

저 밖에는 또 무수히 많은 은원들이 존재하고 있을 것이었다.

각우는 다만, 깊은 내면에 존재하던 자신의 원망과 죄책감을 털고 평화를 찾았다.

그리고 자신과 작은 은원을 나눠 가졌던 웅호가 내세에서는 평안하길 바랄 뿐이었다.

그때.

"이런 젠장! 이 돌덩어리에 뭐가 있을 줄 알았어!"

누군가 웅호의 시신 곁으로 빠르게 달려왔다.

그리고 이제 겨우 평온을 찾았을 웅호의 시신을 대충 발로 차서 굴리는 것이 아닌가.

"남궁진혜—!"

팽치가 각우의 눈치를 보며 소리쳤다.

피 칠갑을 하고 있었지만, 남궁진혜가 분명했다.

"단주, 와서 이거 좀 같이 들어요! 각우 사부, 이거 좀 들어요!"

각우의 얼굴이 웅호의 귀면보다 흉악하게 구겨지는 줄도 모르고, 남궁진혜가 팽치와 각우를 향해 소리쳤다.

"너, 대체-!"

"아, 아무래도 우리 진화가 안에 들어간 것 같아요! 이 돌덩어리가 문인 것 같은데, 빨리 좀 열어 봐요! 우리 진화 코털이라도 다치면, 내가 이 새끼들을 가만두나 봐라!"

"지, 진화?"

"남궁진화가 안에?"

남궁진혜의 말에 놀란 팽치와 각우가 달려갔다.

피에 젖은 웅호의 시체가 풀숲으로 굴러떨어졌지만, 아무도 신경 쓰지 않았다.

다시 전쟁 한복판의 현실이었다.

"형편없이 당했나 보군."

광마제를 찾아 달려온 무맥의 귀로, 날카로운 비아냥거림이 꽂혔다.

"네놈은……!"

쉐에에엑———!

무맥은 제 말을 다 하기도 전에 마룡아를 휘둘렀다.

"감히, 여길 어떻게 알고 온 거지?"

무맥이 살기 가득한 눈으로 상대를 노려보았다.

그러나 상대는 여전히 여유만만이었다.

"광마제는 아직 깨어나지도 못한 모양이야."

처음 보는 사내.

그 사내의 시선이 붉은 장포를 입고 누워 있는 노인을 향하자, 무맥이 다시 살기를 폭발시켰다.

"거기서 떨어져라!"

무맥이 뛰어올라 사내를 향해 마룡아를 휘둘렀다.

시퍼런 날이 사내를 베려는 찰나, 사내의 손이 노인의 목을 향했다.

우뚝.

무맥의 마룡아가 허공에서 멈춰 섰다.

"천하의 광마제도 잘 때는 이렇게 평온한 모습이군. 밖에서 난리가 난 줄도 모르고."

"으드득! 네놈은 누구냐!"

무맥이 으르렁거리듯 이를 드러내며 사내를 노려보았다.

"갑자기 광마제의 최종 제물이 나타나서…… 죽이지도, 다치게 하지도 못하고, 헐레벌떡 주인을 찾아온 건가? 눈도

뜨지 못한 주인에게 어떻게 할지 물어보려고?"

"네놈…… 쿳!"

계속 비아냥거리는 사내의 모습에, 무맥이 마룡미의 사슬을 움직이려는 찰나.

스스스스슷———!

오싹한 기운이 무맥의 손을 훑어 오르듯 스치곤, 순식간에 목을 죄어 왔다.

무맥의 눈이 찢어질 듯 커져, 사내를 보았다.

공간이 일렁이며, 중년 사내의 얼굴 속으로 초로의 노인의 얼굴이 보였다.

새까만 눈동자로 무맥을 보며 웃고 있었다.

"당신…… 혼현마제인가?"

무맥은 제 목을 감싼 서늘한 기운이 조금 느슨해지는 것을 느꼈다.

하지만 왜 제 귀에는 방울뱀의 방울 소리가 들리는 것일까.

"광마제가 죽으면 곤란한 건 이쪽도 마찬가지지. 어찌하겠나? 좀 도와줄까?"

새까만 눈동자가 요요한 빛을 내며 물었다.

죽은 듯 누워 있는 광마제와 그 앞의 혼현마제.

그때.

콰과광——————쾅!

바위산을 뒤흔들며 다시 굉음이 울렸다.

무맥의 눈이 불안한 듯, 천장과 혼현마제 사이를 오갔다.

흔히 사람의 목숨에는 경중이 없다 하지 않던가.

진화는 복수에도 경중이 없다고 생각했다.

"막아라!"

콰————앙!

진화가 소리를 지르며 달려드는 광룡귀면대원에게 탁자를 날렸다.

그리고 탁자를 향해 검을 휘둘렀다.

쉐에에엑———!

푸른 검강이 탁자와 함께 그 앞에 있던 광룡귀면대원들까지 베었다.

찰박. 찰박.

탁자가 피가 튀는 것은 막아 주었지만, 이미 바닥이 피로 흥건했다.

사실 진화는 이미 하얀 얼굴이 피로 젖어 있었다.

호귀면을 쓴 자와 눈이 마주치는 순간, 진화의 눈동자 안으로 푸른 번개가 번뜩였다.

"죽어!"

이전 생에서 본 적이 있는 자였다.

저자가 무슨 짓을 했는지도 기억하고 있었지만, 중요하진 않았다.

진화의 머릿속엔, 광룡귀면대를 모조리 죽일 생각뿐이었다.

이전 생에 누군가 진화에게 말했다.

"저들은 그저 시키는 것을 한 것뿐이오!"

그때 진화가 되물었다.

"그래서 저들의 손에 묻은 것은 남궁의 피가 아닙니까?"

광마제의 명을 충실하게 받들어서, 남궁세가 무인들의 살을 자르고 뼈를 부러뜨린 이들이었다.

무슨 일을 했는지, 복잡하게 죄 하나하나 따져 물을 생각도 없었다.

어째서 피해자가 그것을 따져야 한단 말인가.

"누구도 정당한 이유 없이 벌을 내릴 순 없소이다."

벌을 내릴 수 없다?

그렇다면 같은 죄를 지으면 그만이다.

광마제가 남궁세가를 노린 건 모두 자신 때문이었다.

진화는 제가 남궁으로 살기 위해서라도, 저들을 죽여야 한다고 생각했다.

남궁진화로서 살 수 있다면 기꺼이, 그 어떤 죄라도 지을 수 있었다.

"부대주, 함정입니다! 피하십시오!"

"안 돼! 나만 빠져나갈 순 없다!"

"이대로 부대주가 죽는다면 이제까지의 일이 모두 허사가 됩니다!"

"같이 살 수 있어!"

"무슨 희망적인 개소리입니까? 그냥 살아서 복수를 해요. 부대주라면 우리 모두의 복수를 해 줄 수 있을 겁니다. 꼭 살아 나가십시오!"

"컥—!"

쉐에에엑!

호귀면을 쓴 자의 목을 날리고, 분수처럼 튀어 오르는 핏방울에 뇌전의 힘을 담았다.

파지지지직————!

"으아아아악——!"

"크아악!"

사방에서 들리는 비명이 이전 생에 진화의 뒤에서 울리던 그것과 비슷하다는 생각이 들었다.

왜 자신을 위해 목숨을 걸었는지 물어보고 싶으나, 이제 그럴 수 없을 것이었다.

이전 생에 그들은 이미 죽었고, 이번 생에서는 그런 일이 일어나지 않도록 만들 것이니까.

그렇게 하기 위해 무슨 짓이든 할 것이다.

진화의 기운이 짙어지며, 번개를 번뜩이는 악마가 광룡귀면대를 향했다.

"괴, 괴물…… 킥!"

퍼—엉!

진화가 왼손으로 상대의 가슴을 때렸다.

손끝에서부터 심장이 터지는 소리가 전해졌다.

'괴물이라…….'

죽어 가는 이들의 눈에 가득한 절망과 공포조차, 진화에겐 아무런 감흥도 없었다.

습관처럼 목각인형을 때리던 때처럼, 상대의 급소를 향해 검을 휘두를 뿐이었다.

'내가 괴물이라면, 그 또한 네놈들이 만들어 낸 것이다.'

진화의 귀에서 광룡귀면대원들이 내뱉는 비명과 고함이 점점 멀어졌다.

'이들을 전부 죽이고, 광마제도 죽일 수 있을까.'

복수에 중요한 것은 시간이었다.

일초지적에 죽어 가는 이들보다 광마제와 무맥에겐 조금
더 시간이 걸릴 뿐이라.

"하아……."

진화가 숨을 몰아쉬며 멈추었다.

이제 진화에게 달려드는 광룡귀면대원들이 없었기 때문이
다.

진화가 시선을 돌리자, 한쪽에서 주춤주춤 물러나는 광룡
귀면대가 보였다.

도망가고 싶지만 그럴 수 없는 듯, 안절부절못하는 모습.

겁에 질린 눈으로 진화를 보면서도, 어쩐지 등 뒤를 더욱
두려워하는 모습이었다.

진화의 눈이 그들이 가리고 선 벽 너머로 향했다.

"거기로구나."

진화의 눈이 새파란 살기를 드러냈다.

파지지지직———!

다시 진화의 검에 뇌전이 실렸다.

쉐에에엑———!

파지지지직! 퍼—엉! 펑!

"으아아악!"

"아악!"

천뢰제왕검법 낙엽(落曄)이 광룡귀면대원들과 함께 벽을
날려 버렸다.

콰————앙!

벽이 무너지면서 그 안에 있던 이들과 눈이 마주쳤다.

"쥐 새끼처럼 여기 숨어 있었군."

무맥과 제갈무진, 아니 혼현마제가 굳은 얼굴로 진화를 보았다.

그때, 진화의 시야에 침상에 누운 노인이 들어왔다.

"광……마제……!"

진화의 눈이 찢어질 듯 커졌다.

진화의 몸이 빠르게 앞으로 튀어 나갔다.

"광마제———!"

쉐—엑!

푸른 빛의 검기가 광마제에게 곧장 날아갔다.

무맥이 급하게 마룡아를 들어 검기를 막았다.

팟! 팟! 팟!

혼현마제가 여러 갈래의 현홍사를 쏘았다.

하지만 진화는 왼손을 뻗어 현홍사를 잡아 뜯었다.

파지지직———!

푸른 강기에 싸인 진화의 왼손은, 손에 잡힌 현홍사를 그대로 태워 버렸다.

퍼-엉!

"이런!"

자신에게 날아드는 천뢰장을 보며 혼현마제가 급히 침상을 뛰어넘어 뒤로 몸을 뺐다.

그사이, 진화는 무맥의 마룡아를 향해 날카롭게 검을 휘둘렀다.

카—앙!

캉! 캉! 캉!

"큿!"

무맥의 마룡아가 진화의 검과 부딪힐 때마다 검은 기운이 흐트러졌다.

날카롭게 부딪히는 쇳소리와 함께, 마룡아가 비명을 지르고 있는 것 같았다.

무맥은 실제로도 부딪힐 때마다 뼛속까지 시린 음기에 손목이 부서질 듯 아렸지만, 결코 비키거나 물러설 수 없었다.

'벌써 오다니……!'

무맥은 진화에게서 느껴지는 짙은 혈향에 미간을 구겼다.

흑면 밖으로 표정이 보일 리 없었지만, 무맥은 진화가 제 고통을 즐기고 있는 것 같았다.

슬쩍 올라간 입꼬리가 어쩐지 그렇게 보였다.

"영감이 아직 깨어나지 않았군."

"닥쳐라!"

차라라라---캉!

채—앙!

무맥이 마룡미로 진화를 찌르려는 듯 위협하고, 마룡아로 진화와 검을 부딪치며 진화를 뒤로 밀었다.

어떻게든 광마제로부터 진화를 떼어 놓겠다는 의도였다.

진화 또한 그것을 알고 있기에.

"하!"

무맥에게서 밀려난 진화가 웃음을 터뜨렸다.

"정말로 아직 깨어나지 못했어. 그렇다면 역시…… 혼현마제 당신이, 광마제를 깨우기 위해 여기 와 있는 건가?"

"……!"

진화의 눈길을 받은 혼현마제의 눈이 커졌다.

그는 아무런 대답도 하지 않았지만, 사실은 하지 못한 것이었다.

진화의 눈길을 받는 순간, 혼현마제는 심장이 철렁 내려앉는 듯한 느낌을 받았기 때문이다.

'무슨…… 어린놈의 눈이 어째서 저렇게 지독하단 말인가!'

이미 진화와 손 속을 나눈 경험이 있는 혼현마제였다.

어린 외모 뒤에 있는 화경을 밟은 경지나 천뢰제왕신공의 매서움은 익히 알고 있었다.

하지만 광마제와 무맥을 향한 진화의 눈빛을 보자니.

'증오와 분노가 닮고 닮았구나.'

증오나 분노가 부족하다는 의미가 아니었다.

세월이 흘러 더 이상 눈물이 나오지 않는 노인의 슬픔을 두고, 펄펄 끓는 비탄보다 부족하다고 할 순 없지 않은가.

세월에 마모된 듯 매끄럽게 닳아서 쉽게 비치지 않는 것뿐이었다.

그리고 그러한 감정은 인이 박인 듯 쉽게 흔들리지도 않았다.

진화 역시 냉정한 눈으로 무맥과 광마제를 살피고 있었다.

'가만, 내가 광마제를 깨울 것이라니…… 혹, 뭔가 알고 있는 것인가?'

혼현마제가 가늘게 눈매를 좁히고 진화를 보았다.

'내가 혼현마제라는 것을 알면서도 무맥에게 집중한다?'

무맥과 혼현마제.

둘을 놓고 보자면, 누가 봐도 노려야 할 사람은 자신이었다.

하지만 진화는 혼현마제의 공격을 막는 것 이상은 관심을 보이지 않았다.

챙-! 챙챙챙———!

진화가 푸른 불꽃을 티며 무맥을 몰아붙였다.

무맥도 밀리고만 있지 않았다.

무맥의 마룡아가 날을 걸듯 검을 끌어당기고, 마룡미가 진화의 급소를 노렸다.

검은 기운이 일렁이면서 진화의 기세를 내리눌렀다.

'아주 어릴 때 제왕검에게 구해졌다고 했는데, 어째서 무맥을 상대하는 게 익숙해 보이는 거지?'

혼현마제의 생각처럼, 진화는 무맥의 마룡미가 움직이는 궤도를 예측한 듯 그것을 피했다.

그리고 이제까지 일부러 유인한 듯.

퍼―억!

진화가 결정적인 순간 마룡미의 송곳을 잡고 벽에 박아 넣었다.

그리고 무맥의 품으로 파고들듯 빠르게 들어가 검을 휘둘렀다.

카―앙!

창처럼 길이가 긴 마룡아로 대처하기 힘든 짧은 거리.

무맥이 마룡아를 끌어당겨 급하게 진화의 검을 막았다.

하지만 그렇게 주춤한 사이에, 진화의 왼손이 침상에 누운 광마제에게 향했다.

퍼―엉!

혼현마제가 나서서 진화의 천뢰장을 막았다.

진화의 시선은 슬쩍 혼현마제를 훑었을까.

혼현마제는 등골이 오싹할 정도로 불길한 기운을 느꼈다.

그 순간.

촤라라라라라락―――!

퍼—억!

진화가 벽에 박힌 마룡미를 뽑아 혼현마제를 향해 던졌으나, 혼현마제는 그것을 피했다.

다만 그의 뒤에 곧바로 광마제가 있었으니.

무맥이 급하게 손으로 마룡미를 잡은 것이다.

"크아아아악!"

무맥이 비명을 질렀다.

채———앵

비명을 지르던 무맥이 결국 마룡미를 바닥에 놓쳤다.

퍽!

촤라라라라— 촤라라라라!

아직도 푸른 뇌전이 번뜩이느라, 마룡미가 바닥에서 뱀처럼 꿈틀거렸다.

무맥이 마룡미를 회수할 수 없었던 이유였다.

'내가 무맥과 달리 목숨을 걸고 광마제를 지키지 않을 것을 알고 던진 게야. 효율적이구나.'

이런 난전을 한두 번 경험해 보고선 나올 수 없는 판단력이었다.

하지만 남궁진화는 이제 약관도 되지 않은 어린 나이.

'상식으로 이해 불가한 천재라는 것인가.'

혼현마제가 진화를 보았다.

진화는 혼현마제와 무맥을 보고 있었고, 무맥 또한 고통을 참고 진화를 노려보고 있었다.

한쪽에서 마룡미가 퍼득거렸다.

파지직――!

마지막 뇌전을 번뜩이고, 마룡미에 있던 뇌전의 기운이 모두 흩어졌다.

기운이라는 것이 본디 조화를 찾아 흘러가기 마련이라, 마룡미에서 뇌전이 사라지는 소리를 들으면서도 누구도 신경 쓰지 않았다.

그래서 마룡미에서 사라진 뇌전의 번뜩임이 광마제의 옷깃에 닿았음을 아무도 눈치채지 못했다.

광마제의 눈꺼풀이 꿈틀거리기 시작했다.

잠깐의 숨 고르기.

그리고 혼현마제가 먼저 움직였다.

"너를 인정하마. 유희 그 이상이라, 너는 앞으로 대계에 위협이 될 것이다. 그러니 이 자리에서 목숨을 끊으리라―!"

혼현마제의 현홍사가 수십, 수백 줄기로 진화에게 날아들었다.

"타아앗―!"

무맥이 마룡아를 휘둘러 진화의 왼쪽을 막았다.

동시에 혼현마제가 날린 현홍사 수십 가닥이 진화의 검을 감고, 남은 것이 진화의 얼굴로 날아들었다.

진화는 뇌기를 일으켜 현홍사를 태우고, 날아드는 것을 피하는 척 무맥의 마룡아에 과감하게 목을 들이댔다.

"헛!"

무맥이 놀라서 마룡아를 거뒀다.

그사이, 진화가 무맥의 손을 발로 찼다.

퍼—억!

"이런!"

진화는 마룡아를 놓치게 할 속셈으로 찬 것이나, 무맥은 그저 뒤로 몇 걸음 물러났을 뿐이었다.

'역시, 어중간해서는 안 된다는 건가?'

진화가 혀를 차며 두 사람 사이에서 벗어났다.

"무슨 짓인가!"

혼현마제가 중요한 기회를 놓친 무맥에게 소리쳤다.

하지만 무맥도 어쩔 수 없는 일이었다.

"주군의 최종 제물이다! 절대 다치게 해선 안 된다!"

"허어!"

무맥의 말에 혼현마제 또한 잠시 잊었던 것을 깨달은 듯 허탈한 신음을 뱉었다.

'저런 위험한 종자를 살려 둬야 한단 말인가!'

혼현마제가 안타깝다는 눈으로 진화를 보았다.

아쉬움 가득한 눈을 보며 진화가 한쪽 입꼬리를 짙게 말아 올렸다.

"이제 알겠어? 그게, 당신들 둘로도 부족한 이유야."

진화의 검에 푸른 불꽃이 타올랐다.

"간다-!"

진화의 검이 마룡아의 날을 향해 떨어졌다.

카---앙

날카로운 쇳소리가 울리고, 번뜩이는 뇌전이 마룡아의 칼날을 베어 들어갔다.

검은 강기를 끊어내려는 듯 푸른 번개가 번뜩였다.

"죽어라--!"

진화의 외침과 함께, 진화의 눈동자 속에서 천둥 번개가 내리쳤다.

혼현마제가 진화를 다치게 할 수 없어 망설이는 사이.

진화의 눈동자 속에서 천지가 개벽하듯 번뜩이고, 온몸에서 들끓는 뇌전의 힘이 내공과 함께 뿜어져 나왔다.

"크윽!"

"저런!"

놀란 혼현마제가 현홍사를 날리려 했지만, 진화와 무맥은 이미 혼돈에 잡아먹혔다.

거대한 혼돈의 소용돌이 속에서, 진화의 검이 무맥의 검은 어둠을 잘라 내었다.

무맥의 눈에 커졌다.

그때.

크아아아아아악————!

광룡이 태풍을 뚫고 포효했다.

콰광광——————쾅!

바위산 전체가 무너질 듯 흔들리는 거대한 폭발.

파사사삭-쿵!

쿵! 콰-앙!

위태롭던 돌벽이 무너지고, 천장이 곧 내려앉을 듯 금이
갔다.

뿌연 먼지가 앞을 가렸다.

그리고 희미한 시야에 붉게 빛나는 광룡의 눈동자가 진화
에게 향했다.

"허허허허, 욘석. 오랜만이구나."

"주군!"

무맥이 감격에 가득한 목소리로 광마제를 불렀다.

그 순간.

푸-욱!

바닥에서 흔들리던 마룡미가 무맥의 가슴을 뚫었다.

"……광마제!"

진화가 오랜 잠에서 깨어난 광룡을 향해 눈을 빛냈다.

"커헉!"

무맥이 피를 쏟으며 믿을 수 없다는 듯 제 가슴을 보았다.

가슴 가운데로 삐죽 나온 마룡미의 송곳을 보며 천천히 쓰러졌다.

"이런……."

광마제가 안타깝다는 듯 쓰러지는 무맥을 보았다.

그런 광마제에게 진화가 해사하게 웃으며 물었다.

"이번에는 혼낼 건가?"

전형적인 삐뚤어진 소년의 물음 같은 말.

실제로 진화가 제물실에 있을 적, 광마제는 단 한 번도 진화에게 화를 내지 않았다.

심지어 진화가 간수들을 죽였을 때도.

그도 그럴 것이, 광마제에게 진화는 그를 위해 태어난 기적 그 자체였다.

진화가 무슨 짓을 한들, 그에게 화가 날 리 없었다.

광마제는 이번에도 진화를 혼낼 생각이 없는 듯했다.

"허허허허! 그럴 리가. 네가 제 발로 내 앞에 와 있는데."

진화를 향해 광마제가 자애롭게 웃어 보였다.

진화가 자란 모습을 보자니, 자신이 잠들어 있던 동안 꽤 많은 시간이 흘렀다는 걸 알 수 있었다.

그 오랜 시간 동안에도 자신의 제물은 다시 제 앞에 모습을 나타낸 것이다.

혼현마제가 혼란스러운 듯 진화와 광마제를 보았다.

무맥은 마룡미에 발린 독 때문에 끊임없이 검은 피를 뱉으면서도, 고개를 광마제를 향해 돌리려 애를 썼다.

마치 한 번이라도 광마제를 더 보겠다는 듯한 몸부림이 애처로울 정도였다.

'여기저기 불가해한 놈들 천지로구나!'

혼현마제가 세 사람을 보며 미간을 찌푸렸다.

"커헉. 주, 주군……!"

무맥이 광마제를 향해 마지막 손을 뻗었다.

광마제는 무맥에게도 자애로운 미소를 지어 보였다.

"저 아이가 살아 있구나, 저렇게 완벽하게. 네 임무는 훌륭하게 마쳤구나."

"컥! 가, 감사……."

십이좌회의 습격을 막아 내지 못해 제물을 빼앗기고, 주군까지 깊은 상처를 입었던 지난 과오.

그것을 털어 주는 광마제의 말에, 무맥이 마침내 입가에 미소를 달고 죽었다.

그 모습을 보던 진화가 미간을 구겼다.

"저자는 한 일이 없어. 내가 내 발로 왔으니까."

"그러냐."

"당신의 부스러기들도 전부 죽였어."

"호오. 많이 강해진 모양이구나."

마치 투정 부리는 손자와 그것을 받아 주는 할아버지 같은 모습이었다.

하지만 그 속에 날이 오가는 것이, 혼현마제는 그들을 좀 더 지켜보기로 했다.

아니나 다를까, 곧 광마제의 눈빛이 서늘하게 가라앉았다.

"이전에도 말했듯이 날 죽일 수는 없다."

"지금은."

진화의 눈빛도 얼음장처럼 차갑게 변했다.

하지만 곧 매끄럽게 입꼬리를 올렸다.

"하지만 지금은 당신도 날 죽일 수 없지. 당신 부스러기들이 다 죽었으니, 날 끌고 갈 수도 없을 거야."

한눈에도 볼 수 있을 정도로, 진화의 눈 속에서 번개가 번쩍였다.

그리고 곧 새파란 검기가 광마제를 향해 날아갔다.

쉐에에에엑———!

퍼———엉!

광마제와 혼현마제가 양쪽으로 갈라지며 자리를 피했다.

광마제가 누워 있던 침상이 산산조각이 났다.

"허허허! 그래, 오랜만에 놀아 보자는 게로구나!"

광마제의 손에서 검은 강기가 쏘아졌다.

채—앵!

펑!

진화는 검으로 광마제의 검은 강기를 쳐 내고, 다시 광마제에게 달려들었다.

채—앵!

챙! 챙! 챙!

진화의 검과 광마제의 손이 부딪힐 때마다, 불꽃이 튀고 돌벽이 흔들렸다.

"허허! 제법이로구나!"

광마제가 진화의 검을 여유롭게 막아 내며 말했다.

섬점십삼검뢰 여여일식은 남궁세가 검법 중 몇 없는 공격 일변도의 연속기였는데, 진화는 광마제의 호흡에 맞춰 기운의 강도를 조절하기까지 했다.

힘의 강약을 몰아치는 파도처럼 끊임없이 조절하는 건, 시전하는 자나 당하는 자 모두에게 부담이 되는 일이었다.

그것만으로도 광마제는 진화가 경지의 벽을 넘었을 뿐 아니라, 싸움에 몹시 익숙해져 있다는 걸 알아차렸다.

'약관도 되지 않았는데 이만한 경지라니! 허허허! 역시, 역시 혼돈지체가 답이었어!'

광마제의 눈 가득 광기와 같은 희열이 가득했다.

"허허! 허허허허허! 내가 틀리지 않았음이야! 허허허허허!"

광소를 터뜨리는 광마제를 보며, 진화의 눈에서 불꽃이 타올랐다.

'저 웃음소리!'

진화의 귓가로 광마제의 광소가 메아리처럼 울렸다.

살면서 진화가 가장 많이 들었던 웃음소리가 바로 광마제의 것이라.

진화가 기억을 가진 첫 순간부터, 어린아이에 불과한 그의 몸을 헤집으며 끊임없이 들었던 소리였다.

아마도 이전 생의 진화였다면, 웃음이라 하면 광마제의 이 섬뜩한 광소를 떠올렸을 것이다.

하지만 이번 생의 진화는 저를 보며 매일 아침 환하게 웃어 주는 부모를 가졌다.

저를 볼 때마다 웃어 주는 가족을 가졌다.

지금의 진화는 저 웃음소리가 이전처럼 공포스럽지 않았다.

오히려 지금 광마제의 웃음소리를 들으며, 진화는 입꼬리를 말아 올렸다.

이전 생에 제가 죽기 직전, 스스로 자신의 몸을 찢으면서 들었던 그 광소를 떠올렸기 때문이다.

'그래, 지금 많이 웃어 둬라. 그 웃음이 비명으로 바뀔 때가 머지않았으니까.'

진화가 전신의 내공을 있는 대로 끌어 올렸다.

"당신은 이미 틀렸어."

진화의 검에서 강기가 푸른 불꽃이 타오르는 듯 솟아올랐다.

섬전십삼검뢰 붕격우산--!

콰-앙!

쾅!

쏟아지는 빗줄기가 태산을 무너뜨리는 법이었다.

진화는 옷자락을 적시듯 광마제를 몰아붙이고, 마침내 작은 바윗돌 하나 빼내듯 광마제의 팔뚝을 베었다.

쉐에에엑-!

"이놈-!"

광마제의 옷자락이 떨어지고, 갈라진 살결 사이로 피가 흘렀다.

웃고 있던 광마제의 표정이 진중하게 변하고, 어깨부터 손까지 검은 기운이 거대하게 피어올랐다.

마치 운무 속에 흑룡이 꿈틀대듯 검은 강기가 모습을 갖추기 시작했다.

기운의 소용돌이로 만들어진 난폭한 흑룡이 곧 진화를 향해 이를 드러내었다.

그들의 싸움에서 물러나 있던 혼현마제의 눈빛이 이채를

발했다.

'광마제의 싸움을 가까이서 보는 것은 처음이로구나. 저 것이 역천제께서 유일하게 인정하는 광룡귀천공(狂龍歸天功) 인가!'

혼현마제가 광마제의 무공을 샅샅이 살피겠다는 듯 눈을 크게 떴다.

크아아아아ㅡㅡㅡ!

광마제가 권강을 뿜고, 흑룡이 입을 벌리고 진화를 향해 날아갔다.

진화 역시 검을 들고 뛰어올랐다.

"타아아앗ㅡㅡㅡ!"

푸르다 못해 검게 변한 번개가 흑룡의 머리를 찍듯이 갈랐다.

콰과광ㅡㅡㅡㅡ쾅!

콰ㅡ앙!

거대한 폭발이 지축을 흔들었다.

금이 가 있던 천장이 결국 무너져 내렸다.

혼현마제가 머리 위로 떨어지는 바위를 쳐 내고, 급하게 앞을 살폈다.

자욱한 먼지 사이로 멀쩡하게 서 있는 인영.

광마제였다.

그리고 그 앞에 반쯤 무릎을 꿇고 있는 인영이 보였다.

혼현마제는 그 사람이 진화라 확신했다.

'설마……?'

먼지가 사라지고, 두 인명이 완전히 모습을 드러냈다.

반쯤 무릎을 꿇고 있던 진화가 서서히 몸을 일으키고, 굳은 얼굴을 한 광마제가 진화를 노려보고 서 있었다.

"날 죽이지 못할 것이라 하였다."

노기를 참는 듯한 얼굴로 광마제가 경고하듯 말했다.

"지금은 그렇겠지."

처음과 같이, 진화는 담담했다.

진화의 답에 광마제의 눈썹이 꿈틀거렸다.

혼현마제 또한 진화가 말하는 '지금은'이라는 말이 거슬리기 시작했다.

"왜 위험을 자초한 것이냐?"

광마제는 마치 진화를 걱정하듯 말했다.

하지만 평생 광마제를 죽일 생각만 하며 살아왔던 진화가 그 속을 모를까.

광마제는 진화가 자신의 공격을 막아 낸 것이 무슨 의미인지 알아차린 것이리라.

진화가 광마제를 향해 여유롭게 웃었다.

"내가 말했잖아. 지금 내가 당신을 죽이지 못하듯, 지금은 당신도 날 끌고 갈 수 없다고."

진화의 시선이 힐끔 혼현마제를 향했다.

혼현마제는 광마제와 진화의 사이에 적극적으로 끼어들지 못하고 있었다.

진화가 광마제의 최종 제물인 이상, 광마제의 앞에서 진화를 죽이거나 다치게 할 수도 없었으니.

혼현마제는 당장 진화를 죽이고 싶어 안달 난 눈을 하고도, 한쪽으로 물러서 있을 수밖에 없을 것이었다.

진화가 씨익 여유롭게 웃으며, 광마제를 마주 보았다.

"내가 무맥을 죽였어. 그만한 자를 다시 만들려면 아무리 당신이라도 시간이 걸리겠지. 아직 많이 아파 보이네. 늙었으니까 몸의 회복도 느릴 거야."

"……그것을 확인하러 온 것이냐?"

"시간은 내 편이야."

진화의 말에 광마제의 얼굴이 뻣뻣하게 굳었다.

이제 여유라고는 찾아볼 수 없었다.

그건 혼현마제도 마찬가지였다.

'설마, 광마제를 확인하러 온 것이란 말인가! 저를 죽이지 못할 거란 확신만으로, 목숨을 걸고? 이 모든 것을 계산하고 온 것이라고?'

실제로 진화를 알아본 무맥은 진화를 어찌하지 못했다.

그리고 진화는 오랜만에 깨어난 광마제와 손 속을 나누고도 대등하게 서 있었다.

'시간을 확인하러 온 것이구나! 광마제의 상태를 확인하

고, 광마제를 죽일 수 있는 시간을 확인하려 한 것이야! 광마제, 대체 무슨 괴물을 키운 것이냐!'

혼현마제가 경악을 금치 못한 눈으로 진화와 광마제를 보았다.

"도망갈 테면 가 봐."

진화가 자신만만하게 웃어 보였다.

"이노---옴!

이번에야말로 광마제의 얼굴이 포악하게 일그러졌다.

광마제의 전신에서 검은 강기가 요동치며 주변의 바위들을 흔들었다.

진화가 긴장한 얼굴로 검을 들어 올렸다.

손을 뻗어 단전 앞으로 단단하게 잡고, 얼굴을 가로지른 채 검날을 세운 모습.

마지막 순간에 광마제를 쓰러뜨린 제왕검을 빼다 박은 듯한 자세였다.

"감히! 주제넘은 꿈을 꾸는구나-!"

광마제의 두 눈이 붉게 빛나는 것과 동시에, 양손에서 흑룡이 꿈틀거렸다.

"피육으로 만들어진 육신 따위, 고쳐 쓰면 그만이다!"

크아아아아----!

이번에야말로 진화의 몸, 어느 한군데를 뜯어 삼킬 듯.

광포한 기세로 광마제의 팔을 휘돌아 나온 흑룡이 곧장 진화에게 날아갔다.

그런데 그때, 진화가 갑자기 검을 내렸다.

"……!"

광마제가 놀란 눈을 떴다.

'죽을 셈인가!'

순간 그리 생각할 정도로, 혼현마제 또한 경악한 얼굴로
진화를 보았다.

그러나 진화가 검을 내린 순간.

그 뒤로 푸르른 청룡의 기운이 쏜살같이 날아들었다.

퍼어어어어엉———!

어디선가 날아든 청룡의 기운이 흑룡의 목덜미를 물어뜯
듯 광마제의 기운을 끊어 내고, 금빛과 붉은빛 강기가 광마
제의 기운을 완전히 없애 버렸다.

"진화야─────!"

음기와 양기를 다루며, 그 누구보다 넓어진 기감.

기어이 바위를 들어내고 제 누이가 온 것이다.

딱 맞은 시간에.

"이 허연 파 뿌리 같은 영감탱이가 누굴 건드려!"

무너져 내린 천장에서 남궁진혜가 뛰어내리는 모습에, 진
화가 저도 모르게 슬쩍 웃고 말았다.

─물러나지.

각우와 팽치까지 급하게 뛰어내리는 것을 보며, 혼현마제

가 광마제에게 전음을 보냈다.

-저놈의 말대로, 지금 당장 놈을 데려갈 수 없네. 잠시 물러났다 다시 기회를 찾으면 되네.

혼현마제의 전음에도 광마제의 눈은 진화를 향해 있었다.

"으악! 진화야, 괜찮아? 다친 곳은?"

남궁진혜가 전신에 피를 뒤집어쓴 듯한 진화의 모습에 고함을 지르며 난리 법석을 떨었다.

"계집애가 으악이라니……. 쯧."

"혼현마제 그리고…… 광마제가 살아 있었군!"

팽치와 각우가 온몸의 기운을 끌어 올리며, 혼현마제와 광마제를 경계했다.

-구휜!

혼현마제가 광마제의 이름까지 불렀다.

동시에 진화의 전음이 들렸다.

-도망가 봐. 지금은 당신을 죽일 수 없어 놓아주지만, 다음에 만난다면…… 그땐 당신을 죽일 거다. 이번엔 내 쪽에서 쫓을 차례야. 쥐 떼를 쫓듯 구멍 하나하나 찾아서, 당신의 모든 수족을 죽일 거다. 그리고 늙고 병든 당신의 몸도 찾아서 찢어 죽여 주지.

광마제의 눈이 커졌다.

어릴 적에도 광마제를 죽일 수 없다는 걸 본능적으로 알던 진화였다.

그런 진화가, 다음번엔 죽이겠다고 단언하고 있는 것이다.

"허허! 허허허허허허! 그래, 다음에 두고 보자꾸나!"

광마제가 광소를 뿜었다.

그와 동시에 바위산이 흔들렸다.

아니, 무너지기 시작했다.

"절벽이 무너집니다!"

"이런, 우리도 어서 빠져나가야 하네!"

"저들은……!"

"늦었어! 게다가 우리만으로 잡을 수도 없네. 어서 이곳을 나가지!"

바위산의 내부가 무너지는 소리가 심상치가 않았다.

급박한 상황에 팽치와 각우가 한쪽 벽을 무너뜨렸다.

쿵! 쿵쿵———!

콰광———!

무너진 벽 너머로 강변이 보이고, 그 위로도 바위가 떨어져 내리고 있었다.

"우리도 어서 가자!"

"진화야, 갈 수 있겠어? 누님에게 업혀!"

"저는 괜찮……."

진화가 거절하기도 전에, 남궁진혜가 피 칠갑이 된 진화를 등에 올렸다.

그리고 팽치와 각우가 몸을 날리며 소리쳤다.

꼼짝없이 남궁진혜의 등에 업히게 된 진화까지, 모두 급하게 강으로 몸을 던졌다.

쿵! 쿵!

콰광! 쾅! 콰—앙!

높은 바위산이 무너져 내렸다.

"우아아악———!"

풍———덩!

펑! 퍼—엉!

정의맹 무사들은 연결된 사슬을 타고 내달렸지만, 종국에는 사슬마저 떨어지면서 절벽에서 뛰어내리는 사람들이 더 많았다.

그리고 사람들과 함께 떨어지는 바위.

"크아아악!"

강물에 몸을 던지는 사람들의 위로 바위들이 위험하게 떨어졌다.

실제로 바위에 깔려 죽거나 다치는 사람들도 많이 나왔다.

"줄을 던져라! 어서!"

배 위에서 남궁경옥과 선원들, 배를 방비하고 있던 창궁무애단원들이 강에 떨어진 사람들을 건져 올렸다.

내륙 출신들 중에는 수영을 못하는 이들도 있었기에, 몇몇은 선원들이 몸을 던져 데려왔다.

당장 건져 올리지 못한 사람들은 줄을 붙잡고 의지했다.

배에서 던진 줄 중간중간에는 돼지가죽으로 된 공기보가 있어서, 사람들을 가라앉지 않도록 받쳐 주고 있었기 때문이다.

물론 그 순간에도 광룡귀면대원들은 예외였다.

정신없는 와중에 도망가는 광룡귀면대원들을 쫓을 여력은 없었지만, 강물에 허덕이는 이들에게 손을 내밀진 않았다.

콰ㅡ앙!

"간다ㅡㅡㅡㅡ!"

"아아악!"

바위산 중간이 뚫리는 것과 동시에, 누군가 뛰어내렸다.

펑-! 펑-!

풍ㅡ덩!

"저, 저기!"

"소공자님ㅡㅡㅡ!"

선원들 중 하나가 용케 진화를 알아보고 화들짝 놀랐다.

선원의 목소리를 따라 진화를 본 남궁경옥도 놀라긴 마찬가지였다.

"어서! 어서 소공자를 건져 드려라! 어서!"

멀리서 보기에는 피 칠갑을 하고 남궁진혜에게 업혀서 강으로 떨어지는 진화의 모습이, 아무래도 충격적이었기 때문이다.

풍-덩!

선원 둘이 강물로 뛰어내려 바위가 떨어지는 곳을 뚫고 진화를 향해 헤엄쳤다.

"푸하! 진화야! 우리 진화!"

강바닥 가까이 내려갔다가 올라온 남궁진혜가, 첫 숨을 쉬자마자 진화부터 찾았다.

마침 강물 속에서 남궁진혜와 떨어진 진화도 물 위로 올라왔다.

"파-하!"

거친 물소리와 바위산이 무너지는 혼란 속에서, 진화는 저를 찾는 사람들의 목소리를 들었다.

"진화야! 진화야---!"

"도련님--!"

"공자님!"

잠시 진화를 놓친 남궁진혜가 사색이 되어 진화를 찾고, 강으로 뛰어든 선원들도 진화를 부르며 필사적으로 헤엄쳐 오고 있었다.

그들을 보며 진화가 서서히 강물 아래로 잠겨 내려갔다.

생각해 보니 진화도 평생 헤엄을 배워 본 일이 없었다.

"아악! 진화야!"

콰르르릉---쾅!

완전히 무너진 바위산.

강 건너 다른 절벽 위에서, 혼현마제와 광마제가 그 모습을 지켜보고 있었다.

바위산이 무너짐으로써 오랜만의 전쟁은 완전히 끝이 났다.

남궁세가의 배는 바위산에서 멀리 떨어졌으며, 미처 배에 오르지 못한 무인들은 선원들의 도움으로 하나씩 배에 탈 수 있었다.

강물이 휘돌아가는 지점에는 이미 죽은 시체나 강에서 죽은 이들이 작은 언덕처럼 쌓였는데, 검은 옷을 입은 광룡귀면대원들이 대부분이었다.

혼현마제는 광룡귀면대의 파멸을 무심하게 지켜보았다.

혼현마제 또한 힘들게 일군 양청현에서의 기반을 모두 잃지 않았던가.

그러나 혼현마제는 그 일을 아쉬워하긴 했지만 아까워하진 않았다.

전쟁이 계속되는 한 불행한 자들과 불쌍한 고아들은 더 불어날 것이고, 그로 인해 언제든 교성흑오대를 만들 수 있다고 생각했기 때문이다.

하지만 광마제는 그와 달랐다.

광마제는 광룡귀면대를 시간과 정성을 들여 키웠다.

'깨어나자마자 충성스러운 수하들을 모두 잃었으니, 좀 충

격이려나?'

혼현마제가 슬쩍 광마제의 얼굴을 살폈다.

하지만 웬걸.

광마제는 수족과 같은 친위 무단의 주검을 무심하게 내려다보고 있었다.

"의외로군. 아깝지 않은가?"

"허허, 여기까지가 녀석들의 명인 게지."

"앞으로 다시 저만한 이들을 키워 내려면 시간이⋯⋯!"

다시 시간과 정성이 필요할 것이라.

그 말을 하려던 혼현마제가 말을 멈췄다.

진화가 말했던 '시간'이 떠올랐기 때문이다.

진화의 말처럼, 시간은 결코 광마제에게 유리하지 않았다.

혼현마제가 얼굴을 굳히고 남궁세가의 배를 보았다.

광마제 또한 시선을 그쪽으로 하고 있었다.

"녀석은 시간 안에 올 것이네."

"⋯⋯."

혼현마제는 확신했다.

약관도 되기 전에 이룬 그만한 경지.

경험이 필요하다고 말하는 전투 감각은 시간마저 초월한 느낌이었다.

그러나 무엇보다 놀라운 것은, 정제된 복수심이었다.

"수백 명을 무참하게 죽이면서도, 복수심에 휘둘리지 않앉네. 오로지 죽이기 위해 움직이더군. 앞으로도 정파의 알량한 정의나 양심에 얽매이지 않겠지.”

“……”

인간은 이성이 명확한 만큼 감정도 깊었다.

이성과 감정이 하나가 된 의지는 인간을 강하게도 만들지만, 한 인간의 기반을 흔들 만큼 큰 약점이 되기도 했다.

그런데 진화는 그 무엇으로도 흔들 수 있는 것이 보이지 않았다.

심지어 복수심조차도.

“그 무엇으로도 제어할 수 없다면, 대계에 큰 위협될 걸세.”

앞으로 수십 년이 넘을지 모르는 세월을 눈 하나 깜짝하지 않고 말하던 소년을 떠올리며, 혼현마제가 경고하듯 말했다.

“……허허허허!”

조용히 남궁세가의 배를 보고 있던 광마제가 웃음을 터뜨렸다.

“천하의 혼현마제가 저 아이 하나에 겁을 먹은 겐가?”

농을 하듯 놀리는 말투.

하지만 혼현마제는 진지한 얼굴로 광마제를 보았다.

“자네가 겁을 먹어야 한다고 말하는 것이네. 자네 하나로 대계가 흔들린다면, 아무리 자네라도 대제께서 분노하실 테니까.”

혼현마제의 날 선 경고에, 광마제가 무심한 눈으로 혼현마제를 마주 보았다.

그리고 다시 여유롭게 웃어 보였다.

"허허, 걱정 말게. 나는 오히려 기뻐하고 있네."

"기쁘다고?"

"아무렴. 나중에 굳이 내가 애쓰지 않아도, 녀석이 제 발로 날 찾아오겠다고 하지 않는가. 그러니 기쁘지 않을 리가."

광마제의 말에 혼현마제가 눈살을 찌푸렸다.

자신의 경고를 못 알아들은 것인가.

아니, 그럴 리 없었다.

혼현마제가 광마제의 의중을 알아내고자 그의 표정과 눈빛을 살폈다.

그러나 광마제의 깊은 눈빛에도 동요라곤 찾아볼 수 없었다.

'허! 진짜로 기뻐하고 있다고? 그럼 아까 놈에게 보여 준 모습은? ……그저 동요하는 척했던 것인가!'

혼현마제가 눈을 크게 떴다.

광마제는 이제 강을 거슬러 가는 남궁세가의 배를 보며 흐뭇하게 웃고 있었다.

"살아 있는 동남동녀 각 이천 명이 필요하네."

"뭐?"

"태어난 지 백일이 넘지 않은 아이의 정기를 녹인 독수는 이미 만들어 두었네."

"허……!"

이번에는 혼현마제도 감탄을 하지 않을 수 없었다.

죽은 듯 누워 있는 동안, 다시 부활할 준비하고 있었단 말인가.

"가장 어려운 일이 저 녀석을 찾는 일이었어. 숨고자 했다면, 나조차 찾기 어려울 정도로 영악한 놈이었으니까. 그런 놈이 애를 쓰지 않았는데도 나를 찾아 다시 오겠다는군. 허허허허허!"

광마제는 정말로 기쁘다는 듯이 웃고 있었다.

그 모습을 보는 혼현마제의 얼굴이 미묘하게 일그러졌다.

'……미친놈. 도무지 심계를 모르겠군.'

혼현마제는 자신이 광마제에게 휘둘린 것이라 생각했다.

그때 광마제가 말했다.

"녀석이 복수심에 흔들리지 않는다면, 그보다 더 소중한 것이 생긴 거겠지. 내게서 숨지 않을 만큼, 제 목숨보다 소중한 무언가가. 그게 뭘까?"

"……!"

광마제의 말에, 혼현마제가 눈빛을 번뜩였다.

"남궁세가."

그래, 약점이 없는 인간은 없다.

혼현마제의 눈이 요요하게 빛났다.

무림의 분위기가 달라졌다.

광마전을 치러 간 인원들이 돌아오면서부터였다.

광마전과의 전투는 광룡귀면대의 궤멸이라는 결과를 얻으며 승리로 끝났지만, 그 피해 또한 적지 않았다.

선우도 황보견의 죽음과 함께, 지원대로 나온 정파 무인들의 절반에 가까운 이들이 목숨을 잃은 것이다.

무엇보다 광마제의 생존 소식은 정도 무림에 큰 충격이었다.

"진화는 어때?"

"기력이 고갈된 거라고 합니다. 며칠 요양하면 괜찮을 거랍니다."

남궁조의 물음에 남궁진휘가 한숨을 쉬며 말했다.

"휴우, 난리 나는 줄 알았네."

"저도요."

남궁조와 남궁진휘가 한숨을 돌렸다.

사실 피 칠갑이 된 진화가 쓰러진 채 남궁세가에 왔을 때는 난리가 나는 줄 알았다.

다행히 피는 모두 타인의 것이었고, 창백한 안색은 기력이 고갈된 상태에서 물을 잔뜩 먹은 것 때문이라 밝혀졌기에 망정이지.

"집안 어른들 다 몰려오는 줄 알았습니다."

"진혜 고년이 울고불고 난리를 치는 바람에 죽은 줄 알았잖아!"

남궁조가 남궁진혜에게 이를 갈았다.

남궁조는 초상을 치르는 줄 알고 바닥에 주저앉았던 터라, 그 부끄러움이 아직도 남아 있었다.

"휴우, 무림 영웅이 된 녀석이 저렇게 누워선…… 일어나면 얼마나 놀랄지."

"하하, 정의무학관에 들어가서 안 나오려고 할지도 모르겠네요."

광마제의 죽음은 정의맹이 손에 꼽는 큰 승리 중 하나였다.

그런데 그것이 무효로 돌아갔으니, 정의맹으로서는 충격을 상쇄할 만한 무언가가 필요했다.

그리고 그 무언가가 바로 새로운 영웅이라.

광룡귀면대 수십, 수백을 죽이고, 흑면마룡 무맥마저 죽인 진화는 정의맹 수뇌부가 찾는 새로운 영웅에 딱 들어맞는 존재였다.

약관도 되지 않은 나이에 경지를 넘어선 천재.

사람들이 환호할 만한 아름다운 외모.

그리고 어려움을 극복하고 세상에 만개한 과거사까지.

몸을 회복하는 잠깐 동안, 진화는 남궁진휘의 명성을 넘어서는 최고의 후기지수가 되어 있었다.

"후우……."

잠에서 깬 진화는 그 소식을 듣고 깊은 한숨을 쉬었다.

창천화룡(蒼天花龍) 남궁진화.

섬뢰검 남궁진화.

명성을 얻은 시기는 달랐으나, 그 과정과 쓰임이 이전과 매우 비슷하지 않은가.

이전에도 진화는 귀천성과의 전투에서 부상을 입고 쓰러졌었다.

그때가 정의맹에 있는 제갈세가의 역천비록을 지키기 위해 지원을 나왔던 때였다.

그때도 정도 무림은 승리했었다.

수많은 무인들이 죽었지만 역천비록은 지켜 내었기 때문이다.

하지만 진화가 영웅이 되고 명성을 얻은 것은, 제갈세가가 자신들 때문에 빚어진 수많은 희생을 숨기기 위해서였다.

그리고 지금도 진화는, 광마제의 생존이라는 정도 무림의 치부라면 치부를 가리기 위해 다시 영웅이 된 것이다.

물론 그때와 다른 것도 있었다.

"정의맹이 날 이용한 것이 아니라 내가 정의맹을 이용한 것이니까."

갑작스럽게 광마전을 치게 된 데에는, 정의맹의 필요도 있었지만 시기를 앞당긴 진화의 영향도 있었다.

수많은 무인들이 죽어 가며 얻은 승리지만, 여기서 진화는 광마제의 생존을 알리고 더불어 그의 몸 상태도 알게 되었다.

그리고.

"여기서 끝이라고 안심하고 있겠지. 파란 번개를 보며, 완벽한 혼돈지체라고 좋아하면서."

진화가 스르륵 입꼬리를 말았다.

그리고 손을 들어 몸속의 뇌력을 끌어 모았다.

파지지직!

이전과 다른, 검은 번개였다.

광룡귀면대를 맞아 혼돈지체에 숨겨져 있던 뇌전의 힘을 모조리 풀어놓았다.

그러면서도 광마제의 앞에서는 단 한 번도, 검은 번개를 보여 주지 않았다.

남궁세가를 닮은 푸르른 번개만을 보고, 안심하길 바랐기 때문이다.

"이 힘이 이전에는 내 몸을 찢었지만, 이번 생엔 당신의 온몸을 찢어 놓을 거다."

광마제를 만나 그를 속이는 것까지.

진화는 이번 일로 얻을 수 있는 것은 모두 얻었다.

물론 이전 생과 달라진 점은 또 있었다.

"오오! 창천화룡 남궁진화 님이다――!"

"창천화룡 만세! 만세――――!"

"공자님, 여기 좀 봐 주세요!"

"공자님, 우리 아기 무병장수, 축복을 주세요!"

사람들의 환호 속에서 진화의 얼굴은 터질 듯 붉었다.

가는 곳마다 진화의 그림을 그려서 들고 있질 않나, 어린 아이를 데리고 진화의 손길을 붙잡질 않나.

영웅으로 만들 것이라 예상했던 진화도, 이런 상황까지는 예상하지 못했던 듯했다.

남궁세가 호위무사들은 사람들의 접근을 막으면서도, 은근히 진화의 모습을 보여 주며 뿌듯한 얼굴을 숨기지 않았다.

결국 견디다 못한 진화는 제가 할 수 있는 최대의 경공을 발휘하여 정의무학관으로 도망쳤다.

"진화, 왔나?"

"여어―! 남궁의 꽃용이―!"

"아, 이 아쉬움을 누가 알까. 나의 꽃이 만인의 꽃이 되었구려!"

정의무학관에서도 명성에서 자유롭진 않았다.

하지만 신처럼 찬양하는 것보다 조롱이 더 견디기 쉽다는 걸 누가 알았을까.

진화는 홍의생을 지나 청의생이 되고.

청의생장으로 다시 일 년을 보낼 때까지 양청현 저자에 모습을 드러내지 않았다.

"아쉽군. 우리의 자랑스러운 꽃용이가 무슨 민간설화가 되었어."

"독한 놈! 일 년이 넘도록 얼굴 한번 안 비칠 줄이야."

"하하하! 진화, 준비는 다 되었나? 이제 삼 년 만에 집으로 가지 않나."

현오와 남궁구가 일 년이 넘도록 꿋꿋하게 진화를 조롱하며 말을 걸었다.

하지만 오늘은 진화도 유연하게 그들을 용서할 수 있었다.

삼 년 만에 처음으로, 남궁세가로 돌아가는 날이었기 때문이다.

다음 권으로 이어집니다

꿈의 도약, 로크에서 하십시오
(주)로크미디어에서 신인 작가를 모십니다

즐거운 세상, (주)로크미디어는 꿈을 사랑하고 도전을 두려워하지 않는 작가분들의 참신한 작품을 기다리고 있습니다. 21세기 장르 문학계를 이끌어 갈 차세대 선두 주자 (주)로크미디어에서 여러분의 나래를 활짝 펴 보시길 바랍니다.

모집 분야 판타지와 무협을 포함한 장르 문학
모집 대상 아마추어 작가, 인터넷 작가
모집 기한 수시 모집
작품 접수 시 유의 사항
　1. 파일명은 작가명_작품명.hwp 형식을 갖춰 주십시오.
　1. 파일에 들어갈 내용은 다음과 같습니다.
　　─ 성명(필명인 경우 실명을 밝혀 주세요), 연락처, 이메일 주소.
　　─ 제목, 기획 의도.
　　─ A4용지 1장 분량의 등장인물 소개.
　　─ A4용지 2장 분량의 전체 줄거리.
　　─ 본문.
　1. 작품이 인터넷에 연재되고 있다면, 게시판명과 사이트의 구체적이고 정확한 주소를 기재해 주십시오.

선택된 작품은 정식 계약 후 출판물로 간행되어 전국 서점에 유통됩니다.
작가분은 (주)로크미디어의 전폭적인 지원하에 전속 작가로 활동하시게 됩니다.
※ 자세한 내용은 로크미디어 홈페이지(rokmedia.com)를 참조하세요.

(03920)서울시 마포구 성암로 330 DMC첨단산업센터 3층 318호
(주)로크미디어 편집부 신간 기획 담당자 앞
전화 : 02)3273-5135
www.rokmedia.com　　이메일 : rokmedia@empas.com

만렙닥터

13월생 현대 판타지 장편소설

리턴즈

인생 2회 차 경력직 신입
칼솜씨도, 인성도 '만렙'인 의사가 돌아왔다!

만성 인력난에 시달리는 흉부외과에 들어온 인턴
메스도 잡아 본 적 없는 주제에
죽을 생명을 여럿 살려 내기 시작한다?

"이 새끼, 꼴통 맞네."
"죄송합니다."
"잘했어!"
"네?"

출세만을 좇으며 살았던 전생
이렇게 된 이상 인생도 재수술 한번 가자!

무데뽀(?) 정신으로 무장한 회귀 의사
이제부터 모든 상황은 내가 집도한다!

南魔宮帝 남궁마제

문운도 신무협 장편소설

**회귀한 뇌왕, 가족을 지키기 위해
정파의 중심에서 제대로 흑화하다!**

세상을 뒤집으려는 귀천성에 맞서 싸우다
가족을 모두 잃고 제물로 바쳐진 뇌왕 남궁진화
마지막 순간 원수의 뒤통수를 치고 죽으려 했으나
제물을 바치는 진법이 뒤틀리며 과거로 회귀하다!?

남궁세가의 양자가 된 어린 시절로 돌아온 후
귀천성이 노리는 자신의 체질을 연구하다 기연을 얻고
회귀 전과 다른 엄청난 미모와 함께
뇌전의 비밀마저 알아내 경지를 뛰어넘는데⋯⋯

가족들에게는 꽃처럼 사랑스러운 막내지만
적이라면 일단 패고 보는 패악질의 끝판왕!
귀천성 때려잡기에 나서다!